우리 말글과 문학의 새로운 지평

우리 말글과 문학의 새로운 지평

리의도 외 9인 지음
국제어문학회 엮음

도서출판 亦樂

머리말

　새 즈믄해를 맞이하는 길목에서, 우리 국제어문학회에서는 나름대로 의미 있는 행사를 가졌습니다. "새로운 세기의 언어와 문학"이라는 주제 아래, 1998년 10월 31일과 1999년 10월 30일, 두 번의 학술 발표회를 개최한 것입니다. 지식·정보의 대중화와 매체의 다양화가 급속히 전개되고 있는 흐름 속에서 우리의 말글과 문학을 되짚어 볼 필요가 있다는 생각에서였습니다.

　우리들의 논의를 좀더 넓게 공유하기 위하여, 그 때에 발표한 글들을 엮어 이 책을 펴냅니다. 시간이 허락하는 범위 안에서, 발표 당시의 내용을 다듬거나 고치기도 하고, 더러는 깁기도 하였습니다(1편은 엮는 중에 추가하였음). 하지만 필자 저마다 개별적으로 수행한 작업의 결과이기 때문에 논의의 전개 방식이 한결같지 않습니다. 독자 여러분의 양해를 바랍니다.

2000년　3월

국제어문학회 회장　이종건

목 차

☐ 컴퓨터 통신 속의 지역 방언 · 87

우리 말글살이의 현실과 이상

리 의 도

언어는 기본적으로 소리이다. 그러나 그것은 그저 평범한 소리가 아니다. 바람 소리나 모기 소리나 기계 소리 들과는 전혀 다르다. 사람들의 말소리에는 뜻이 실려 있으며, 그로써 언어는 사람들의 정신과 밀접히 관련되어 있다. 우리들이 언어를 소홀히 할 수 없는 까닭은 여기에 있다.

이런 눈으로 오늘날 우리 말글살이(언어·문자 생활)를 둘러보면 걱정스러운 면이 많다. 여러 미래학자들이 '지식·정보의 사회'로 전망하고 있는 새로운 세기가 바로 눈앞에 다가왔음을 생각하면 위기감까지든다. 지식·정보의 사회에서는 그 어느 때보다도 말과 글의 비중이 높아질 것으로 보이기 때문이다. 그럼에도 이런 문제에 관심을 보이는 사람마저 흔하지 않으니 더욱 걱정스럽다. 그러한 걱정을 발전적으로 극복하기 위하여, 배달말과 우리 말글살이의 현실을 총체적으로 점검하고, 내일의 방향을 생각해 보고자 한다. 거칠고 성긴 논의가 되겠지만, '지식·정보의 세기'를 앞두고 우리 말글의 문제를 함께 고민해 본다는 점에서 의의를 찾고자 한다.

1. 우리 말살이의 현실

먼저 우리 말살이의 현실적 문제들을 두 부문으로 나누어 살펴보기로 하겠는데, 썩 마땅하지는 않지만 편의상 그것을 각각 '우리 말살이의 문제', '외래 낱말의 문제'라 부르기로 한다.

1.1. 우리 말살이의 문제

어떠한 언어든 내부적으로 크고 작은 문제들을 안고 있다. 그리고 어떠한 언어공동체에서도 그 구성원 모두가 그들의 언어를 아무런 문제나 갈등 없이 완벽하게 사용하는 일은 없다. 언어는 인간과 관련된 활동이므로, 모든 언어와 언어공동체에는 원천적으로 문제가 있을 수밖에 없는 것이다. 우리말이라고 예외일 수 없다.

이 절에서는, 오늘날 우리말이나 우리 말살이에서 널리 발견되는 문제들을 살펴보기로 하겠다. 언어는 음운·어휘·월(文)의 세 층위로 되어 있다고 보는 관점에 따라, 그렇게 세 갈래로 나누어 살펴 나가기로 한다.

1.1.1. 음운

홀소리를 제 음가대로 발음하지 않는 경향이 널리 퍼져 있다. 그 중에서도 /ㅐ=ɛ/를 제대로 발음하지 못하고 /ㅔ=e/로 발음해 버리는 경향은 매우 일반적이고 보편적이다.

(1)ㄱ. (   )가 (   )를 잡아먹었다. ← /게, 개/
   ㄴ. 누나는 (   )를 씻었다. ← /베, 배/

 (1)ㄱ은 두 ( )에 들어갈 낱말을 /게/와 /개/ 중에서 각각 어느 쪽으로 발음하느냐에 따라 네 가지 다른 표현이 될 수 있지만, 많은 사람들은 그것을 구별하지 못한다. "게"가 "개"를 잡아먹은 예사롭지 않은 사실을 "/게/가 /게/를 잡아먹었다."라고 말하는 것이 다반사다. "베"는 '삼 껍질로 짠 천'을 가리키고, "배"는 '과일'이나 '탈것'의 한 가지, 또는 '腹, 胚'를 가리키니, ㄴ과 같은 말도 /세/와 /ㅐ/의 다름으로 정보가 달라진다. 그럼에도 /배/라고 해야 할 것을 /베/라고 발음하는 것이 예사다. 이러한 경향은 발음에서 그치지 않고 표기에까지 전염되어 있다.

 /ㅔ=e/와 /ㅐ=ε/의 문제는 /ㅖ=je/와 /ㅒ=jε/, /ㅞ=we/와 /ㅙ=wε/의 혼동으로까지 확대되었다. /je/와 /jε/, /we/와 /wε/의 차이도 결국 /e/와 /ε/의 차이이니 당연한 결과다.

 (2) 그것은 누가 쓴 (   )냐? ← /ㅖ+ㄱㅣ, ㅒ+ㄱㅣ/
 (3) 그 (   )는 우리 아버지가 설계하셨어. ← /ㄱㅖ+ㄷㅗ, ㄱㅙ+ㄷㅗ/

 위의 (2)나 (3)과 같은 말에서 ( )에 들어갈 낱말을 어떻게 발음하느냐에 따라 정보가 전혀 달라진다. 그럼에도 "얘기"를 /ㅖ+ㄱㅣ/(예기), "쾌도"를 /ㄱㅖ+ㄷㅗ/(궤도)라고 발음하여 의사소통에 혼란을 불러일으키는 상황을 어렵잖게 접할 수 있다.

 닿소리와 관련해서는 소리이음(연음), 거센소리 되기 등의 규칙성이 느슨해지고 있는 것을 지적할 수 있다. 그리고, 까닭 없는 된소리 발음의 확산도 두드러진 현상이다.

(4)ㄱ. <u>짚을</u> 태웠다. → [지ㅣ+ㅍ—ㄹ, 지ㅣ+ㅂ—ㄹ]

ㄴ. <u>동녘이</u> 밝아 온다. → [녀+키, 녀+기]

ㄷ. 제발 좀 <u>깨끗이</u> 씻어라. → [ㄲ—+시, ㄲ—+치]

(4)의 밑줄 친 부분은, [ ] 속의 왼쪽과 같이, 앞 음절의 끝 닿소리를 그대로 뒤 음절의 첫소리로 발음하는 것이 표준인데, 그렇게 하지 않는 일이 매우 많다. [ ]의 오른쪽에서 보는 바와 같이, 앞 음절의 끝 닿소리를 다른 소리로 바꾸어 발음해 버리는 것이다.

(5)ㄱ. 홍수로 <u>끊긴</u> 다리. → [ㄲ—ㄴ+키ㄴ, ㄲ—ㄴ+끼ㄴ]

ㄴ. <u>입학</u> 시험 → [ㅣ+파ㄱ, ㅣ+바ㄱ]

(5)는 거센소리 되기 규칙을 벗어나는 보기이다. 밑줄 친 부분의 /ㅎ/를 탈락시키지 않고 거센소리로 발음하는 것이 표준인데, [ ] 속의 오른쪽과 같이 발음하는 일이 점점 많아지고 있다.

(6) 우리 작은형도 <u>새차</u> 샀어. → [짜ㄱ], [쌔]

(6)은 불필요한 된소리 발음의 보기인데, 나이가 낮아질수록 이러한 현상이 점점 더 확산되고 있다.

다음으로, 긴소리의 문제이다.

(7)ㄱ. 육군 <u>대장</u>이 소방대 <u>대장</u>을 할 수 있겠니?

ㄴ. <u>사전</u>에 그 국어<u>사전</u>을 사겠다고 말했어야지.

(7)의 밑줄 친 낱말 중에서 앞쪽의 /대/와 /사/는 긴소리로 발음하는 것이 표준인데, 많은 사람들이 이것을 보통의 길이로 발음해

버린다. 국어사전들과는 달리, 젊은(대체로 50대 이하) 층에서는 많은
경우에 긴소리 발음이 없어진 상태이다.

또 하나, 외국어식 발음을 지적하지 않을 수 없다.

> (8)ㄱ. 커피(coffee)→ [ㅋㅓ**f**ㅣ],   파일(file)→ [**f**ㅏㅣㄹ],
>   파이팅(fighting)→ [**f**ㅏㅣㅌㅣㅇ].
>   ㄴ. 라디오(radio)→ [**r**ㅏㄷㅣㅗ].

'영어 바람'과 함께 배달말 속의 영어낱말을 영어식으로 발음하는
경향이 확산되고 있다. 두드러진 사례는 "커피, 파일, 파이팅" 들을
발음할 때에 아랫입술을 윗니 끝에 갖다 붙이는 것이다(위의 [f]는 그런
발음을 가리킴). "라디오" 따위의 /ㄹ/도 영어의 /r/를 발음하듯이 혀
를 굴려서 발음하는 일이 많다(ㄴ의 [r]는 그런 발음을 가리킴). 그 밑바
닥에는, 외국어는 원어에 충실하게 발음하는 좋은 것이라는 의식이
자리잡고 있는 것이 틀림없다. "커피, 파일, 파이팅" 들의 /ㅍ/는 영
어의 /f/(순치음)에 해당하므로 그렇게 발음하는 것이 당연하다고 생각
한 결과인 것이다. 그러나, 우리끼리 "커피 드시겠어요?"라는 배달말을
할 때와, 외국어로서 "Would you like a cup of coffee?"라고 말하는
것은 경우가 전혀 다르다. 배달말 속에 들여다 쓰는 영어낱말은 우리
말의 음운 체계에 맞게끔 재구성한 것이어야 할 것이다.

1.1.2. 어휘

낱말 사용의 잘못은 개별적 · 개인적인 경향이 강하며, 순간적인 실
수로 보아 넘길 만한 것도 있다. 여기서는 시간과 개인을 초월하여 비
교적 널리 발견되는 사례를 몇 가지 제시하기로 한다.

> (9)ㄱ. 여기는 춘천 <u>실내</u> 체육<u>관</u> 공사 현장입니다.

ㄴ. 김 사장은 무엇보다도 경험을 <u>중요시**여긴다**</u>.

ㄷ. 오늘은 세종 대왕 <u>탄신**일**</u>이다.

(9)는 동일한 뜻을 나타내는 요소가 겹친 것이다. ㄱ의 밑줄 친 부분은 "실내"와 "관(館)"이 겹쳤으며, ㄴ은 "시(視)"와 "여기다"가 겹쳐 있다. ㄷ의 "탄신일"에서는 '날'을 뜻하는 "신(辰)"과 "일(日)"이 중첩되어 있다. ㄱ은 "체육관"만으로 충분하며, ㄴ은 "중요시하다, 중요하게 여기다" 중에서 한쪽을, ㄷ은 "탄신, 탄일, 탄생일" 중에서 한쪽을 사용하면 충분한데도 이러한 사용이 자꾸 늘어나고 있다.

(10)ㄱ. 그것은 세 갈래로 <u>나뉘어**진다**</u>.

ㄴ. 문제가 잘 풀려 나갈 것으로 <u>생각되어**진다**</u>.

(10)의 보기도 (9)와 크게 다르지 않지만, 문법소와 관련된 문제이므로 보기를 따로 놓았다. ㄱ의 밑줄 친 부분은 "나누이어 진다"로 분석되는데, 여기서 "-이-"는 '피동'의 뜻을 나타내 주는 파생접사이고, "-어 진다" 역시 '피동'을 나타내는 형식이다. ㄴ의 "생각되어진다"는 "생각되어 진다"로 분석되는데, "-되(어)"와 "-어 진다"가 다 같이 '피동'을 뜻한다. 그러니 ㄱ은 "나뉜다, 나누어진다" 중에서 한쪽을 선택하면 그만이고, ㄴ은 "생각된다"면 충분하다.

(11)ㄱ. 손님 여러분에게 잠시 <u>양해</u> 말씀 드리겠습니다.

ㄴ. 하느님, 이 가엾은 중생들을 <u>축복해</u> 주옵소서.

ㄷ. 12시 후에는 (성금을) 총무부에 <u>접수해</u> 주시기 바랍니다.

(11)은 낱말 내부적으로는 잘못이 없지만, 맥락에 맞지 않게 사용한 보기들이다. ㄱ은 식장 같은 데서 어렵잖게 들을 수 있는 말인데, '양

해해 달라'는 의미를 이렇게 표현하는 것은 옳지 않다. "양해"는 손님이 할 것이지, 말하는 사람 자신이 할 것이 아니기 때문이다. "축복(祝福)"이란 '복을 (내려 달라고) 빎'을 뜻한다. 그러므로 ㄴ과 같은 표현에 "축복"을 사용한 것은 알맞지 않다. 우리들의 상식으로는, 절대자 하느님은 복을 사람들에게 내려 주는 분이지, 복을 내려 달라고 어디다 대고 비는 분이 아니다. ㄷ은 모금 방송에서 전문 방송인이 시청자를 향하여 하는 말이다. "접수해"는 시청자를 주어로 하는 서술어이니, 이 낱말의 기본의미가 '받아들이다'임을 떠올리면 전체 맥락과 동떨어진다는 것을 쉬이 확인할 수 있을 것이다. 이처럼 어느 낱말을 그 본래의미와는 매우 다른 맥락에 사용하는 일이 적지 않다.

(12) ㄱ. <u>삼촌</u>, 이것 좀 저리 옮겨 주세요. (형수가 시동생에게)
　　 ㄴ. 어머님, <u>고모부</u> 오셨어요. (며느리가 시어머니에게)
　　 ㄷ. <u>처남댁</u>, 전화 받으세요. (시누이남편이 처남의 아내에게)

(12)는 호칭 · 지칭 어휘의 혼란상을 보여 주는 보기로 제시한 것이다. "삼촌(三寸)"은 "삼촌숙(三寸叔)"의 준말로 처리되거나 "아저씨"를 대신하는 말인데, ㄱ에서 보듯이 오늘날 많은 여성이 시동생을 이렇게 부르거나 가리킨다. 전통적인 "도련님, 서방님"과 같은 낱말이 현대적인 정서에 맞지 않기 때문일까? "고모부"란 본디 '고모의 남편'을 가리키는데, ㄴ에서는 '시누이의 남편'을 가리키는 듯이 보인다. ㄱ과 ㄴ으로써 가족간의 호칭 · 지칭이 아이들 중심의 낱말로 단일화되고 있는 경향을 확인할 수 있다. 이런 경향으로 말미암아 혼란을 겪는 일이 적지 않다. ㄷ은 '처남의 아내'를 "처남댁"이라 하는 것을 보여 준다. 전통적으로 이런 낱말을 쓰지 않았다고 하는데, 사회 환경이 달라지면서 점차 세력을 넓혀 가고 있다.

1.1.3. 월

월(文)의 문제는 한층 더 다양하고 개별적이다. 여기서는 비교적 널리 발견되는 사례를 넷으로 유형화하여 살펴보기로 한다.

(13)ㄱ. 오늘은 강한 <u>바람</u>과 비가 <u>오겠습니다.</u>
　　ㄴ. 함부로 <u>오물 투기</u>나 침을 <u>뱉지 맙시다.</u>
　　ㄷ. 우리 나라가 로열티를 <u>받고</u> <u>수출되고</u> 있는 우리 상품이다.

(13)은 성분간의 평행에 문제가 있거나 호응이 자연스럽지 못한 보기들이다. ㄱ을 그대로 두고 본다면, 서술어 "오겠습니다"가 그 앞의 "바람"까지 주어로 받는데, "바람이 오다"라는 월은 받아들일 수 없다. ㄴ을 보면, 그 본뜻은 짐작되지만, "-지 맙시다"가 "오물 투기"까지 받는 구성은 문제가 있다. "오물 투기-<u>지 말다</u>"는 정상적인 말이라고 할 수 없다. "오물을 <u>투기하</u>(거나)"가 되어야 그 뒤의 "침을 뱉-"과 평행 구조가 이루어져 자연스럽게 "-지 맙시다"에 연결된다. ㄷ에는 "우리 나라"를 주어로 하는 월이 두 개 포함되어 있는 셈이다. 그 둘은 "우리 나라가 로열티를 <u>받다.</u>"와 "우리 나라가 (상품을) <u>수출하다.</u>"라고 보는 것이 상식이다. 그런데 위에서는 뒤엣것을 "수출되고"라고 하여 성분간의 균형이 깨어져 버렸다.

(14)ㄱ. 다음에는 제2장 문제를 풀어 <u>보도록</u> <u>하겠습니다.</u>
　　ㄴ. 이 자리에 참석하신 여러분에게 감사의 말씀을 <u>드리고자</u> <u>합니다.</u>
　　ㄷ. 제가 이렇게 큰 상을 받으니 기분이 너무 <u>좋은 것</u> <u>같아요.</u>

(14)는 맥락에 맞지 않은 표현들이다. 밑줄 친 부분이 논의의 대상이 되는데, 그 구조 자체가 잘못된 것은 아니다. 보통으로는 "x도록 하다"는 어느 사람에게 x 행위를 하게끔 시킬 때에 사용하는 형식이

다. 그런데 ㄱ에서는 자신이 직접 행위(“문제를 풀다”)를 할 맥락인데도
이런 형식을 사용했으니, 배달말의 일반적인 용법을 벗어나 있다. ㄱ
과 같은 상황에서는 “풀어 <u>보기로</u> 하겠습니다.”나 “풀어 보겠습니다.”
라고 하는 것이 자연스럽다. “y고자 하다”는 바야흐로 y 행위를 시도
하려 할 때에 사용하는 것이다. ㄴ에서와 같이 그 행위(“말씀을 드리
다”)를 하는 중이나 한 뒤에 그렇게 말하는 것은 올바르지 않다. “-은
것 같다”가 추측 · 추정할 때에 사용하는 형식이라는 것을 모르는 사
람은 별로 없을 것이다. 그런데 ㄷ은 자신의 느낌을 직접 표현하면서
이런 형식을 취함으로써, 전통적인 배달말 사용법을 벗어났다.

    (15) ㄱ. 이 위기를 <u>극복하는 데</u> <u>있어서는</u> 온 국민의 참여가 필요하다.
       ㄴ. 근본적인 해결 방안을 <u>연구하고</u> <u>있는 중이다.</u>
       ㄷ. <u>교육자가</u> <u>필요로</u> <u>하는</u> 것이 무엇인지를 알아야 한다.

  (15)의 밑줄 친 부분은 불필요하게 긴 형식을 취함으로써 경제성과
합리성을 잃은 보기이다. 게다가 일본어와 영어식 표현이라는 지적도
받고 있다. ㄱ의 밑줄 친 부분은 “극복하는 데에는”이나 “극복하려
면”, ㄴ은 “연구하고 있다”, ㄷ은 “교육자에게 필요한”이나 “교육자가
요구하는” 정도면 충분하다. 그럼에도 습관적으로 이런 표현을 이가
적지 않다.
  군사 문화의 보편화와 각종 운동 경기의 일상화로 인하여 그 분야
의 용어나 표현이 일상 언어에도 자리를 잡아 가고 있다.

    (16) ㄱ. 1번 <u>타자</u> 노래 <u>일발 장진! 발사!</u>
       ㄴ. 아줌마를 위한 가요 무대 <u>제2탄!</u>
       ㄷ. <u>무적 함대,</u> 울산 향해 무차별 공격!

'노래 부를 준비'를 무기에 탄알 장전(裝塡)하는 것에 비유하고, '노래를 부르라'는 의미를 "총을 발사하라!"고 외친다. 가요 행사를 벌이는 것도 총탄이나 포탄 쏘는 것에 비유한다. 각종 운동 팀을 군대 조직과 동일시하고, 그런 팀이나 선수들의 행위를 전투 행위로 비유하는 것이 더욱 일상화되어 가고 있다. ㄱ의 "타자"에서 보듯이, 체육 용어의 일상화도 심화되어 있다.

1.2. 외래 낱말의 문제

사람이 사회적 존재이듯, 언어도 사회적 산물이다. 언어공동체 내부만이 아니라 언어공동체 간에도 사회적인 접촉이 끊임없이 일어난다. 언어끼리는 서로 영향을 주고받으며, 따라서 한 언어 속에 다른 언어의 요소가 끼여들게 마련이다. 그러니 어느 언어 속에 외래 요소가 스며 있다는 것은 오히려 자연스러운 현상이다. 그것만으로 문제가 될 것은 없다.

그러나, 우리 배달말의 현실은 '자연스러움'의 정도를 많이 넘어서 있다. 첫째는, 우리말에는 외래 요소가 지나치게 많다는 점에서 그러하다. 둘째는, 그 중 많은 것은 우리 말살이에 꼭 필요하지 않다는 점에서 그러하다. 셋째는, 그런 외래 요소가 우리의 외세 의존적인, 어두운 역사와 직접 관련되어 있다는 점에서 그러하다. 그리하여 결국은 그런 외래 요소들이 우리의 말살이와 민족 정체성에 부정적인 영향을 끼치고 있기 때문에 문제가 되는 것이다.

배달말이나 그 말살이에서 크게 문제되는 외래 요소는 일본어 계통과 영어 계통이다. 음운·어휘·월(文) 층위 중에서 문제의 범위가 더 넓은 어휘를 중심으로 그 모습을 살펴보기로 한다.

1.2.1. 일본낱말

(17)ㄱ은 대중 음식점에서 어렵잖게 들을 수 있는 말이다. 이는 오늘날 배달말 속에 사용되고 있는 일본낱말의 실태를 잘 보여 주고 있다.

> (17)ㄱ. 홀에 <u>와리바시</u>하고 <u>시보리</u> 두 개 내오고, 열번 테이블에는 안 나고 <u>사시미</u> 한 <u>사라</u>요!
> ㄴ. 무뎃뽀, 잇빠이, 으이샤!, 아리까리, 소라(색), 나시(옷).

배달말 속의 일본낱말은 크게 두 가지로 나누어진다. '소리 빌린 일본낱말'(借音語彙)과 '글자 빌린 일본낱말'(借字語彙)이라 칭할 수 있겠다. 여기서 글자란 한자를 뜻한다. (17)의 ㄱ(밑줄 친)·ㄴ이 '소리 빌린 일본낱말'이니, 일본말의 발음을 그대로 따라 쓰는 것이다. 다음 (18)의 ㄱ(밑줄 친)이 '글자 빌린 일본낱말'이다.

> (18)ㄱ. 입장(立場), 사양(仕樣), 납득(納得), 수속(手續), 타합(打合), 시합(試合), 행선지(行先地).
> ㄴ. 예술<u>제</u>(-祭), 가요<u>제</u>(-祭), 소양<u>제</u>(-祭), 수출<u>고</u>(-高), 생산고(-高), 거래<u>선</u>(-先).

이는 일본어에서 사용하는 한자를 들여다가 배달 한자음으로 읽은 것으로, 적지 않게 자리잡고 있다. '일본식 한자낱말'이라 부르기도 하는데, 이런 낱말은 한자의 탈을 쓰고 있기 때문에 그 정체가 잘 드러나지 않는다. (18)의 ㄴ은 낱말은 아니지만, 역시 일본말의 요소임에는 틀림없다. "제(祭)"는 '제사(祭祀)'를 뜻하는 것이 아니다. 우리 낱말로는 "잔치"에 가장 가까우며, 그 외에도 행사의 내용이나 성격에 따라 "큰잔치, 한마당, 경연, 대회, -회(會)" 등으로 대신하는 것이 바람직

하다. 그리고, "-고(高)"보다는 "-액(額)", 경우에 따라 "-량(量)"이라 하
는 것이 알아듣기 쉽겠고, 오늘날의 쓰임을 본다면 "-선(先)"은 "-처
(處)"나 "상대국(相對國)"으로 대신할 수 있다.

1.2.2. 영어낱말

> (19) 어제 <u>오픈</u>한 <u>팝 레스토랑</u>에서 <u>라이브 콘서트</u>가 있었어. <u>리메이크</u>
> <u>앨범</u>을 낸 <u>XQY 그룹</u>이 <u>게스트</u>로 나왔거든. <u>심플</u>한 <u>헤어</u>에, <u>패</u>
> <u>셔너블</u>한 <u>웨어</u>에, 연주도 <u>캡</u>이었어.

(19)는 배달말 속에 영어낱말이 얼마나 많이, 거리낌없이 사용되고
있는지를 단적으로 보여 준다. 많은 이들이 지적하거나 인정하듯이,
'대홍수'라는 낱말로도 충분하게 표현할 수 없는 형편이다.

남용의 문제 외에도, 진짜 영어낱말이 아니거나 영어 문법에 어긋
나는 낱말도 있으며, 엉뚱한 자리에 사용하는 일도 적지 않다. (20)을
보기로 하자.

> (20)ㄱ. 냅킨, 메이커, 파이팅/화이팅.
> ㄴ. 렌트카, 아프터 서비스(A/C).
> ㄷ. 올드 미쓰, 커트 라인.

첫째, ㄱ의 "냅킨, 메이커, 파이팅/화이팅" 들이 엉뚱하게 사용하는
보기이다. 영어 사용권에서는 대중 음식점에서 입 닦으라고 내놓는 종
이를 "napkin"이라고 하지 않는다. 영어권 사람들은 아무 상황 — 예
를 들면, 생일 축하, 합격 축하, 환영의 자리 등에서 "fighting!"이라
고 외치지 않는다. 그런데 우리는, 병석에 누워 있는 친구의 쾌유를
빌 때에나 평화로운 성가를 부를 때에도 "화이팅"을 외쳐댄다.

둘째, ㄴ은 아주 뒤틀어서 영어 문법에 어긋나 버린 보기이다. 영국에도 미국에도 "a rent car"라는 차는 없다고 한다. 그것은 '차 빌려줌'(차 대여)을 뜻하는 "rent a car"를 불법으로 구조를 변경한 것이다. "after servise"도 정상적인 구조가 아니다. 영어를 제대로 아는 사람이라면 어리둥절해할 수밖에 없다. 원래 영어 표현은 "after-sale servise"(판매후 봉사)이다. 이렇게까지 해 가면서 굳이 영어낱말을 끌어다 쓰고 있는 것이다.

셋째, "올드 미쓰, 커트 라인" 들은 진짜 영어낱말이 아니다. 일본에서 만들어 쓰기 시작한 것(이른바 '저패니쉬')을 따라 쓰고 있는 것이다.

1.2.3. 한자낱말

한자낱말도 일단은 외래 요소로 보아야 할 것이지만, 그것을 모두 문제삼을 필요는 없다. 그러나, (21)과 같이 필요 이상으로 어렵거나 낡은 한자 · 한문식 표현은 문제가 된다.

(21) ㄱ. 흑태(黑太), 내복약(內服藥), 소주밀식(小株密植), 우수무지
　　　 (右手拇指), 이면도로(裏面道路), 자웅이주(雌雄異株).
　　 ㄴ. 일반의 교통의 用에 <u>供하지</u> 아니하는 도로나 공공의 用에 <u>供</u>
　　　 <u>하지</u> 아니하는 공지 (소방법, 1983.12.30.)
　　 ㄷ. 구청에서는 이 문제에 대해 아직 <u>입장</u>을 말할 단계가 아니라
　　　 며 유보적인 <u>입장</u>을 취하고 있다. (어느 일간신문, 1995.5.17.)

ㄱ을 각각 "검은콩, 먹는약, 촘촘히 심기/배게 심기, 오른손 엄지, 뒷길, 암수딴그루"라고 하면 눈앞이 훤해진다. ㄴ에서 밑줄 친 부분은 '말'이 아니다. "일반의 교통<u>에</u> <u>이용하지</u> 아니하는 도로나 공공의 <u>일에</u> <u>이용하지</u> 아니하는 빈터"라고 해야 비로소 말이 된다. (18)에서도 본

바와 같이, 일본식 한자낱말도 문제이다. 특히 ㄷ의 두 "입장(立場)"은 그 의미가 전혀 다르다.

위와 같은 현상의 가장 근본적인 원인은 우리 겨레의 굴절된 역사에 있다. 중국에 빌붙어 사는 동안에는 한자·한문이, 20세기에 들어 왜제의 억압 속에서는 일본말이, 8·15와 6·25을 겪으면서는 영어가 우리말보다 더 행세하였던 결과가 오늘날 이런 모습으로 나타나고 있는 것이다. 그러나, 그런 역사가 끝난 것이 아니다. 이 시점에서 우리의 말글살이를 둘러보면, 이른바 '세계화'라는 구호에 덩달아 온갖 외래 낱말과 외래 요소가 그 어느 때보다도 범람하고 있다. 이제 다시 일본의 대중문화까지 밀려오고 있는 것이다.

2. 우리 글살이의 현실

이 글에서는 주로 말살이에 대하여 논의하고 있다. 그러나 글살이 (문자 생활)에 대해서도 잠깐 언급하지 않을 수 없다. 글은 말과 긴밀하게 연결되어 있는, 또 하나의 말이기 때문이다. 이에 배달말 공동체의 글살이를 살펴보면, 문제는 크게 두 가지로 나누어진다. 그 하나는 표기 수단의 문제이고, 다른 하나는 맞춤법의 문제이다.

2.1. 표기 수단의 문제

표기 수단의 문제란, 배달말을 글자로 적을 때에 한글로만 적을 것이냐, 한글에다 한자를 섞어 쓸 것이냐, 로마자도 섞어 쓸 것이냐의 문제를 말한다. 누구나 두루 봐서 알고 있는 바와 같이, 오늘날은 (22)의 ㄱ(한글만 쓰기) 유형의 글이 대세를 이루고 있지만, ㄴ(한자 섞어 쓰기) 유형의 글이 완전히 사라진 것은 아니며, ㄷ(로마자 섞어 쓰기) 유형과 ㄹ(한자 · 로마자 섞어 쓰기) 유형도 부쩍 늘어나고 있는 실정이다. 이제 일본글자 가나까지 섞어 쓸 날이 다시 오고 있는지도 모르는 일이다.

> (22) ㄱ. 그 선배는 텔레비전 방송국 직원이다.
> ㄴ. 그 先輩는 텔레비전 放送局 職員이다.
> ㄷ. 그 선배는 television 방송국 직원이다.
> ㄹ. 그 先輩는 television 放送局 職員이다.

주시경 선생이 "글은 말을 닦는 기계"라고 한 바와 같이, 본질적으로 글은 말을 적는 기호이지만, 거꾸로 글에는 말을 지배하는 힘이 있다. 그러니 한글만을 사용하면 한글에 알맞게 배달말이 발전되어 갈 것이고, 한자나 로마자를 사용하게 되면 또한 거기에 맞게 되어 갈 것이다. 이런 관점에서, 배달말을 가장 배달말답게 표기할 수 있는 글자는 어느 것인지, 우리의 미래를 중단 없이 진전시켜 나갈 글자 생활은 어떤 것인지를 냉정하게 판단해야 하겠다.

2.2. 한글을 잘못 쓰는 문제

끝으로 (23)을 보면서 맞춤법의 문제를 생각해 보자.

> (23) ㄱ. <u>작은 누나</u>는 <u>회덥밥</u>을 먹고, 나는 <u>떡볶기</u>를 먹었다.
> ㄴ. <u>미국 CIA에</u> 청와대 도청 사실이 알려지면서 문제가 더욱 복잡해졌다.
> ㄷ. 운동장 <u>스텐드</u>에 여러 미녀 <u>탈렌트</u>들이 앉아 있었다.

ㄱ의 "작은 누나, 회덥밥, 떡볶기"는 외래 요소도 아니며 한글만으로 썼지만, 현행 말글 규범을 벗어나 있다. 담화의 전체적 맥락에서

보면, ㄴ은 미국 CIA가 청와대를 도청했으며, 그 사실이 알려지면서 문제가 더욱 복잡해졌다는 것이었다. 그러니 여기서 "-에"는 알맞지 않다. "미국 CIA"가 "청와대 도청 사실"을 수식하는 구조가 되어야 하며, 그렇게 하려면 "-에" 자리에 종속 이음토씨 "-의"를 써야 한다. 많은 사람들이 토씨 "-의"를 [ㅔ]로 발음하며, 「표준 발음법 1988」에서도 이를 허용하고 있으나, 표기는 구별해서 해야 한다. ㄷ의 "스텐드, 탈렌트"도 현행 외래 표기법에 따르면 잘못된 것이다.

우리의 말글살이의 문제를 생각할 때에는 마땅히 이런 문제도 함께 살펴야 한다. 아울러 「한글 맞춤법 1988」을 비롯한 말글 규범들이 제대로 되어 있는지도 다시 한번 면밀히 검토해 보아야 필요성이 있다.

3. 우리 말글의 내일

주시경 선생은 일찍이 "말이 오르면 나라도 오르고 말이 내리면 나라도 내린다."(1910, 한나라말)고 하였다. 그 뒤에는, 한 나라를 발전시키려면 그 나라말부터 잘 다듬고 가꾸어야 한다는 뜻이 깔려 있다. 나라 발전의 밑힘은 곧 나라말이니, 나라말을 바로 세우면 그 말을 쓰는 국민 개개인의 정신이 바로 서게 되고, 정신이 바로 선 국민 한사람 한사람이 모이면 마침내 그 나라는 흥하게 된다는 것이다. 이 같은 가르침에서 알 수 있듯이, 정신과 언어는 밀접한 관계를 맺고 있다. 속으로는 하나이면서 겉으로 둘인 관계라고 할 만하다. 정신을 중요시한다면 언어를 중요시하지 않을 수 없다. 그러므로 문명한 겨레는, 저마다 자기네의 말(과 글)을 다듬고 바로잡아 나가는 일을 게을리하지 않는다. 그것을 일반적으로 '언어 순화'라고 일컫고, 자기중심적으로는 '국어 순화'라고 일컫는다. 좀더 구체적으로 말하자면, 언어 순화란 특정의 언어 속에 침투해 있는 바람직하지 못한 외래 요소를 없애거나,

전통적 · 보편적인 규범을 벗어난 발음과 어휘 · 문장의 사용을 바로잡아 나가는 일이다.

3.1. 배달말 순화의 당위성

이제 우리말을 순화해야 할 까닭을 좀더 구체적으로 생각해 보기로 하자. 허웅 선생은 "국어 순화는 왜 해야 하며 어떻게 해야 하나?"(1977)에서 국어 순화를 해야 하는 근본 이유를 세 가지로 제시하였다. 첫째, 언어의 전달 기능면에서 볼 때에, 우리 겨레끼리 서로 생각과 느낌을 주고받는 데에 장애가 있다면 그것은 걷어내어야 하기 때문이며; 둘째, 언어와 생각과의 관계로 볼 때에, 우리 겨레의 생각을 바로 세우기 위해서는 우리말을 바로 세워야 하기 때문이며; 셋째, 언어의 창조적인 본질면에서 볼 때에, 우리 겨레의 참다운 문화 창조 활동을 확보해야 하기 때문이라고 하였다. 이 글에서는 두 가지로 뭉뚱그려 생각해 본다.

3.2.1. 실용적인 측면에서 볼 때에, 배달말은 배달말 공동체의 가장 중요한 의사소통의 매체이기 때문이다.

언어에는 몇 가지 기능이 있는데, 그 중에서도 가장 실용적이면서도 기본적인 것은 의사소통의 기능이다. 사람들은 언어로써 온갖 생각과 느낌, 갖가지 정보를 주고받는다. 예나 이제나 언어야말로 가장 자유롭고 가장 간편하며 가장 완전한 의사소통의 매체이다. 그것으로 삶을 영위하고 문화를 쌓고 문명을 발전시켜 나간다.

그러므로 배달말 공동체 안에서 사람끼리 세대끼리, 또는 계층끼리 지역끼리 말이 제대로 통하지 않는다면, 우리 공동체가 발전하기는커녕 현상을 유지하기도 힘들게 된다. 참으로 큰일이 아닐 수 없다. 이 같은 불행을 막기 위하여, 언어를 순화해야 하는 것이다. 그 목적은 배달말 공동체 사이에 공통적이고 균일한 언어가 통용되게끔 하는 데에 있다. 어느 나라에서나 국가 차원의 공용어를 지정하고, 말글 규정을 정하고, 표준어 교육을 하는 것은 다 이런 이유 때문이다.

생각하기에 따라서는, [ㄲㅐ ㄲ一ㅊㅣ]이든 [ㄲㅐ ㄲ一ㅅㅣ]이든, "탄신일"이든 "탄신"이든, 다들 알아차리는데 무슨 걱정이냐고 할 수도 있다. 그러나, "개미 구멍으로 공든 탑 무너진다."는 속담이 있듯이, 하찮아 보이는 문제가 그 뒤에 어떤 문제를 불러일으킬지 알 수 없는 일이다. 작은(?) 일이라고 해서 소홀히 보아 넘겨서 안 될 까닭이 여기에 있다.

3.2.2. 정신적인 측면에서 볼 때에, 배달말은 배달겨레가 세상을 인식하는 창이기 때문이다.

널리 알려진 바와 같이, 도이칠란트의 언어학자 바이스게르바(1899~1985)는 언어를 가리켜 "중간 세계"라고 하였다. 같은 나라의 철학자 훔볼트(1767~1835)는 "사람들은 언어가 보여 주는 대로 현실을 인식한다."고 하였다. 사람들은 객관 세계를 있는 그대로 인식하는 것이 아니라, 그들이 쓰는 언어의 틀을 거쳐서 인식한다는 말이다. 다시 말하면, 사람들은 저마다 각종 인식 기관에 그들의 언어로 조직된 독특한 거름장치를 간직하고 있으며, 모든 일과 사물을 인식할 때에는 이 장치로 걸러서 받아들인다. 어느 언어공동체의 개개인이 그러한 과정을 반복하다 보면 세상을 보는 눈이 비슷하게 되는데, '세계관'이니 '민족 정신'이니 하는 것은 그것을 일컫는 말이다.

그렇다면, 배달겨레에게는 배달말로 조직된 거름장치가 있으며, 우리는 그것을 통하여 모든 객관 세계를 인식한다고 보아야 한다. 배달말은 우리의 정신 세계를 형성하는 밑바탕이 되는 셈이다. 그러니 우리의 언어가 잘 다듬어져 있으면 그것을 통한 우리의 정신 활동과 그 결과도 잘 다듬어질 것이며, 우리말이 어지러우면 우리의 정신도 그렇게 될 것이다. 바꾸어 말하면, 말에는 사람을 '사람이게' 하는 동시에 '사람되게' 하는 힘이 있다는 말이다. 언어는 본질적으로 정신적인 생성의 과정이며 끊임없이 되풀이되는 정신적인 창조의 과정이다.

우리의 정신 활동과 정신 세계가 올곧기를 바라는 것은 우리들의 공통된 바람일 것이다. 그러니 우리는 우리의 언어를 순화하지 않을 수 없다. 그것을 통하여, 우리의 정신과 생각을 우리답게 세우고, 반듯하게 가다듬어서, 우리의 문화를 유지하고 발전시켜 나갈 창조의 힘을 길러 가고자 하는 것이다.

3.2. 배달말 순화의 방향

이제 생각해 보아야 할 것은 배달말 순화의 방향에 관한 문제이다. 관점과 목적에 따라 그 방향을 여러 가지로 제시할 수 있겠지만, 여기서는 네 가지로 묶어서 생각해 보기로 한다.

3.3.1. 배달말의 정체성을 확립하는 방향이어야 한다.

언어는 원천적으로 사회적인 산물임을 인정하더라도, 배달말 속에는 외래 요소가 지나치게 많다. 그런 것들은 배달말의 정체성에 여러 가지 해로운 영향을 끼치고 있다. 그러므로 되도록이면 꼭 필요하지 않은 외래 낱말을 없애 나가야 한다. 들여다 쓰기 전에 우리가 써 오던 낱말은 그것으로 되돌려야 한다. 그런 말이 없을 때에는 새말을 만들어야 한다. 발음이나 월 구성도 우리말의 정체성을 확립하는 방향으로 다듬어 나가야 한다.

3.3.2. 배달말의 전통성을 발전시키는 방향이어야 한다.

배달말에는 나름대로의 전통과 언어 사용법이 있고, 독특한 문법이 있다. 또한, 국가 차원에서 정한 말글 규정도 있다. 그러므로 특별한 까닭이나 목적이 없는 한, 이 같은 전통과 어법을 지키고 언어 규범의 통일성을 유지하는 방향으로 나아가야 한다. 그러기 위해서는 배달말의 전통과 문법에 대한 것을 충실히 정리해야 하고, 말글 규범도 좀더 반듯하고 합리적인 방향으로 가다듬어야 할 필요가 있다.

3.3.3. 배달말의 합리성을 확대하는 방향이어야 한다.

앞에서 언어를 가리켜, 의사소통의 수단이며 세상을 보는 창이라고 하였다. 우리는 배달말이 그 같은 기능과 구실을 잘할 수 있게끔 노력해야 한다. 더욱더 합리적인 쪽으로 끊임없이 가다듬어 나가야 하는 것이다. 이러한 방향이 때로는 종래의 관행과 현행의 규범에 배치되는 상황을 불러일으킬 수도 있겠지만, 결코 합리성을 추구하는 노력을 중단해서는 안 된다. 창조와 이상을 향한 욕구와 노력이 없다면, 사람이기를 포기하는 것과 다를 바가 없다.

3.3.4. 배달말의 실용성을 증진시키는 방향이어야 한다.

이제 사회는 점점 더 '열려' 갈 것이 분명하다. 그것은 모든 사회 구성원이 더욱더 능동적인, 정보와 텍스트의 생산자가 되며, 언어를 통한 정보 전달이 무한정 개방됨을 뜻한다. 앞으로 전개될 이와 같은 환경에 유연하고 포용성 있게 대처함으로써, 우리 말글살이의 효율성을 극대화할 수 있게끔 여러 부문에서 실용성 있는 방안들을 모색하고 실천해 나가야 할 것이다.

(이 글은 1998년 10월 31일에 발표한 「배달말의 오늘과 내일」의 내용을
조금 보완하여 1999년 2월에 완성한 것이다. —글쓴이)

참고 문헌

김계곤(1985), 『우리 말글살이의 바른 길』, 참한.

김석득(1984), "국어 순화에 대한 근원적 문제와 그 해결책", 국어 순화 교육, 고려원.

리의도(1987), "방송언어의 오용에 대한 유형별 고찰", 한국어 연구 논문 16, KBS 한국어 연구회.

리의도(1991), "말다듬기의 가능성과 방법", 국제어문 12 · 13, 국제 어문 연구회.

리의도(1993), 『오늘의 국어 무엇이 문제인가?』, 어문각.

리의도(1995), "국어 지식의 본질과 교재화", 한국초등국어교육 11, 한국 초등국어교육 학회.

리의도(1996), "우리말, 이렇게 잘못 쓰이고 있다", 한글사랑 1, 한 글사.

리의도(1996~1998), "리의도의 말글밭", 인터넷통신 유니텔.

리의도(1997), 『말을 잘하고 글을 잘 쓰려면 꼭 알아야 할 것들』, 석 필 출판사.

송민(1988), "국어에 대한 일본어의 간섭", 국어 생활 14, 국어연구 소.

이규호(1991), 『말의 힘』, 증보 제21판, 제일 문화사.

이현복(1989), 『한국어의 표준 발음』, 교육과학사.

조선일보사 · 국어연구원 편(1991), 『우리말의 예절』, 조선일보사.

최기호(1989), "외국말 홍수의 실태와 그 대책", 우리말 순화의 어제 와 오늘, 미래문화사.

최현배(1951), 『우리말 존중의 근본뜻』, 정음문화사.

허웅(1970), "우리 말과 글의 내일을 위하여", 한글 146, 한글 학회.

허웅(1977), "국어 순화는 왜 해야 하며 어떻게 해야 하나?", 민족 문화 연구 11, 고려대 민족문화연구소.

남한과 연변의 한글 맞춤법에 대하여

■

정 동 환

1. 머리말

남한·북한·중국 연변은 저마다 한글 맞춤법을 만들어 그 기준에 의하여 말글살이를 하고 있다. 남한과 북한의 한글 맞춤법을 비교한 논문은 많이 있었으나 연변과 비교한 논문은 없었다. 필자는 여러 해 전에 중국 조선어문 잡지사 초청으로 중국 연변에 갈 기회가 있었는데, 1978년에 연변인민출판사에서 발행한 『조선말규범집(사용방안) 해설』을 구할 수 있었다. 연변은 북한의 『조선말규범집』을 근간으로 하여 말글살이를 하고는 있지만 북한의 규범집을 그대로 사용하지는 않았다. 동북 3성에서 '조선말규범집 집필 소조'를 구성하여 여러 차례 심의를 거친 뒤에 『조선말규범집』을 만들어 냈다.

남한의 한글맞춤법과 중국 연변의 『조선말규범집』을 대조·검토하여 분석해 보고 다른 점을 알아보는 것이 이 글의 목표이다. 대조의

차례는 총칙, 글자에 관한 것, 소리에 관한 것, 말본에 관한 것, 띄어
쓰기로 나누어 살펴보고자 한다.

2. 총칙

[남한]
제1항 표준어를 소리대로 적되, 어법에 맞도록 함을 원칙으로 한다.
제2항 문장의 각 단어는 띄어 씀을 원칙으로 한다.
제3항 외래어는 '외래어 표기법'에 따라 적는다.
[연변]
단어에서 뜻을 가진 매개의 부분을 언제나 같게 적는 형태주의 원칙
을 기본으로 한다.

남한은 총칙을 1,2,3항으로 나누어 맞춤법의 대원칙, 띄어쓰기, 외
래어 표기 문제 등을 규정했는데, 연변은 맞춤법의 대원칙만 규정하
였다.

남한의 한글 맞춤법은 "표준어를 소리대로 적는다."라는 근본 원칙
에 "어법에 맞도록 한다."는 조건이 붙어 있다. 표준어를 소리대로 적
는다는 것은 표준어의 발음 형태대로 적는다는 뜻이다. 맞춤법이란 주
로 음소 문자에 의한 표기 방식을 이른다. 한글은 표음 문자이며 음소
문자다. 따라서 자음과 모음의 결합 형식에 의하여 표준어를 소리대로
표기하는 것이 근본 원칙이다. 어법이란 언어 조직의 법칙, 또는 언어
운용의 법칙이라고 풀이된다. 어법에 맞도록 한다는 것은, 결국 뜻을
파악하기 쉽도록 하기 위하여 각 형태소의 본모양을 밝히어 적는다는
말이다. 그러나 이 원칙은 모든 언어 형식에 적용될 수는 없는 것이어
서, 형식 형태소의 경우는 변이 형태를 인정하여 소리나는 대로 적을
수 있도록 한 것이다. "어법에 맞도록 한다."가 아니라, "어법에 맞도록

함을 원칙으로 한다."라는 표현에는 예외가 있을 수 없다는 뜻이 담겨 있다.

연변의 조선말 맞춤법은 단어에서 어음변화의 규칙에 따라 그 음들이 변한다 하더라도 글로 적을 때에는 변화되는 음대로 적지 않고 그 형태부들을 언제나 같게 적는 형태주의 원칙을 기본으로 하였다. 이렇게 형태주의를 기본으로 하면 단어의 뜻을 쉽게 이해할 수 있는 것이다. 조선말 맞춤법에는 다른 원칙들을 전혀 도외시한 것은 아니다. 어떤 때에는 형태주의 원칙을 적용하면 더 어려운 경우가 있다. 이런 경우에는 발음에 따라 적는 표음주의 원칙을 적용하거나 재래의 습관에 따라 적는 역사주의 원칙도 적용하였다. 단어 '걷다'는 '걸으니', '걷고'에서와 같이 규칙적으로 변화되지 않으므로 형태를 고정시키기 어렵다. 그러므로 발음에 따라 적는 표음주의 원칙을 취한 것이다. '짓밟다', '무릇'에서 'ㅅ' 받침은 형태를 어느 것으로 밝혀 적기 어려우므로 전통적 습관에 따라 적는 역사주의 원칙을 취한 것이다.

남한과 연변의 총칙에서는 대원칙을 밝혔는데, 단지 표현만 다를 뿐 내용에 있어서는 각 형태소의 원형을 밝혀 적자는 것이므로 서로 다를 바가 없다.

3. 글자에 관한 것

1. 글자의 이름

	ㄱ	ㄷ	ㅅ	ㄲ	ㄸ	ㅃ	ㅆ	ㅉ
[남한]	기역	디귿	시옷	쌍기역	쌍디귿	쌍비읍	쌍시옷	쌍지읒
[연변]	기윽	디읃	시읏	된기윽	된디읃	된비읍	된시읏	된지읏

남한과 연변의 닿소리 이름 가운데 'ㄱ, ㄷ, ㅅ'이 다르다. 남한에서

는 ㄱ(기역), ㄷ(디귿), ㅅ(시옷)이라고 이름을 붙였는데, 연변에서는
ㄱ(기윽), ㄷ(디읃), ㅅ(시읏)이라고 붙였다. 'ㄲ'도 남한에서는 '쌍기역'
이라고 붙였는데, 연변에서는 '쌍-'을 '된-'이라고 하여 '된기윽'이라고
붙였다. 연변은 북한과 같이 / ㅣ, ㅡ /(기윽, 니은…)의 공식을 적용하
여 이름을 붙인 것이 특징이다. 남한에서도 글자 이름을 연변이나 북
한처럼 '기윽, 디읃, 시읏'으로 하자는 의견이 있었다. 그러나 기억하
기 쉽도록 한다는 것이 오랜 관용을 바꾸어야 할 이유가 되지 않고,
소리가 서로 다른 것이 소리의 변별에 있어서 좋다는 의견이 많아 종
전대로 'ㄱ(기역), ㄷ(디귿), ㅅ(시옷)'으로 둔 것이다.

2. 사전에 올릴 글자의 차례

닿소리 [남한] ㄱ,ㄲ,ㄴ,ㄷ,ㄸ,ㄹ,ㅁ,ㅂ,ㅃ,ㅅ,ㅆ,ㅇ,ㅈ,ㅉ,ㅊ,ㅋ,ㅌ,ㅍ,ㅎ
　　　　[연변] ㄱ,ㄴ,ㄷ,ㄹ,ㅁ,ㅂ,ㅅ,ㅇ,ㅈ,ㅊ,ㅋ,ㅌ,ㅍ,ㅎ,ㄲ,ㄸ,ㅃ,ㅆ,ㅉ
홀소리 [남한] ㅏ,ㅐ,ㅑ,ㅒ,ㅓ,ㅔ,ㅕ,ㅖ,ㅗ,ㅘ,ㅙ,ㅚ,ㅛ,ㅜ,ㅝ,ㅞ,ㅟ,ㅠ,ㅡ,ㅢ,ㅣ
　　　　[연변] ㅏ,ㅑ,ㅓ,ㅕ,ㅗ,ㅛ,ㅜ,ㅠ,ㅡ,ㅣ,ㅐ,ㅒ,ㅔ,ㅖ,ㅚ,ㅟ,ㅢ,ㅘ,ㅝ,ㅙ,ㅞ
받침　 [남한] ㄱ,ㄲ,ㄳ,ㄴ,ㄵ,ㄶ,ㄷ,ㄹ,ㄺ,ㄻ,ㄼ,ㄽ,ㄾ,ㄿ,ㅀ,ㅁ,ㅂ,ㅄ,ㅅ,
　　　　　　 ㅆ,ㅇ,ㅈ,ㅊ,ㅋ,ㅌ,ㅍ,ㅎ

　　　　[연변] ㄱ,ㄳ,ㄴ,ㄵ,ㄶ,ㄷ,ㄹ,ㄺ,ㄻ,ㄼ,ㄽ,ㄾ,ㄿ,ㅀ,ㅁ,ㅂ,ㅄ,ㅅ,ㅇ,
　　　　　　 ㅈ,ㅊ,ㅋ,ㅌ,ㅍ,ㅎ,ㄲ,ㅆ

닿소리를 사전에 올릴 때에, 남한에서는 'ㄱ' 다음에 'ㄲ', 'ㄷ' 다음
에 'ㄸ', 'ㅂ' 다음에 'ㅃ', 'ㅅ' 다음에 'ㅆ', 'ㅈ' 다음에 'ㅉ'을 올리는데,
연변에서는 닿소리가 모두 끝난 다음 두 개의 닿소리를 어울러서 적
은 'ㄲ, ㄸ, ㅃ, ㅆ, ㅉ'을 사전에 올린다.

홀소리를 사전에 올릴 때에, 남한에서는 홀소리 'ㅏ' 다음에 홀소리
를 어우른 글자 'ㅐ'를 올리는데, 연변에서는 홀소리 기본 글자를 모두
올리고 다음에 홀소리 어우른 글자를 올린다. 받침에 있어서도, 남한

은 'ㄱ' 다음에 'ㄲ'을 올리고 'ㅅ' 다음에 'ㅆ'을 올리는데, 연변에서는 마지막에 'ㄲ'과 'ㅆ'을 올리고 있다.

4. 소리에 관한 것

1. 'ㅖ'가 /ㅔ/로 소리나는 것

[남한] '계, 례, 몌, 폐, 혜'의 'ㅖ'는 /ㅔ/로 소리나는 경우가 있더라도 'ㅖ'로 적는다.
[연변] 한자어에서 모음 /ㅖ/가 들어 있는 음절로는 '계, 례, 혜'만을 인정한다.

'계, 례, 몌, 폐, 혜'는 현실적으로 /게, 레, 메, 페, 헤/로 발음되고 있다. 곧, '예' 이외의 음절에 쓰이는 이중모음 'ㅖ'는 단모음화하여 /ㅔ/로 발음되고 있다.

남한에서는 '계, 몌, 폐, 혜'를 발음대로 'ㅔ'로 적자는 의견이 있었으나 철자 형태와 발음 형태가 완전히 일치하는 것은 아니고, 또 사람들의 인식이 'ㅖ'형으로 굳어져 있어서 그대로 'ㅖ'로 적기로 하였다.

연변에서는 '계, 례, 몌 폐, 혜'에서 '몌, 폐'를 제외한 '계, 례, 혜'만을 인정하기로 하였다. 오랜 세월을 거치면서 '계, 례, 혜'를 제외하고 기타의 것들은 각각 '데, 메, 세, 제, 체, 테, 페' 등으로 발음함에 따라 표기도 달라졌다는 것이다. 오늘날 '계, 례, 혜'도 발음이 변화되고는 있으나 지금까지 써내려 오던 습관을 고려하여 모음 /ㅖ/를 그대로 적기로 하였다고 해설하고 있다.

2. '긔'가 / ㅣ /로 소리나는 것

[남한] '의'나, 자음을 첫소리로 가지고 있는 음절의 '긔'는 'ㅣ'로 소리나는 경우가 있더라도 '긔'로 적는다. (늴리리)

[연변] 한자어에서 모음 '긔'가 들어있는 음절로는 '희', '의'만을 인정한다. (닐리리)

남한에서는 '긔'의 단모음화 현상을 인정하여, 자음을 첫소리로 가지고 있는 음절의 '긔'는 / ㅣ/로 발음하고, 단어의 첫 음절 이외의 '의'는 /이/로 발음하며, 조사 '의'는 /에/로 발음할 수 있다고 규정하였다. 그러나 현실적으로 '긔'와 'ㅣ', '긔'와 'ㅔ'가 각기 변별적 특징을 가지고 있으며, 또 발음 현상보다 보수성을 지니는 표기법에서는 변화의 추세를 그대로 반영할 수는 없는 것이므로, '긔'가 / ㅣ/나 / ㅔ/로 발음되는 경향이 있더라도 '긔'로 적기로 한 것이다.

연변에서는 과거 역사적으로 한때 쓰였던 '긔, 븨, 싀, 츼' 등은 어음의 변화에 따라 변화된 대로 '기, 비, 시, 치'로 적고 있다. 그러나 '의', '희'만은 발음상, 습관상 관계로 그대로 인정하고 나머지는 발음대로 적고 있다. 따라서 '무늬, 보늬, 오늬, 하늬바람, 늰큼' 따위는 남한과 같다.

3. 머리소리 법칙

㉠ [남한] 한자음 '랴, 려 료 류 리 례'가 낱말의 첫머리에 올 적의 ㄹ 과, '녀, 뇨 뉴 니'가 낱말의 첫머리에 올 적의 ㄴ은 인정하지 아니한다: 양심(良心), 역사(歷史), 요리(料理), 유수(流水), 이화(李花), 예의(禮義): 여자(女子) 요도(尿道), 유대(紐帶), 이토(泥土).

[연변] 해당 한자음대로 적는다: 량심, 력사, 료리, 류수, 리화, 례의: 려자 뇨도, 류대, 니토

ⓒ [남한] 홀소리나 「ㄴ」 받침 뒤에 오는 한자음 '렬, 률'은 열, 율'로 적는다: 나열(羅列), 대열(隊列), 선열(先烈), 분열(分裂).

[연변] 한자음 본음대로 적는다: 라렬, 대렬, 선렬, 분렬

ⓒ [남한] 겹씨나 앞가지가 붙어서 된 낱말에서 뒷 말이 완전히 독립되어서 쓰이는 것은 머리소리 법칙을 따른다: 급행요금(急行料金), 영업연도(營業年度), 신여성(新女性), 역이용(逆利用)

[연변] 한자음 본음대로 적는다: 급행료금, 영업년도, 신녀성, 역리용.

ⓒ [남한] 한자음 '라, 로, 루, 르, 래, 뢰'가 낱말의 첫머리에 올 적에는 소리대로 '나, 노, 느, 내, 뇌'로 적는다: 낙원(樂園), 노인(老人), 누각(樓閣), 능묘(陵墓), 내일(來日), 뇌성(雷聲).

[연변] 한자음 본음대로 적는다: 락원, 로인, 루각, 릉묘, 래일, 뢰성.

남한에서는 단어 첫머리에 위치하는 한자의 음이 머리소리 법칙에 따라 달라지는 것은 달라지는 대로 적는다. 음소 문자인 한글은 원칙적으로 1자 1음소의 체계를 취하지만, 표의 문자인 한자의 경우는, 국어의 음운 구조에 따라 여러 가지 형식을 취한 것이다.

연변에서는 한자어 형태부를 단위로 하지 않고 음절을 단위로 하여 조선말 현대 발음에 따라서 적는 것을 원칙으로 하였기 때문에 한자음 본음대로 적고 있다.

5. 말본에 관한 것

1. 풀이씨의 줄기와 도움줄기, 씨끝 밝혀 적기

㉠ [남한] 어찌꼴 씨끝 '-어'는 한 가닥으로 적는다. '하다' 따위 풀이씨의 줄기엔 '-여'로 적는다: 피어, 개어, 베어, 되어, 쉬어, 떠어: 하여.

[연변] 받침 없는 홀소리 'ㅣ, ㅐ, ㅔ, ㅚ, ㅟ, ㅢ' 및 '하-' 뒤에서

는 '-여'로 적는다: 피여, 개여, 베여, 되여, 쉬여, 띄여; 하여.

남한에서는 어간 끝 음절의 모음이 'ㅏ, ㅗ'(양성모음)일 때에는 어미를 '-아' 계열로 적고, 'ㅐ, ㅓ, ㅚ, ㅜ, ㅟ, ㅡ, ㅢ, ㅣ'(음성모음)일 때에는 '-어' 계열로 적는다. 이것은 전통적인 형식으로서의 모음 조화의 규칙성에 따른 구별인데, 어미의 모음이 어간의 모음에 의해서 자동적으로 제약받는 현상이다. 현실적으로 모음조화의 파괴로 말미암아 (잡아→)/자버/, (얇아→)/얄버/처럼 발음되는 경향이 있으나, 이것은 표준 형태로 인정되지 않는다.

연변에서도 '하-' 뒤에서는 '-여'로 적는다. '하여'가 같은 적기이지마는, 남한과 말본 풀이가 다르다. 남한은 '하다' 따위의 풀이씨를 '여' 벗어난 풀이씨로 다루었고, 연변은 바른 풀이씨로 다루었다.

도움줄기 '-었-'과 '-였'의 경우도 위의 씨끝 '-어-', '-여-'와 같다. 남한에서는 '피었다, 개었다, 베었다, 되었다, 쉬었다, 띄었다'로 적고, 연변에서는 '피였다, 개였다, 베였다, 되였다, 쉬였다, 띄였다'로 적는다. '하였다'는 남한과 연변이 같이 적는다.

    ⓒ [남한] ㅂ 벗어난 풀이씨 가운데 두 낱내 이상의 줄기 뒤에 붙는 씨끝이나 도움줄기의 경우 현실적 발음 형태를 취하여 홀소리어울림 법칙에 따르지 않고 '워, 웠'으로 적는다: 고마워, 가까워, 고마웠다. 가까웠다.
    [연변] 줄기의 낱내 수에 상관하지 않고 홀소리어울림 법칙에 따라 '와, 왔'으로만 적는다: 고마와, 가까와, 고마왔다. 가까왔다.

남한에서는 종전에 모음 조화의 규칙성에 따라 'ㅏ, ㅗ'에 붙은 'ㅂ' 받침 뒤에 어미 '-아(았)'가 결합하여 '와(왔)'으로 적었다. 그러나 현실적인 발음 형태를 취하여, 모음이 'ㅗ'인 단음절 어간 뒤에 결합하는 '-아'의 경우에만 '-와'로 적고, 그 밖의 경우는 모두 '워'로 적기로 바꿔었다.

연변에서는 남한의 새 맞춤법이 바뀌기 전대로 적고 있다. 낱내 수를 따지기 보다 홀소리어울림 법칙에 따르는 게 합리적인 적기법으로 보았다. 그러나 남한은 현실 발음의 경향에 무게를 둔 것이다.

    ⓒ [남한] 마침꼴 씨끝 '오'는 /요/로 소리나는 경우가 있더라도 '오'로 적고, 다만, '이다'의 이음법만은 '요'로 적는다: 이리로 오시오. 이것은 책이요, 저것은 붓이오.
    [연변] 어느 경우를 막론하고 '요'로만 적는다: 이리로 오시요. 이것은 책이요, 저것은 붓이요.

남한에서는 연결형은 '이요', 종지형은 '이오'로 적고 있어서, 관용 형식을 취한 것이다. 연결형의 경우는, 옛말에서 '이고'의 'ㄱ'이 묵음화(默音化)하여 '이오'로 굳어진 것이긴 하지만, 다른 단어의 연결형에 '오' 형식이 없으므로, 소리나는 대로 '요'로 적는다. 그러나 종지형의 경우는, '나도 가오.', '집이 크오.'처럼 모든 용언 어간에 공통적으로 결합하는 형태가 '오'인데, '이-' 뒤에서만 예외적인 형태 '요'를 인정하는 것은 체계 있는 처리가 아니므로, '오'로 적는다. 북한에서는 어느 경우에도 '요'로만 적고 있다.

2. 풀이씨의 줄기에 닿소리 뒷가지가 붙어서 된 낱말 적기

    ㉠ [남한] 덧받침의 끝소리가 드러나는 경우는 원형을 밝혀 적는다: 넓적다리, 넓적바지, 넓적코, 넓적하다, 넓죽하다.
    [연변] 원형을 밝혀 적지 아니한 것도 있다: 넙적다리, 넙적바지, 넙적코, 넙적하다, 넙죽하다.
    ㉡ [남한] '너르다'에서 파생된 뒷가지는 '-따랗다', '쩍하다'로 적는다: 널따랗다, 널찍하다.

[연변] '너르다'에서 파생된 뒷가지는 '-다랗다', '-직하다'로 적는
다: 널다랗다, 널직하다.

남한에서는 겹받침의 뒤의 것이 발음되는 경우에는 그 어간의 형태
를 밝히어 적고, 앞의 것만 발음되는 경우에는 어간의 형태를 밝히지
않고 소리나는 대로 적는다는 것이다. 따라서 '굵다랗다(/국-/), 긁적
거리다(/극-/), 늙수그레하다(/늑-/)' 따위는 어간의 형태를 밝히어 적
지마는, '할짝거리다, 말끔하다, 실쭉하다' 따위는 어간의 형태(핥-, 맑-,
싫-)를 밝히지 않고 소리나는 대로 적는다. '넓적하다, 넓적다리'를 '넙
적하다, 넙적다리'로 적지 않는 이유는, 겹받침 'ㄼ'(넓-)에서 뒤의 'ㅂ'
이 발음되는 형태이기 때문이다. 그러나 북한은 '굵다랗다, 좁다랗다,
굵직하다, 되직하다' 따위의 뒷가지 '-다랗다, -직하다'의 경우와 일관
되게 다루었다.

3. '-하다'나 '-거리다'가 붙는 뿌리에 '-이'가 붙어서 된 낱말

[남한] 원형을 밝혀 적는다: 오뚝이, 딱딱이, 푹석이, 더펄이, 쌕쌕이
[연변] 원형을 밝히지 아니한 것도 있다: 오또기, 딱따기, 푸서기, 더
퍼리, 쌕쌔기

뒷가지 '-하다'나 '-거리다'가 붙는 어근이란, 곧 동사나 형용사가 파
생될 수 있는 어근을 말한다.
남한에서는 '깜짝깜짝-깜짝하다, 깜짝거리다, 깜짝이다, (눈)깜짝이'
와 같이 나타나는 형식에 있어서, 실질 형태소인 어근 '깜짝-'의 형태
를 고정시킴으로써, 그 의미가 쉽게 파악되도록 하고 있다.
북한에서는 어찌씨다운 뿌리에 홀소리 뒷가지가 붙어서 된 것은 소
리대로 적는다는 규정의 보기로 다루었다. 어찌씨다운 뿌리란 단독으

로 어찌씨가 되지 않고 겹쳐져야 하는 것을 뜻한다. 이를테면, '푸석푸
석→ 푸서기, 더펄더펄→ 더퍼리'의 보기가 여기에 속한다.

4. 어찌씨에 뒷가지 '-이'가 붙어서 다시 어찌씨로 파생된 낱말

[남한] 원형을 밝혀 적는다: 일찍이, 더욱이
[연변] 원형을 밝히지 아니한 것도 있다: 일찌기, 더우기

어찌씨에 '-이'가 붙어서 뜻을 더하는 경우란, 품사는 바뀌지 않으면
서 발음 습관에 따라, 혹은 감정적 의미를 더하기 위하여, 독립적인
어찌씨 꼴에 '-이'가 결합하는 형식을 말한다. 발음 습관에 따라, 혹은
감정적 의미를 더하기 위하여 독립적인 어찌씨 꼴에 '-이'가 결합된 경
우는, 그 어찌씨의 본 모양을 밝히어 적는 것이다.

낱말 만들기에서 볼 때, 어찌씨 '일찍'에서 '일찍이', '더욱'에서 '더욱
이'로 파생된 것이다. 남한에서도 종전에는 '더욱, 일찍'을 각각 '더우
기, 일찌기'의 준말로 다루었으나, 이 두 낱말은 각각 다른 낱말이므
로 준말로 다루지 아니하고 낱말 만들기의 원리에 따라서 어찌씨 '일
찍, 더욱'의 원형을 밝혀 적기로 한 것이다.

5. 겹이름씨나 겹이름씨에 준할 만한 낱말에서 /ㄴ/이 덧나는 것

[남한] 금니, 버드렁니, 사랑니, 어금니, 틀니.
[연변] 금이, 버드렁이, 사랑이, 어금이, 틀이.

남한에서는 합성어와 이에 준하는 구조의 단어에서 실질 형태소는
본모양을 밝히어 적는 것이 원칙이지만, '이[齒,虱]'의 경우는 예외로
다룬 것이다. '이[齒]'는 옛말에서 '니'였으나, 현대어에서는 '이'가 표준

어로 되어 있다. 따라서 '간이, 덧이'처럼 적고, /니/로 발음되는 것은
'ㄴ'음 첨가 현상으로 설명하는 게 맞다. 그러나 '송곳이, 앞이'처럼 적
으면 '송곳, 앞'에 주격 조사 '이'가 붙은 형식과 혼동됨으로써 /송고
시, 아피/로 읽힐 수도 있으며, 새끼 이를 '가랑이'로 적으면 끝이 갈
라져 벌어진 부분을 이르는 '가랑이'와 혼동될 수도 있다. 그리하여 다
른 단어나 앞가지 뒤에서 /니/ 또는 /리/로 소리나는 '이'는 '간니,
덧니, 틀니'처럼 적기로 한 것이다. 연변에서는 '이'의 원형을 그대로
밝혀 적는다.

6. 사이시옷 적기

[남한] 앞말의 끝소리가 홀소리인 경우에 된소리가 나거나 /ㄴ(ㄴㄴ)
/이나 /ㅁ/이 덧날 경우: 토박이말끼리 결합한 겹이름씨나, 토박이말과
한자말이 결합한 겹이름씨, 두 낱내로 된 6개 한자말에 사이시옷을 붙여
적기로 했다: 냇가, 마룻바닥, 전셋집, 농삿일, 댓잎, 뒷날, 잇몸, 셋방
(貰房), 찻간(車間), 숫자(數字), 곳간(庫間), 툇간(退間), 횟수(回數).
[연변] 사이표(')는 발음 교육 등을 목적으로 하는 특수한 경우를 제
외하고는 쓰지 않는다: 내'가, 나루'배, 이'몸, 기'발

남한에서 사이시옷은 다음과 같은 경우에 받치어 적는다.
① 뒤 단어의 첫소리 'ㄱ, ㄷ, ㅂ, ㅅ, ㅈ' 등이 된소리로 나는 것
② 폐쇄시키는 음(/ㄷ/)이 뒤의 'ㄴ, ㅁ'에 동화되어 /ㄴ/으로 발음
    되는 것
③ 뒤 단어의 첫소리로 /ㄴ/이 첨가되면서 폐쇄시키는 음(/ㄷ/)이
    동화되어 /ㄴㄴ/으로 발음되는 것
두 글자(한자어 형태소)로 된 한자어의 경우는, 앞 글자의 모음 뒤
에서 뒤 글자의 첫소리가 된소리로 나는 6개 단어에 사이시옷을 붙여

적기로 한 것이다.

연변에서의 사이시옷은 특징적으로 나타나는 중요한 현상이기 때문에 사이표(')를 찍어서 표기했다. 그러나 사이표를 사용함에 있어서 어떤 경우에 사이표를 찍어야 하는가 하는 근거가 뚜렷하지 못하여 글 쓰는 면에서 복잡하게 느껴 왔다. 그러므로 일반 글쓰기에서 사이표를 취소하기로 하였다.

그 동안 연변에서는 다음과 같은 경우에 사이표를 표기했다.

① 합성어에서 첫 번째 어근의 끝소리가 모음이나 'ㄴ, ㄹ, ㅁ, ㅇ'인 경우

  예: 모음 - 기'발, 내'가, 나루'배, 이'몸…
      ㄴ - 손'등, 산'새, 산'짐승…
      ㄹ - 불'길, 일'군, 들'것, 들'보…
      ㅁ - 잠'결, 움'집, 담'벽…
      ㅇ - 등'불, 장'군, 상'보…

② 한자어에서 사이표를 찍지 않으면 뜻이 분명하지 못한 경우

  예: 공'적(公的)   [공적(公敵)]
      전'적(全的)   [전적(戰績)]

남한이나 연변에서 사이시옷 적기 규정이 문제가 되어 몇 차례나 바꾼 것을 자료를 통해 알 수 있었다. 그러나 문제가 있다고 해서 사이시옷 적기를 완전히 없앨 수는 없다고 본다. '내가'로 적어 놓고 [내까]로 읽을 수 없듯이 발음상의 문제 해결을 위해서도 불완전하나마 사이시옷 적기는 있어야 한다.

6. 띄어쓰기

[남한] 문장의 각 낱말은 띄어 씀을 원칙으로 한다. 〈총칙 2〉

[연변] 단어를 단위로 하여 띄어 쓰는 것을 원칙으로 하되, 명사적 단어 결합이나 굳어진 말이나 일부의 보조적 동사는 붙여 쓰도록 한다. 〈띄어쓰기 총칙〉

남한에서는 어찌씨, 매인이름씨, 단위를 나타내는 명사 및 열거하는 말, 도움풀이씨, 고유 명사 및 전문 용어에 대하여 자세히 언급하였다.

연변은 상당한 범위에 걸쳐 붙여 쓰도록 하였는데, 붙여 쓰는 범위를 명사적 단어 결합, 굳어진 말, 일부의 보조적 동사로 나누었다.

'명사적 단어 결합'이란 자립적인 명사들이 조사 없이 어울려 하나의 단어로 되었거나 하나의 단어처럼 통일된 개념을 나타내는 단어화 과정에 있는 것을 말한다. 예를 들면, '무산계급문화대혁명', '사회주의건설속도' 등과 같은 것은 하나의 단어라고는 할 수 없으나 하나의 통일된 개념을 나타내며 문장 속에서 하나의 성분으로 되는 문장론적 단어들이다.

'굳어진 말'이란 주로 조사가 붙은 단어가 다른 단어와 어울렸거나 품사가 다른 단어끼리 어울려서 하나의 단어, 또는 하나의 말마디를 이룬 것을 말한다. 예를 들면, '눈에가시', '늦은가을', '아닌게아니라', '아니나다를가', '여러말할것없이', '가나마나하다' 등과 같은 것이다.

남한과 연변이 마찬가지로 낱말 단위로 띄어씀을 원칙으로 규정하였으나, 연변은 상당한 범위에 걸쳐 붙여 쓰도록 했다.

1. 매인이름씨[의존 명사]의 경우

[남한] 매인이름씨는 띄어 쓰되, 차례를 나타내는 경우나 아라비아 숫자 뒤에는 붙여 쓸 수 있도록 허용하였다: 아는 것, 먹을 만큼, 약속한 대로, 뜻한 바, 갈 수가, 누구 것, 내 탓으로, 그 나름의, 그 때문에

[연변] 붙여 쓰는 것을 원칙으로 했다: 아는것, 먹을만큼, 약속한대로, 뜻한바, 갈수가, 누구것, 내탓으로, 그나름의, 그때문에

남한에서 매인이름씨는 띄어 쓴다. 의존 명사는 의미적 독립성은 없으나 다른 단어 위에 의존하여 명사적 기능을 담당하므로, 하나의 단어로 다루어진다. 독립성이 없기 때문에, 앞 단어에 붙여 쓰느냐 띄어 쓰느냐 하는 문제가 논의의 대상이 되었지만, 문장의 각 단어는 띄어 쓴다는 원칙에 따라 띄어 쓰는 것이다.

연변에서 매인이름씨는 붙여 쓴다. 매인이름씨는 그 뜻이 완전치 못하므로 완전한 뜻을 가진 앞의 단어에 붙여 쓰는 것을 원칙으로 한다고 규정하고 있다. 붙여 써야 할 매인이름씨를 고유어로 된 매인이름씨와 한자어로 된 매인이름씨로 나누어 제시하고 있다. 그러나 매인이름씨 '겸'은 두 명사 사이에 쓰일 경우에는 뒤의 단어와 띄어 쓰고 동사 뒤에 쓰일 경우에는 앞의 동사에 붙여 쓴다고 별도로 제시하였다 (강당 겸 극장, 사무실 겸 도서실, 배울겸, 구경할겸, 쉬는겸). 허용 규정에 적용되는 '십일월 이십칠일, 오전 네시 십분, 1989년 9월 20일 27회' 들은 붙여 쓰고 있다.

2. 직속, 부속, 소속

[남한] 대통령 직속 국가 안전 보장 회의, 부속 초등 학교, 학술원 부설 국어 연구소
[연변] 대통령직속 국가안전보장회의, 부속초등학교, 학술원부설 국어연구소

남한에서는 원칙과 허용이 있다. '한국 정신 문화 연구원'처럼 단어 별로 띄어 쓰면, '한국, 정신, 문화, 연구원'의 네 개 단어가 각각 지

니고 있는 뜻은 분명하게 이해되지만, 그것이 하나의 대상으로 파악되지 않는 단점도 있는 것이다. 그리하여 둘 이상의 단어가 결합하여 이루어진 고유 명사는 단어별로 띄어 쓰는 것을 원칙으로 하되, 단위별로 붙여 쓸 수 있도록 허용한 것이다.

연변에서는 고유한 대상의 이름은 하나의 대상의 이름이므로 그 이름 속에 수사가 끼어 있거나 어찌씨 '및'이 끼어 있는 경우도 붙여 쓰는 것을 원칙으로 한다.

3. 뒷가지처럼 쓰이는 한자말

[남한] 한 달 내에, 그 사람 외에, 이달 초에, 사람들 간에
[연변] 한달내에, 그사람외에, 이달초에, 사람들간에

뒷가지처럼 쓰이는 한자말을 남한에서는 띄어 쓰고 있으나 연변에서는 붙여 쓴다.

4. 셈씨〔수사〕

[남한] 십칠억 팔천오백육십사만 오천구백팔십삼, 17억 8564만 5983
[연변] 십칠억 팔천 오백 육십사만 오천 구백 팔십삼, 17억 8천5백 64만 5천 9백 83

남한에서는 십진법에 따라 띄어 쓰던 것을 '만' 단위로 개정하였다. 따라서 '만, 억, 조' 및 '경, 해, 자' 단위로 띄어 쓰는 것이다. 십진법에 의하여 띄어 쓰면, 그것이 합리적인 방식이긴 하지만, 너무 작게 갈라 놓는 것이 되어서, 오히려 의미 파악에 지장이 있다는 의견이 많아 바꾼 것이다. 연변은 '백, 천, 만, 억, 조' 단위로 띄어 쓴다.

5. 도움풀이씨〔보조용언〕

[남한] 도움풀이씨는 띄어 쓰는 것을 원칙으로 하되 붙여 쓰는 것도 허용했다: 먹어 댄다, 불을 때어 드리다, 도와 주다, 가 본다, 가고 싶다.
[연변] 붙여 쓰는 것을 원칙으로 했다: 먹어댄다, 불을 때어드리다. 도와주다, 가본다, 가고싶다.

남한에서는 원칙과 허용을 수용하고 있다. 여기서 말하는 도움풀이씨는, '-아/-어' 뒤에 연결되는 도움풀이씨, 매인이름씨에 '-하다'나 '-싶다'가 붙어서 된 도움풀이씨를 가리킨다. '늘어나다, 돌아가다, 접어들다'처럼 '-아/-어' 뒤에 다른 단어가 붙어서 된 단어의 예가 퍽 많다. 그리고 예컨대 '놀아나다, 늘어나다'에서의 '나다'와 '고난을 겪어 났다.'에서의 '나다'는 차이가 있는 것이지만, 얼른 생각하기로는 두 구별이 쉽게 이해되지 않는다. '-아/-어' 뒤에 딴 단어가 연결되는 형식에 있어서, 어떤 경우에는 하나의 단어로 다루어 붙여 쓰고, 어떤 경우에는 두 단어로 다루어 띄어 써야 하는지, 명확하게 분별하지 못하는 곤혹을 겪기가 쉽다. 그리하여 '-아/-어' 뒤에 붙는 도움풀이씨를 붙여 쓰자는 의견이 많았으나, 각 단어는 띄어 쓴다는 , 일관성 있는 표기 체계를 유지하려는 뜻에서, 띄어 쓰는 것을 원칙으로 하되, 붙여 쓰는 것도 허용한 것이다. 연변에서는 붙여 쓰는 것을 원칙으로 하고 있다.

6. 성명, 호칭, 직명

[남한] 이순철, 남궁억(원칙), 남궁 억(허용): 최치원 선생, 김만중 박사, 김서암 회장, 김철수 씨.
[연변] 리순철, 남궁억(허용 규정 없음): 최치원선생, 김만중박사, 김서암회장, 김철수씨.

남한에서 성과 이름은 붙여 쓰고, 호칭이나 직명은 띄어 쓴다. 성과 이름을 띄어 쓰는 것이 합리적이긴 하지만, 한자 문화권에 속하는 나라들에서는 성명을 붙여 쓰는 것이 통례이고, 우리 나라에서도 붙여 쓰는 것이 관용 형식이라 하겠다. 더욱이 우리 민족의 성은, 예외가 있긴 하지만, 거의 모두 한 글자로 되어 있어서 보통 하나의 단어로 인식되지 않는다. 이런 이유로 성과 이름을 붙여 쓰기로 한 것이다.

연변에서는 성과 이름을 붙여 쓰지만 호칭이나 직명도 붙여 쓴다. 이 밖에 홀로이름씨[고유명사], 개념상 하나의 대상으로 묶여지는 말, 전문 용어, 성구(成句)나 속담, 심지어는 이름씨나 어찌씨 뒤에 풀이씨가 잇달아 있는 말까지 붙여 쓰도록 규정하였다. 띄어쓰기는 대원칙대로 낱말 단위로 띄어 쓰는 게 합리적이다. 여러 면에 붙여 쓰도록 한 규정은 실제 적기에서 뚜렷한 기준이 이루어지지 않으므로 객관성을 잃기 쉽다.

7. 마무리

지금까지 남한과 연변의 한글 맞춤법을 대조하여 분석해 보았다. 주로 총칙, 글자, 소리, 말본, 띄어쓰기에서 다른 점을 발견할 수 있었다.

'총칙'은 다소 추상적이고 구체적인 표현의 차이는 있지만, 각 형태소의 원형을 밝혀 적자는 대원칙에서는 다를 바가 없었다.

'글자'는 이름과 사전에 올리는 차례에서 다소 차이가 있었다. 남한에서는 'ㄱ(기역), ㄷ(디귿), ㅅ(시옷)'이라고 붙였는데, 연변에서는 'ㄱ(기윽), ㄷ(디읃), ㅅ(시읏)'이라고 붙였다. 사전에 올리는 차례는 닿소리에서 'ㄲ, ㄸ…' 등의 자리, 홀소리에서 'ㅒ, ㅖ, …' 등의 자리가 남한과 연변이 달랐다.

'소리'는 ' ㅖ'가 ' ㅔ'로 소리나는 것, 'ㅢ'가 ' ㅣ'로 소리나는 것에서 차이가 있었고, 남한은 머리소리 법칙을 적용하는데 연변은 머리소리 법칙을 적용하지 않고 있었다.

'말본'은 풀이씨의 줄기와 도움줄기 밝혀 적기, 풀이씨의 줄기에 닿소리 뒷가지가 붙어서 된 낱말 적기, 어찌씨에 뒷가지 '-이'가 붙어서 다시 어찌씨로 파생된 낱말, 겹이름씨나 겹이름씨에 준할 만한 낱말에서 /ㄴ/이 덧나는 것, 사이시옷 적기에서 큰 차이가 나고 있었다.

'띄어쓰기'도 매인이름씨, 직속, 부속, 소속, 뒷가지처럼 쓰이는 한자말, 셈씨, 도움풀이씨, 성명, 호칭, 직명에서 남한과 연변이 많은 차이를 보이고 있었다.

남한, 북한, 연변은 같은 동포이면서 서로 다른 맞춤법을 쓰고 있다. 남한과 북한의 맞춤법 비교는 많이 이루어졌기 때문에, 이 글에서는 남한과 연변의 맞춤법을 비교해 보았다. 연변이 북한의 맞춤법을 그대로 쓰지는 않고, 북한의 맞춤법을 바탕으로 따로 만든 맞춤법을 쓰고 있었다. 북한과 연변의 맞춤법은 다음 기회에 살펴보도록 하겠다.

광복 뒤 남북의 분단으로 우리 스스로의 말·글살이에 큰 틈이 벌어졌다. 다음 세대에 무거운 짐을 넘기지 않도록 맞춤법 연구에 온 힘을 쏟아야 할 것이다. 또한 통일을 대비해서 21세기에는 오직 하나의 훌륭한 맞춤법을 만들어 내도록 노력해야 할 것이다.

참고 문헌

김계곤(1994), 우리 말글은 우리 얼을 담는 그릇이니, 어문각.

동북3성 조선말규범집 집필소조(1978), 조선말규범집(시용방안) 해
　설, 연변인민출판사.

문교부 고시・문화부 공고 국어 어문 규정집(1994), 대한교과서주식
　회사.

이은정(1988), 개정한 한글 맞춤법・표준어 해설, 대제각.

이희승・안병희(1998), 한글 맞춤법 강의, 신구 문화사.

조선민주주의인민공화국 국어사정위원회(1988), 조선말규범집, 사회
　과학출판사.

한글 학회(1980), 한글 맞춤법, 한글 학회.

허웅(1983), 국어학―우리말의 오늘・어제, 샘 문화사.

허웅(1985), "국어의 변동 규칙과 한글 맞춤법", 한글 제187호. 한글
　학회.

우리말의 로마자 표기에 관한 논의

엄 태 수

1. 서론

각종 통신 수단의 발달로 세계는 바야흐로 더욱 빠르게 국경과 문화의 장벽이 허물어지고 서로를 이해하기 위한 각종의 의사소통이 활발히 이루어진다. 언어는 이러한 의사 소통에 있어서 중추적 역할을 담당한다. 우리말을 로마자로 표기하는 것은 바로 우리 자신을 외국에 소개하고 그들로 하여금 우리를 잘 이해하게 하는 데 목적이 있다. 물론 우리말을 한글로 표기하면 그만이지 우리에게 필요도 없는 로마자 표기를 해서 무엇할 것인지 의심을 하는 사람도 있을 것이다. 굳이 우리가 로마자로 표기하지 않아도 외국인들이 알아서 그들의 필요에 의해 자기들이 쓰는 문자로 표기할 수도 있을 것이다. 그것은 외국어를 우리의 필요에 의해서 한글로 표기하는 외래어 표기법의 경우와 반대의 방향이 될 것이다.

그러나 이는 현실을 무시하는 이상적인 발상이다. 한국어를 쓰는 인구는 7천만에 불과하고 더욱이 한글을 해독하는 사람은 더욱 적다. 그에 비해서 로마자는 이제 세계적인 표기법이 되고 있다. 또한 외국의 관광객이나 상사 직원들에게 우리 나라를 적극적으로 소개할 필요성이 날로 증대하는 요즈음에 우리 나라의 지명이나 인명, 또는 우리말을 로마자로 표기해 주면 그들은 더욱 한국을 잘 이해하게 되어서 우리에게 유익한 점이 많을 것이다.

이미 국가의 시책으로 '국어의 로마자 표기법 개정시안'(본 논의의 마지막에 현행 표기법과 비교한 도표 참고)이 나와 있지만 이를 더욱 보완하고 잘못된 점을 수정하기 위해 본 논의를 시도해 본다.

2. 논의의 대상

로마자 표기에서 고려해야할 가장 중요한 점은 표기의 대상, 사용자, 표기의 방법일 것이다. 이와 관련해서 본고에서는 다음 세 가지를 논의의 대상으로 삼을 것이다.

첫째, 로마자 표기법의 쟁점인 발음대로 적는 것이 좋은지 아니면 한글 표기를 바로 로마자로 바꾼 것이 좋은지 하는 점을 논의한다. 서로 반대인 것처럼 보이는 이 문제는 본질을 잘못 파악한 데서 비롯된 것이라고 보아야 한다. 한글 맞춤법은 이미 소리나는 대로 적고 있다. 단지 어법에 맞게 적는다는 단서 조항이 있을 뿐이다. 다시 말하면 한글 표기 자체가 이미 소리나는 것을 반영하고 있는 것이다. 그럼에도 왜 전사법이니 전자법이니 하는 논쟁이 있는 것일까? 아래에서 한글 맞춤법과 비교하여 로마자 표기법의 원칙이 어떻게 규정되어야 하는가를 논의해 보기로 하자.

둘째, 일반인들 사이에 별로 제기되지 않는 문제이지만 우리 로마

자 표기법 제1장에는 표기의 기본 원칙이라는 것이 있는데 이들 원칙
은 서로 모순되고 불필요하기만 하다. 이런 규정은 없는 것이 좋을 것
이다. 이 문제를 논의할 것이다.

셋째, 가장 핵심적인 논의로 어떤 로마자 기호로 어떻게 우리말을
표기하는 것이 합당한지 논의할 것이다.

3. 전사법이냐 전자법이냐

이 문제는 표기의 대상이 글자냐 말이냐에 관련된 것이다. 해답은
전사법도 아니고 전자법도 아니라는 점이다. 우리말이 표기의 대상이
고 한글 맞춤법은 바로 우리말을 대상으로 표기하고 있다.[1] 한글과
비슷한 음소문자인 로마자도 당연히 우리말을 표기의 대상으로 삼는
것이 올바를 것이다. 그러나 한글이 우리말을 소리나는 대로 적고 있
기 때문에 이것을 그대로 로마자로 바꾸면 될 것이 아닌가 하고 생각
해 볼 수 있다. 즉 전자법이 더욱 효율적이라고 생각할 수 있다.

이제 이 문제를 해결하기 위해 우선 한글 맞춤법을 생각해 보자. 한
글의 표기는 우리말을 그대로 반영하는 것이 아니다. 그것은 한글 문
자에 문제가 있어서가 아니라 우리말의 표현 단계가 복잡하기 때문에
발생하는 현상이다. 어느 나라 말이고 단순하지 않다. 전문적인 용어
로 단어의 발화는 표면형과 기저형을 가지고 있다. 더불어 중간 단계
의 어떤 어형을 상정할 수도 있다. 수많은 음운규칙이 국어에 존재하
고 이들 음운규칙은 화자의 머리 속에 무의식적으로 내재해 있어서
일일이 기억하지 않아도 발화를 하는데 어떤 장애도 일으키지 않는다.

---

1) 말을 대상으로 하는 전사법(transcription)을 음성, 음운, 형태 등 세 가
   지로 구분하는 경우도 있다. 이현복(1979 : 2)에도 이러한 구분을 볼 수
   있다. 이러한 구조주의식 분류에 대한 비판은 여러 생성음운론 입문서에
   언급되어 있으므로 다시 거론할 필요가 없을 것이다.

한글 맞춤법은 이러한 사정을 표기에 반영하여 대체로 기저형을 적고 있다. 만일 표면형을 적는다면 수많은 음운 규칙에 의해 여러 표면형이 나타나게 되는데 이러한 기저형의 여러 표면형은 의미와 일대일 대응을 방해하여 의미 파악에 지장을 줄 것이다. 예를 들어 '없-'이란 어간의 표면형을 보자. '업씨, 엄는, 업꼬' 등등이 있을 것이다. 그런데 이들을 표면형으로 적는다면 '없-'이란 형태의 한 의미에 여러 표면형이 대응되어 이를 보는 독자는 의미 파악에 지장을 줄 것이다. 또한 화자는 음운 규칙이 자동적으로 작동하기 때문에 기저형을 표기해도 음운 규칙에 의해 발화에 장애를 받지 않는다. 예를 들어 '없이'라고 표기해도 한국어 화자는 음운 규칙에 의해 그것을 [업씨]로 자동적으로 발화한다. 그러므로 당연히 기저형을 표기에 반영해야 합리적이다.

그러나 기저형과 표면형이 현저히 다르면 문제가 발생할 수 있다. 예를 들어 '울-'의 표면형 '우니'는 기저형을 표기하면 '울으니'로 될 것인데 이는 표면형과 너무 차이가 나기 때문에 이와 같은 경우는 표면형을 표기하기로 되어 있다. 즉 현행 맞춤법은 원칙적으로 기저형을 적지만 부분적으로 표면형을 취하기도 한다고 볼 수 있다. 한편 기저형도 표면형도 아닌 중간 도출형이 표기되는 경우도 있다. 예를 들어 '가지다'의 활용형 '가지+어'는 '가져'로 표기된다. 그러나 '가져'는 표면형이 아니다. 표면의 발화는 '가저'이기 때문이다.

맞춤법은 우리말을 표기하여 그 표기가 지시하는 의미파악이 제대로 되는 것이 이상이다. 다시 말하면 표기는 말과 유사해야 하고 그 표기에 의해 오해 없이 의미가 전달되어야 하는 것이 바람직한 표기법이라고 말할 수 있다. 한글 맞춤법은 완전히 이상적이지는 않지만 한국어를 가장 합리적으로 표기하고 있다고 보아야 한다. 만일 한글 맞춤법이 우리말을 표기하는데 가장 합리적이라는 것이 검증된다면 한글표기를 그대로 로마자로 바꾸는 전자법이 합리적일 것이다.

그런데 문제가 되는 부분은 한자어와 관련된 것이다. 원래 한자어는 중국어에서 독립적인 단어의 기능을 하지만 우리말에 와서 독립성을 잃고 어근이나 접사 혹은 형태소의 기능마저 상실한 경우에 도달하고 있다. 이렇게 소리와 그 의미 대응이 불확실해질 때 문제가 발생한다. 예를 들어 '國文'의 경우에 소리가 비음동화에 의해 '궁문'으로 발음되지만 현행 표기법은 '국문'으로, 한자 하나하나의 형태소에 대응되어 표기되고 있다. 그런데 '國'과 '文'의 경우는 국어에서 형태소의 기능을 상실한 것으로 보이지 않는다. '國'을 보면 '國民, 國家, 國語, 國史, …' 등에서, 또는 '獨立國, 參加國, 開催國, 先進國, …' 등에서 어근과 접사의 기능이 분명한 것으로 보인다. '文' 또한 마찬가지다. 그러나 '포탄이 작렬(炸裂)하는'에서 '작'과 '렬'의 의미를 분명히 아는 언중은 드물 것이다. 이는 한자어의 학습 정도도 문제이지만 이 글자들로 합성된 한자어가 드물다는 것도 하나의 이유가 될 것이다. 국어 맞춤법에서 의미가 불분명하고 비생산적인 형태소가 결합될 경우에는 소리나는 대로 적고 있다. '마개, 주검' 등에서 그러한 예를 볼 수 있다. '작렬'의 경우도 소리나는 대로 '장녈'로 적는 것이 바람직하다고 본다.

한자어의 형태소 인식은 위에서 보듯이 형태소마다 다르다. 결론적으로 한자어는 전체적으로 변화의 과정에 있다고 보아야 할 것이다. 표기법은 정태적인 사실을 반영하는 것이므로 언어의 변화를 어느 지점에서는 표기법에 반영해야 하는 것이다. 현행 맞춤법은 한자어의 문제에 있어서 대대적인 변경이 있어야 할 것이다. 예컨대 '속리산'의 경우에 '산'은 형태소의 기능이 분명하지만 '리'는 '산'과 동등한 기능이 있다고 보기 어렵다. 즉 '속리'는 발음나는 대로 '송니'로 변경하는 것이 합리적으로 보인다. 현행 맞춤법은 한자어와 같은 몇몇 불합리한 점을 보완하면 세계에서 가장 완벽한 표기법이라 해도 과언이 아닐 것이다.

그렇다면 로마자 표기법의 이상은 무엇인가? 우선 로마자 표기법의 대상이 우리말인 것은 한글 맞춤법과 동일하다. 그런데 문제가 되는 것은 바로 이를 읽는 사람이 한국어 화자가 아니라는 데 문제가 있다. 즉 외국인이 한국어를 로마자로 표기한 것을 보고 그 의미를 추측한다고 말할 수 있다. 한국어 화자가 아닐 때 일어나는 가장 심각한 문제는 한국어를 자국의 음운론적 지식에 맞추어 읽고 그 읽은 발화 정보를 가지고 의미를 파악하는데 이용한다. 예를 들어 영어 화자에게 '고기'를 들려주고 로마자로 표기해 보라고 하면 'kogi'로 표기할 것이다. 그들은 무성음과 유성음의 구분이 음운론적 지식으로 자리잡고 있기 때문에 분명한 인식을 가지게 된다. 만일 우리가 'koki'로 표기해 주면 자기들이 적은 'kogi'와 비교해 보고 다른 의미를 가지는지 심각하게 고민할 것이다. 또한 '달, 딸, 탈' 등을 'tal, ttal, thal' 등으로 적어주면 왜 동일하게 'tal'로 적지 않느냐고 항의할지도 모른다. 이처럼 두 화자간의 음운론적 지식의 충돌은 자못 심각한 것이다.

음운론적 지식은 또한 음소가 무엇인가에 대한 지식뿐만 아니라 음절 구조를 포함한 음소배열에 대한 지식을 의미하기도 한다. 한국어 화자는 두 개의 자음 연속이 한 음절 안에서 발화되지 못하는 음운론적 지식을 습득한다. '그림'을 영어권 화자에게는 'grim'으로 표기해도 무방하지만 한국어 화자에게는 모음 'ㅡ'가 반드시 필요하다. 이처럼 음소 배열에 대한 지식은 어떤 언어를 사용하는가에 따라 다르다. 그런데 무엇보다도 화자가 가진 가장 중요한 음운론적 지식은 음운규칙에 대한 지식일 것이다. 모든 언어는 그 나름의 음운규칙을 가지고 있다. 음운규칙은 심층에 저장된 단어의 형식이 표면에 나오면서 작동한다. 표면의 발화형은 기저의 소리와 같을 수도 있지만 음운규칙이 작동하면 달라진다. 표기법은 이러한 두 차원 중의 하나를 반영하고 있다. 어떠한 표기법도 두 차원을 동시적으로 반영할 수는 없다. 현대음운론이 가정하는 것은 모국어 화자는 어휘부와 규칙을 저장한다는 것이다. 그리고 표면의 다양한 모습은 규칙의 작용으로 유도된다는 것이다. 그러므로 표기법이 합리적이 되기 위해서는 심층의 소리를 반영하여 의미가 정확히 전달되는 방식이 되어야 할 것이다. 한국어를 올바로 표기하기 위해서는 한국어에 대한 지식이 얼마나 확보되어 있는가 하는 점이다. 3~4살의 우리 나라 어린이가 한국어를 유창하게 한다고 해서 금방 한국어의 지식이 습득되는 것은 아니다. 한국어 로마자 표기법은 대상인 한국어가 문제가 아니라 그것을 사용하는 외국인이 얼마나 한국어 지식을 습득하고 있는가 하는 점이 문제다.

외국인의 입장에서 표기법을 만들 것인가? 아니면 한국인의 입장에서 표기법을 만들 것인가? 외국인의 입장에서 표기법을 만든다면 마치 우리의 외래어 표기법과 유사하게 외국인들의 외래어 표기법이 될 것이다. 외래어 표기법은 우리가 외국어를 습득하기 위한 노력의 일환이다. 그러나 이익섭(1997 : 6~10)에 이미 지적되어 있듯이 로마자 표기법은 외국인들의 외래어 표기법이 아니다. 즉 그들의 필요에 의해 한국어를 적는 것이 아니다. 로마자 표기법은 우리말을 외국인에게 전달하기 위해 우리가 제정한다고 보아야 한다. 제정하는 쪽은 우리지만 사용자는 대부분 외국인이라고 보아야 한다. 그렇다면 한글을 만들어서 한국인 화자에게 가르치는 것과 동일한 것인가? 즉 한글과 로마자만 다르고 그 대상언어인 한국어를 가르치는 데 있어서는 동일하다는 말인가? 두말할 필요도 없이 외국인에게 한국어를 가르치는 것과 자국민에게 표기법을 가르치는 것은 전혀 다르다. 그들은 이미 우리와 다른 모국어를 가지고 한국어를 배우는 것이다. 로마자 표기법을 제정하는 측은 새로운 정보를 전달하는 측이고 그것을 읽는 외국인은 정보를 습득하는 측이다. 정보전달이 이상적으로 이루어지기 위해서는 두 가지가 필수적이다. 하나는 그 의미에 대한 기호가 합리적으로 표

기되는 것이 중요하다. 다음으로 그 기호와 그것이 전달하는 의미를
이해하겠다는 상호 간의 최선의 노력이 필요한 것이다.

　그러나 현실은 그렇지 못하다는 데 문제가 있다. 예를 들어 한국인
이 영어를 배우기 위해 기울인 노력은 엄청나다. 26개 알파벳을 순서
대로 외우기 시작하여 하나 하나의 발음과 단어, 문장을 수없이 반복
하여 외우고 읽는다. 그러나 반대로 영어 화자들이 한국어를 배우기
위한 노력은 우리와 비교할 수 없다. 즉 우리는 영어가 절실히 필요하
지만 그들은 한국어를 우리가 영어를 필요로 하는 만큼 필요로 하지
않는다. 물론 옛날보다 한국어를 필요로 하는 외국인이 현저히 많아진
것은 사실이다. 한국어를 필요로 하는 외국인이 바로 우리가 로마자
표기법을 제정하여 전달하려는 대상이자 목표이다.

　여기서 말하는 외국인은 바로 영어권 화자만을 의미하지 않는다. 로
마자를 알고 있는 외국인이 그 대상이 된다. 어쩌면 영어권 화자보다
는 비영어권 화자가 한국어를 더 많이 필요로 할지도 모른다. 어느 언
어를 모국어로 하는 화자가 우리말을 가장 필요로 하는지의 실질적인
조사가 이루어지는 것이 절실하다. 누가 쓰는지도 모르고 만들어지는
것은 필요도 없는 물건을 만드는 것과 하등 다를 바가 없다. 예컨대
영어권 화자가 절대적으로 많고 단지 몇몇의 일본인, 또는 중국인이
한국어를 필요로 한다면 영어를 모국어로 하는 화자를 고려하여 표기
법을 정하는 것이 당연할 것이다. 그것이 조사되지 않은 지금의 시점
에서는 다양한 모국어를 가진 외국인이 사용한다는 것을 가정할 수
밖에 없다.

　로마자 표기법을 사용하는 사람이 외국인이 될 때, 고려해야할 사
항은 외국인이 어느 정도로 한국어를 필요로 하는가 하는 점이다. 임
시적으로 '상, 중, 하'로 그들 외국인을 고려하기로 하자. 한국에 와서
살기를 원하거나 한국에 관한 학문을 전공할 사람처럼 완전한 한국어

습득을 원하는 사람을 '상'. 단순한 인사말이나 하기를 원하는 사람, 유창한 말은 못해도 지명이나, 인명 정도를 알기 원하는 사람을 '중'. 여행이나 몇 번의 장사 등을 위해 간단한 한국어를 원하는 사람을 '하'로 구분해 보기로 하자.

한국어를 뛰어나게 잘하기를 원하는 '상'인 사람은 로마자 표기법을 배우기보다는 한글 맞춤법을 배우는 것이 필수적이다. 한국어를 완벽히 구사하기 위해서는 이보다 좋은 방법이 없다. '중'과 '하'에 속하는 사람이 바로 로마자 표기법을 사용한다고 보면 될 것이다. 아울러 '상'을 목표로 하는 사람도 처음 입문 과정으로 잠깐 로마자 표기법을 읽히는 방법도 있을 것이다.

우리는 앞에서 소리나는 대로 적을 것인지 아니면 한글 맞춤법을 그대로 로마자로 옮겨 적을 것인지를 논의했다. 만일 한국어를 가장 완벽하게 전달하고자 한다면 전자법이 선택되어야 할 것이다. 그러나 그런 완벽한 한국어를 원한다면 구태여 그것을 표현하고 있는 한글을 놔두고 다시 새로운 표기법을 읽힐 필요가 없는 것이다. 즉 로마자 표기법은 완벽한 한국어 구사를 원하는 사람을 위한 표기법이 아니라는 것이 필자의 주장이다. 이 말의 의미는 로마자로는 완벽하게 한국어를 표기하기 힘들다는 의미를 내포한다. 물론 새로운 기호를 제정한다면 가능할 지 모른다. 그러나 새로운 기호의 제정은 이미 로마자도 아니고 한글도 아니게 될 것이다.

사실이 그러하다 해도 이상적으로 완벽한 로마자 표기법을 제정할 수도 있을 것이다. 즉 한글을 고려할 필요도 없이 로마자로 완벽하게 한국어를 표기하는 방법을 고안해 볼 수도 있다. 그것은 예를 들면 중국어의 로마자 표기 같은 방식이 될 것이다. 이상적 한글의 로마자 표기법은 우선 한국어의 음소에 일대일 대응되는 로마자가 요구된다. 또한 변하는 소리를 위해 몇 개의 추가적인 기호가 필요할 것이다. 그러한 기호는 이미 우리가 사용하는 로마자 표기법에 반영되어 있다. 한 국어는 19개의 자음과 두 개의 반모음(활음), 7개 혹은 10개의 단모음 으로 이루어진다. 물론 반모음의 결합에 의한 이중모음이 존재한다. 로마자에 없는 된소리, 유기음은 현재 사용하는 로마자 표기대로 약 속을 하고 그것을 가르치면 될 것이다. 한편 로마자에 없는 모음도 새 로운 기호를 만들어서 그것이 어떤 소리를 나타내는지 약속을 하면 될 것이다. 어떤 기호도 그것의 음소와 동일할 수 없다. 그것은 기호 의 자의성에 의해 당연한 것이다.

이렇게 다시 태어난 한국어 로마자 표기체계는 당연히 한글만큼 복 잡하게 될 것이다. 외국인은 그들이 알고 있는 대립체계와 다른 대립 체계를 한국어가 가지고 있기 때문에 어차피 자신들이 가지고 있는 자국어 지식을 버리고 최선을 다해 한국어를 배우지 않는 한 한국어 를 읽고 제대로 해석하기 힘들 것이다. 이상적인 로마자 표기체계는 누가 사용할 것인가? 그것은 이미 말한 바대로 한국어를 잘하고 싶어 하는 사람일 것이다. 그러나 그러한 사람을 위해 한글을 놔두고 다시 로마자 표기법을 세운다는 것은 바람직한 방식이 아니다. 단지 특수한 경우를 위해 이상적인 표기를 마련해 둘 수도 있을지 모른다. 예를 들 면 세계지도를 표기하거나 한국에 관한 역사적 기록을 남기기 위한 방식 등이 그것이다.

현실적으로 외래어 표기법을 가장 많이 사용할 사람은 어쩌면 한국 인인지도 모른다. 수출을 위해 우리의 회사이름이나 상품명을 그들에 게 소개할 필요가 있을 것이다. 또한 빈번한 인적 교류는 이름을 표기 하여야 할 경우가 많다. 그렇다면 상대방 외국인은 한국어에 능통한 독자가 아닌 경우가 대부분일 것이다. 여행을 온 외국인도 마찬가지 다. 이는 로마자 표기법의 대상이 어떤 외국인인가 자명하다. 필자는 실용적 외래어 표기법은 로마자 이외의 글자를 써서는 안 된다고 주장한다. 왜냐하면 그들은 한국어를 유창하게 구사하지 못할 뿐 아니라 현실적으로 그럴 필요도 없기 때문에 한국인이 발화하는 것과 유사하게 발화하기만 하면 될 것이다. 즉 의미의 전달이 무엇보다 중요하다.

이상적인 로마자 표기법은 한글과 일대일 대응되는 문자를 제정하기만 하면 되기 때문에 이러한 일은 쉽다. 좀더 엄밀히 말하면 한국어의 음소와 대응되는 문자를 설정하면 될 것이다. 그러나 실용적 로마자 표기법은 그 제정이 쉽지 않다. 왜냐하면 이미 언급한 대로 그 표기를 읽는 외국인의 정도를 가늠하기 어렵기 때문이다. 일단 위의 논의처럼 로마자 표기를 가장 많이 사용할 외국인은 '중', '하' 정도의 외국인이 분명한데, 이들을 대상으로 표기체계를 만들 때 고려해야 할 사항은 무엇인가? 우선 그들이 알고 있는 로마자 이외의 글자를 사용하지 않는 것이 현실적으로 가장 실용적 로마자 표기법이라 할 수 있다.

지금까지의 논리를 요약하면 사용자를 고려하여 두 가지 종류의 로마자 표기법을 제정하자는 것이다.[2] 첫째는 한국어를 완벽하게 표현할 수 있는 이상적 로마자 표기법과 둘째는 많은 사용자를 대상으로 하는 실용적 로마자 표기법이다.

4. 표기의 기본 원칙

제1항은 "국어의 로마자 표기는 국어의 표준 발음에 따른다."로 되

---

2) 한 가지 이상의 복수 표기법을 제정하자는 주장은 이미 여러 곳에서 제기되었다. 이상억(1981/1994 : 128~9)에서도 일반사회용과 언어학자용의 두 가지 표기법을 제안한 바 있다. 그러나 일반사회용은 음성에 충실한 전사법을, 언어학자용은 전자법을 주장한 것으로 본고의 사용자 중심에 의한 구분과 전혀 다르다. 국어의 로마자 표기를 전사법과 전자법으로 구분하는 불합리성에 대해서는 앞에서 언급했다.

어 있다. 로마자 표기법이란 우리말을 대상으로 하기 때문에 이미 로마자 표기법이란 의미 속에는 우리말을 표기한다는 것을 전제하고 있다. 이런 당연한 전제가 다시 원칙으로 나서야 하는 이유는 아마도 발음이 아닌 한글 표기를 기준으로 표기법이 쓰여지는 것을 막기 위한 조처로 보인다. 예컨대 '없다'로 표기되지만 '업따'로 발화되고 있다. 그러나 이는 피상적 관찰의 결과이다. 이미 앞에서 언급했듯이 한글 맞춤법은 우리말을 소리나는 대로 적고 있는 것이다. 즉 표준 발음을 대상으로 하고 있기 때문에 이 기준은 아마도 한글 표기법이 대상이 아니라 표면형을 표기한다는 것으로 해석되어야 한다. 당연히 우리 맞춤법은 기저형을 대상으로 하는 것이지 표면형을 대상으로 하는 것이 아니다. 즉 표준 발음에 따른다는 원칙은 기저형을 고려해서 한 말이라면 한글 맞춤법을 따르면 된다. 그럼에도 이러한 원칙을 따로 세운 것은 아마 표면형을 대상으로 한다는 의미일 것이다. 과연 용례에 보면 '독립'을 'toklip'이 아닌 'tongnip'으로 적고 있다. 그러나 이는 표기법 전체의 기본을 무너뜨리는 아주 불합리한 조처이다. 국어는 주지하다시피 수많은 형태소가 결합되어 어형변화를 겪는 교착어이다. 다양한 표면형을 모두 발음대로 적는다면 어떻게 그 형태소와 의미의 일대일 대응을 신속하게 파악할 수 있을 것인가? 하나의 형태소는 동일한 기저형으로 표기되는 것이 의미파악에 있어 첩경이다. 현행 로마자 표기법은 의미 파악에 심각한 문제를 제공한다. 이 기준이 아마 한국어에 초보 수준인 외국인을 고려했다고 생각하면 대단한 착각이다. 예를 들면 '바둑'은 홀로 표기하면 'paduk'로 표기하도록 되어 있다. 그런데 만일 '바둑을 두었다'에서 '바둑을'은 어떻게 표기될 것인가? 'k'를 주목해 보자. 현행 표기법에 따르면 유성음 사이에서는 유성음으로 적도록 되어 있기 때문에 'padugŭl'로 표기되어야 한다. 동일한 의미를 전달하는 단어가 이렇게 다르게 표현되면 외국인은 틀림없이 다른 의미로 파악할 것이다. 더욱이 유성음과 무성음이 변별적으로 사용되는 외국인에게는 더 말할 필요도 없다. 이 기준은 없애든지 아니면 한글 맞춤법의 기준대로 소리대로 적되, 어법에 맞도록 한다고 하면 될 것이다. 정확히 말하면 기저형을 적도록 하고 변화가 심한 일부의 어형에 표면형을 쓰도록 보완하면 될 것이다.

제2항은 "로마자 이외의 부호는 되도록 사용하지 않는다."로 되어 있다. 이 원칙은 너무나 당연하다. 로마자 표기법이니까 로마자를 사용하면 되는 것이다. 그럼에도 불구하고 이런 원칙이 요구되는 것은 아마 국어의 음소체계에 로마자로는 표기할 수 없는 것이 존재한다는 것을 의미한다. 이상적인 로마자 표기법을 위해서는 이 규정은 폐기되어야 한다. 다른 많은 나라의 로마자 표기법이 새로운 기호를 만드는 이유는 26개의 로마자로는 자국어의 소리를 모두 표기할 수 없기 때문일 것이다.

다만 실용적 로마자 표기법의 경우는 이 규정이 엄격히 적용되어야 된다고 보는 것이 필자의 입장이다. 다른 기호를 제정하면 어차피 시간을 내어서 학습을 하여야 한다. 이는 한국어에 관심이 없으면 불가능한 일이다. 이는 이상적인 로마자 표기법의 사용자에게나 해당되는 일이다. 일상적인 외국인은 자기가 알고 있는 26개의 로마자로 한국어를 발화할 수 있기를 원할 것이다.

제3항은 "1음운 1기호의 표기를 원칙으로 한다."로 되어 있다. 하나의 음운이 하나의 기호로 표기되는 것이 이상적이라고 생각하는 것은 소리의 질서를 모르는 소치이다. 음운은 환경에 따라 다양하게 바뀐다. 이는 기초적 음운론을 공부한 사람은 너무 당연한 이치라서 거론할 논제조차 안 된다. 예컨대, /k/ 음소가 어떤 환경에서나 /k/로 실현되는 것이 아니다. 때로는 /ng/로 나기도 하고, 탈락하기도 한다. 즉 현대 음운론은 이런 사정을 감안하여 형태소의 기저형을 가정하고

그것이 표면에 실현되는 것은 중간의 음운규칙, 혹은 제약을 거쳐 실현되는 것으로 본다. 우리의 표기 체계가 변화하는 표면형을 적도록 되면 마음속에 내재해 있는 음운규칙은 아무 작용도 하지 않는 잉여적인 것이 될 것이다.

그러므로 여기서의 음운이란 기저형의 음운을 의미하는 것이고 그런 기저형의 음운은 항상 동일한 기호로 적어야 된다는 것으로 해석할 수 있을 것이다. 만일 이렇게 해석된다면 제1항과 충돌이 발생하는 것이다. 즉 제1항은 표면형을 적는다고 말했기 때문에 하나의 음운이 하나의 표기로 될 수 없게 되어 있다. 나아가 외국인의 입장에서는 자국의 음운체계와 한국어의 음운체계가 충돌할 수 있는데 우리의 표기법은 우리에게 하나의 음운인 것을 외국인의 입장에서 두 가지로 표기하고 있다. 즉 /p, t, k/를 유성적 환경에서 유성음 /b, d, g/로 적도록 하고 있다. 이는 과연 무엇이 기준인지 뒤죽박죽이라고 말할 수밖에 없다. 스스로 정한 원칙을 위배하고 있는 것이다.

결론적으로 말해서 하나의 음소에 하나의 기호라는 원칙은 폐기되어야 하고 이상적인 로마자 표기법은 기저형의 음소에 되도록 하나의 기호를 배당해야 한다. 그러나 된소리의 경우 한글도 기존에 존재하는 기호를 사용하고 있기 때문에 이런 원칙이 철저히 지켜지기 어렵다.

5. 로마자 표기의 사용 기호

5.1 이상적 로마자 표기 기호

위에서 필자는 두 가지 종류의 로마자 표기법이 필요함을 주장했다. 먼저 이상적 로마자 표기법에 대해 논의해 보자. 이상적 로마자 표기를 위해서는 새로운 기호를 만드는 방법과 로마자 기호를 중복하여 새로운 약속을 하는 방식이 있을 것이다. 기존의 로마자 기호로는 국어를 제대로 표현할 수 없기 때문에 다른 기호가 필요하다. 그런데 여기서 오랫동안 써온 기호를 쓸 것인가? 아니면 새로운 기호를 만들 것인가 하는 점이다. 문제가 없다면 오랫동안 써 온 기호를 그대로 표기하는 것이 합리적일 것이다. 문제는 이상적 로마자 표기의 원칙이 기저형의 음소에 대응되는 로마자를 표기하면 된다는 것이다. 현행 로마자 표기는 국어의 변이음을 표기하고 있기 때문에 무엇이 기준인지 복잡하게 되어 있다. 가장 문제가 되는 것은 유성의 환경에서 폐쇄음을 유성음으로 표기하는 방식일 것이다. 국어를 위해서는 이는 필요한 것이 아니다. 외국인을 위한 조처이기도 어렵다. 로마자를 쓰는 모든 외국인이 유/무성을 변별적으로 사용한다는 보장이 없는 것이다. 단지 유/무성을 구분하는 영어 화자와 같은 경우를 위한 로마자 표기법이라면 다시 원칙을 정해야 할 것이다.

철자가 곧 발화가 아니기 때문에 우리가 정한 로마자 표기가 각국의 외국인들이 동일하게 발음하리라는 보장이 없다. 어차피 우리는 우리의 기준에 맞게 표기할 수밖에 없고 그것을 읽는 외국인은 자국어의 직관에 따라 발음하게 될 것이다. 예를 들면 '고기'를 'gogi'로 표기했다면 이를 읽는 외국인 화자들은 자국어의 영향에 따라 [gogi], [kogi], [ko'gi], [koki], [goki], [khogi], …… 등등으로 읽게 될 것이다. 외국인들이 다양하게 발화하는 것은 너무나 당연하다. 그들은 자국어의 음운론에 간섭을 받기 때문이다. 우리의 기준대로 원칙을 지키는 것이 중요하다. 영어를 우리 나라 말로 쓰는 외래어 표기법도 어차피 영어 화자의 발화와 동일할 수 없다. 그것은 우리말의 음운론적 지식이 간섭하기 때문이다. 영어를 한국어 화자가 읽는 순간부터 영어의 한국화가 시작된다고 볼 수 있다. 거꾸로 한국어를 영어화자가 읽는다면 그 순간 영어화가 시작된다고 할 수 있다. 우리말의 로마자 표기는 영어 화자만을 위한 표기가 아니다.

이상적 로마자 표기를 위해서는 국어 음소에 대응되는 기호를 일대 일로 만들면 된다는 것이다. 자음은 현행 방식을 유지하고, 기저형을 적는다는 원칙에 충실하면 문제가 없을 것이다. 다시 말하면 한글 맞춤법을 따르면 된다는 것이다.

모음의 경우도 문제가 되는 것은 '으/어'인데, 이것도 지금 방식이 오랫동안 이어져 왔으므로 이를 지키면 될 것이다.

국어의 기저음소에 대응되도록 로마자 표기를 한정하게 될 때 문제로 떠오르는 것은 국어의 음소가 변화될 때 발생하는 문제다. 예를 들면 문자로는 '에/애'가 변별되고 있으나 많은 화자들이 이들을 변별적으로 인식하지 못하고 있는 것이 국어의 현실이다. 또한 '외/위' 같은 문자도 단모음에서 이중모음으로 변화의 과정에 있다. 이중모음 '예/애'도 그렇고, '외/왜/웨'의 발음도 변화 과정에 있다. '의'도 문자와 그에 대응되는 음소가 변화했다.

이상적으로 말하면 음소가 변화되면 변화된 대로 바꾸어 표기하면 문제가 없다. 즉 '애'든, '에'든 모두 'e'로 표기하는 방법이다. 이는 외국어 화자보다 이를 표기해 주는 한국인이 받아들이기 힘들 것이다. 한글을 배운 언중은 아직도 이들을 구분하기 때문이다. 또한 문자에 의해 그 의미 차이를 느끼는 '의'도 문제가 된다. 이는 변화 과정에 있는 소리의 필연적인 속성인 것이다. 즉 언젠가는 한글 맞춤법도 변경되어야 한다. 지금 그 변화를 예측하고 미리 변한 대로 정하는 것도 나쁘지 않은 방법이다. 한국어 화자가 문제가 된다면 잠정적으로 한글 맞춤법과 동일하게 표기하는 것도 하나의 방법이다. 필자는 변한 대로 표기하는 것을 주장한다.

'으/어'를 표기하는 기존의 방법이 어깨점을 찍는 것이지만 자판기호의 편리한 점을 이용해서 따옴표를 사용하기를 제안한다.

음소 (한글)	ㄱ	ㄲ	ㅋ	ㄷ	ㄸ	ㅌ	ㅂ	ㅃ	ㅍ	ㅅ	ㅆ	ㅈ	ㅉ	ㅊ	ㅁ	ㄴ	ㅇ	ㄹ	ㅎ
로마자	g k	kk	k	d t	tt	t	b p	pp	p	s	ss	j	jj	jh ch	m	n	ng	l	h

음소 (한글)	아	에	이	오	우	으	어	애	의	야	여	요	유	와	워	위	외	왜	웨	예	애
로마자	a	e	i	o	u	u	u o	e	u e	ya	yo yu	yo	yu	wa	wo wu	wi	we wy	we	we	ye	ye

예) 속리산=songnisan, 왜관=wegwan/we'gwan, 의성=u'so'ng/uyso'ng.

5.2 실용적 로마자 표기 기호

실용적 로마자 표기법의 가장 큰 특징은 로마자에 있는 글자만 사용한다는 제약이다. 이를 어기면 새로운 기호를 배워야 하므로 그것은 이미 실용적 로마자 표기법이 아니다. 즉 실용적 로마자 표기법은 철저히 외국인의 입장에서 최대한 한국어의 정보를 표기하도록 해야 한다. 이는 모순된 표현일 수 있다. 외국인을 고려하면 한국어의 정보가 손상될 수 있고, 한국어의 정보를 최대한 표기하고자 하면 외국인이 이해하기 힘든 기호가 사용될 수 있다. 그러므로 중용의 길을 찾아 표기에 반영하도록 해야 한다.

사용자에 있어서도 주로 영어화자를 대상으로 표기법이 정해져야 한다. 한자어도 위에서 언급한 대로 형태소 인식이 조금이라도 불분명하다면 소리나는 대로 적는 원칙을 정하는 것이 중요하다.

자음 중에서 위의 이상적 로마자 표기법은 한국어의 평음의 폐쇄음이 로마자 유성음으로 표기되고 있다. 그런데 오랫동안 이를 무성음으로 표기한 적도 있고, 그러한 관념이 드는 외국인도 있기 때문에 그것을 허용하는 것이 합당하다. 즉 유성과 무성의 이중표기를 허용하는 것이다.

모음의 경우, '어/으'의 문제도 새로 이중의 모음을 이용하여 대응하는 방법도 있겠지만 하나로 표기하는 것이 더욱 현실적이다. 이것도 두 개의 경우를 상정하는 것이 바람직하다.

음소 (한글)	ㄱ	ㄲ	ㅋ	ㄷ	ㄸ	ㅌ	ㅂ	ㅃ	ㅍ	ㅅ	ㅆ	ㅈ	ㅉ	ㅊ	ㅁ	ㄴ	ㅇ	ㄹ	ㅎ
로마자	g	kk	k	d	tt	t	b	pp	p	s	ss	j	jj	jh	m	n	ng	l	h

음소 (한글)	아	에	이	오	우	으	어	애	의	야	여	요	유	와	워	위	외	왜	웨	예	애
로마자	a	e	i	o	u	u'	o'	e'	u'/e/uy	ya	yo'	yo	yu	wa	wo'	wi	we/wy	we/we	we	ye	ye/ye

국어의 로마자 표기법 비교표

장	항목	현행	개정 시안	개정 내용
제1장 표기의 기본 원칙	제1항	국어의 로마자 표기는 국어의 표준발음에 따라 적는다	국어의 로마자 표기는 국어의 표준발음에 따라 적는다.	없음
	제2항	로마자 이외의 부호는 되도록 사용하지 않는다.	로마자 이외의 부호는 사용하지 않는다.	현행의 '되도록'을 삭제
	제3항	1음운 1기호의 표기를 원칙으로 한다.	1음운 1기호의 표기를 원칙으로 한다.	없음
제2장 표기 일람	제1항	모음은 다음과 같이 적는다. 단모음; ㅏ(a), ㅓ(ŏ), ㅗ(o), ㅜ(u), ㅡ(ŭ), ㅣ(i), ㅐ(ae), ㅔ(e), ㅚ(oe)	단모음; ㅏ(a), ㅓ(eo), ㅗ(o), ㅜ(u), ㅡ(eu), ㅣ(i), ㅐ(ae), ㅔ(e), ㅚ(oe), ㅟ(wi)	1. ㅓ의 표기를 ŏ ->eo로 변경. 2. ㅡ의 표기를 ŭ ->eu로 변경. 3.ㅟ(wi)를 중모음에서 단모음으로 변경.
		중모음; ㅑ(ya), ㅕ(yŏ), ㅛ(yo), ㅠ(yu), ㅒ(yae), ㅖ(ye), ㅢ(ŭi), ㅘ(wa), ㅝ(wo), ㅙ(wae), ㅞ(we), ㅟ(wi)	이중모음; ㅑ(ya), ㅕ(yeo), ㅛ(yo), ㅠ(yu), ㅒ(yae), ㅖ(ye), ㅢ(ui), ㅘ(wa), ㅝ(wo), ㅙ(wae), ㅞ(we)	1. 명칭을 '중모음'에서 '이중모음'으로 변경. 2. ㅕ의 표기를 yŏ ->yeo로 변경. 3. ㅢ의 표기를 ŭi ->ui 로 변경. 4. ㅟ(wi)를 중모음에서 단모음으로 변경.
	제1항 붙임	장모음의 표기는 따로 하지 않는다.	장모음의 표기는 따로 하지 않는다.	없음.
	제2항	자음은 다음과 같이 적는다. 파열음; ㄱ (k,g), ㄲ (kk), ㅋ (k'), ㄷ (t,d), ㄸ (tt), ㅌ (t'), ㅂ (p,b), ㅃ (pp), ㅍ (p') 파찰음;ㅈ (ch,j), ㅉ (tch), ㅊ (ch') 마찰음; ㅅ (s,sh), ㅆ (ss), ㅎ (h) 비음; ㅁ (m), ㄴ (n), ㅇ (ng) 유음; ㄹ (r,l)	자음은 다음과 같이 적는다./ 파열음; ㄱ (g,k), ㄲ (kk), ㅋ (k), ㄷ (d,t), ㄸ (tt), ㅌ (t), ㅂ (b,p), ㅃ (pp), ㅍ (p) 파찰음;ㅈ (j), ㅉ (jj), ㅊ (ch) 마찰음; ㅅ (s), ㅆ (ss), ㅎ (h) 비음; ㅁ (m), ㄴ (n), ㅇ (ng) 유음; ㄹ (r,l)	1. 어두파열음 ㄱ,ㄷ,ㅂ 의 표기를 k,t,p에서 g,d,b 로 변경. 2. 유기음 ㅋ,ㅌ,ㅍ 의 표기를 k',t',p'에서 k,t,p로 변경. 3. 파찰음 ㅈ 은 어두에서 ch로 적던 것을 모두 j로 변경, ㅉ 은 tch에서 jj로 변경. ㅊ 은 ch'에서 ch로 변경. 4. 마찰음 ㅅ 은 s로만 적는다.

장	항				
제2장	제2항	붙임1	'ㄱ,ㄷ,ㅂ,ㅈ'이 모음과 모음 사이, 또는 'ㄴ,ㄹ,ㅁ,ㅇ'과 모음 사이에서 유성음으로 소리날 때에는 각각 'g, d, b, j'로 적고 이 밖에는 각각 'k, t, p, ch'로 적는다.	'ㄱ,ㄷ,ㅂ'은 모음 앞에서는 'g, d, b'로 적고, 자음 앞이나 어말에서는 'k, t, p'로 적는다.	1.파열음 'ㄱ,ㄷ,ㅂ'을 어두에서 'k, t, p'로 적던 것을 'g, d, b'로 변경. 그외 환경에서는 동일함. 2.'ㅈ'은 무성환경에서 ch로 적던 것을 j로 통일.
		붙임2	'ㅅ'은 'ㅅ'의 경우에 sh로, 그 밖에는 's'로 적는다.		삭제
		붙임3	'ㄱ,ㄷ,ㅂ,ㅈ'이 모음과 모음 사이, 또는 'ㄴ,ㄹ,ㅁ,ㅇ'과 모음 사이에서 유성음으로 소리날 때에는 각각 'g, d, b, j'로 적고 이 밖에는 각각 'k, t, p, ch'로 적는다.	'ㄹ'은 모음 앞에서는 'r'로, 자음 앞이나 어말에서는 'l'로, 'ㄹㄹ'은 'll'로 적는다.	항목을 붙임2로 변경. 내용은 현행의 붙임3과 동일함.
제3장 표기상의 유의점	제1항 음운변화가 일어날 때는 음운변화의 결과에 따라 다음과 같이 적는다.	1	자음 사이에서 동화작용이 일어나는 경우	자음 사이에서 동화작용이 일어나는 경우	없음
		2	'ㄴ,ㄹ'이 덧나는 경우	'ㄴ,ㄹ'이 덧나는 경우	없음
		3	구개음화가 되는 경우	구개음화가 되는 경우	없음
		4	'ㄱ,ㄷ,ㅂ,ㅈ'이 'ㅎ'과 어울려 나는 경우	'ㄱ,ㄷ,ㅂ,ㅈ'이 'ㅎ'과 어울려 나는 경우	없음
		붙임	형태소가 결합할 때 나타나는 된소리는 따로 표기하지 않는다.	붙임1 단어 내부에서의 경음화는 표기에 반영하지 않는다. / 붙임2 인명 표기에서 한자어 이름의 사이와 행정구역 표기에서 앞말과 단위명 사이에서 일어나는 음운변화는 표기에 반영하지 않는다.	현행의 붙임을 붙임1로 하고 새로 붙임2를 추가
	제2항		발음상 혼동의 우려가 있을 때나 기타 분절의 필요가 있을 때는 붙임표(-)를 써서 따로 적는다.	발음상 혼동의 우려가 있을 때에는 붙임표(-)를 쓸 수 있다.	"기타 분절의 필요가 있을 때"라는 요건을 삭제함
	제3항		고유명사는 첫소리를 대명사로 적는다.	고유명사는 첫글자를 대문자로 적는다.	첫소리를 첫글자로 변경

	제4항	인명은 성과 이름의 순서로 쓰되 띄어 쓰고, 이름 사이에는 붙임표를 넣는다. 다만, 한자식의 이름이 아닌 경우에는 붙임표를 생략할 수 있다.	인명은 성과 이름의 순서로 띄어 쓴다. 한자어 이름일 경우에는 ㄱ을 원칙으로 하고 ㄴ과 ㄷ도 허용한다. 윤숙영 ㄱ Yun Suk-yeong ㄴ Yun Sukyeong ㄷ Yun Suk Yeong 한하나 Han Hanna	한자어의 경우 허용 범위를 확대했다.
제3장 표기상의 유의점	제5항	제2항 붙임의 규정에도 불구하고 '도,시,군,구,읍,면,리,동'등의 행정 구역 단위와 '가'는 각각 'do, shi, gun, gu, ŭp, myŏn, ri, dong, ga'로 적고, 그 앞에는 붙임표를 넣는다.	'도,시,군,구,읍,면,리,동'등의 행정 구역 단위와 '가'는 각각 'do, si, gun, gu, eup, myeon, ri, dong, ga'로 적고, 그 앞에는 붙임표를 넣는다.	모듬과 자음 표기방식이 바뀐 대로 변경되고 나머지는 동일함.
		붙임 특별시, 광역시, 시, 군, 읍 등의 행정구역 단위명은 생략할 수 있다.	붙임 특별시, 광역시, 시, 군, 읍 등의 행정구역 단위명은 생략할 수 있다.	없음
	제6항	자연 지물명, 문화재명, 인공 축조물명은 붙임표 없이 붙여 쓴다.	자연 지물명, 문화재명, 인공 축조물명은 붙임표(-) 없이 붙여 쓴다.	없음
		붙임 5음절 이상일 경우에는 낱말 사이에 붙임표를 쓸 수 있다.	붙임 한글 표기에서 띄어 쓰는 말은 띄어 쓰는 단위마다 붙임표(-)를 쓸 수 있다.	'5음절 이상'이라는 규정을 수정함.
	제7항	고유 명사의 표기는 국제 관계 및 종래의 관습적 표기를 고려해서 갑자기 변경할 수 없는 것에 한하여 다음과 같이 적는 것을 허용한다. 서울 Seoul 이순신 Yi Sun-shin 이승만 Syngman Rhee 연세 Yonsei 이화 Ewha	회사명, 인명, 단체명 등은 그동안 써 온 표기를 허용한다.	'다음과 같이 적는다'는 애매한 규정을 수정함.
	제8항	인쇄나 타자의 어려움이 있을 때에는 의미의 혼동을 초래하지 않을 경우, ŏ, ŭ, yŏ, ŭi 등의 반달표(˘)와 k', t', p', ch' 들의 어깨점(')을 생략할 수 있다.		삭제

참고 문헌

강인선(1997), "일본 로마자 표기법의 어제와 오늘", 새국어생활 7권 2호.

김세중(1991), "국어의 로마자 표기 문제", 주시경 학보 제8호.

김세중(1997), "국어의 로마자 표기 실태", 새국어생활 7권 2호.

김차균(1983), "우리말 로마자 표기법의 근본 문제와 그 해결 방안", 어문연구 제12호, 어문연구회.

김충배(1978), "우리말 로마자 표기 문제", 언어 제3-2호, 한국언어학회.

문화관광부, 국립국어연구원(1999), '국어의 로마자 표기법' 개정 공개 토론회 발표 요지.

서정수(1991), "우리말 이름의 로마자 표기에 관하여", 새국어생활 제1-1호, 국립국어연구원.

송기중(1988), "북한의 로마자 표기법", 국어생활 제15호, 국어연구소.

이상억(1981/1994), "국어의 로마자 표기법 문제 종합 검토", 언어와 언어학 7, 외국어대 언어연구소. - 국어 표기 4법 논의, 서울대 출판부에 재수록.

이익섭(1997), "로마자 표기법의 성격", 새국어생활 7권 2호.

이현복(1979), "로마자 표기법 개정시안의 문제점", 말 제4집, 연세대.

이현복(1993), "남.북한의 로마자 표기법 비교 연구", 한글 제222호, 한글학회.

정희원(1997), "역대 주요 로마자 표기법 비교", 새국어생활 7권 2호.

허성도(1997), "중국의 로마자 표기 실태", 새국어생활 7권 2호.

제주 방언의 현재와 미래
- 선어말어미 '-더-'를 중심으로

■

우 창 현

1. 서론

이 글에서는 선어말어미 '-더-'를 중심으로 제주 방언에 대한 연구가 어떻게 진행되어 왔는가 하는 것을 밝히고 아울러 제주 방언 연구가 앞으로 지향해야 할 점에 대해 논의하기로 한다.

이러한 취지하에 이 글에서는 그동안 제주 방언을 연구했던 기존 논의에서 회상 선어말어미라고 보아왔던 '-더-'의 의미를 더 이상 '회상'으로 볼 수 없고 새롭게 해석해야 할 필요가 있다는 것에 대해 논의하기로 한다. 그리고 '-더-'의 올바른 의미를 규명하기 위해서는 제주 방언 역시 국어를 구성하고 있는 하나의 구성 요소가 된다는 점에 유념하여 전체 국어의 틀 내에서 논의되어야 한다고 생각한다. 이는 그동안 제주 방언 연구가 개별 방언 연구의 틀을 벗어나지 못했다는 점에서 더욱 유념해야 할 사항이라고 판단한다.

중앙어를 대상으로 한 연구에서는 이미 '-더-'를 '회상'으로 볼 수 없다는 사실이 분명하게 밝혀졌다. 그런데도 유달리 제주 방언에서 이를 '회상'이라고 논의하는 것은 그동안의 연구가 '-더-'의 형태 분석 문제에 매달려 있었기 때문이라고 판단한다. 제주 방언에서 '-더-'는 '-어-', '-라-' 등 여러 이형태들이 있는 것으로 논의해왔기 때문에 이들을 과연 이형태라고 할 수 있는가 하는 점에 논의의 초점이 모아져서 그 의미에 대해서는 소홀하게 다루어져 왔던 것이라고 생각한다.[1] 이에 대해 이 글에서는 '-더-'의 의미를 새롭게 보아야 한다는 점을 중심으로 하여 논의를 진행하도록 한다.

2. '양상(modality)'의 개념

이 글에서 다루는 양상에 대한 기본 개념을 정의하기 위해 양상에 대해 논의했던 기존의 연구를 간단하게 정리하기로 한다. 먼저 Palmer (1986), Lyons(1977) 등에서는 樣相을 '명제내용에 대한 화자의 (주관적인) 의견이나 태도를 문법화한 것'으로 정의하였다.

이러한 일반적 정의에 대해 樣相 의미는 시간이 변함에 따라 변화할 수 있다는 주장이 Bybee(1994)에서 제기 되었다. 이러한 논의를 바탕으로 Bybee(1994)는 樣相을 올바르게 이해하기 위해서는 樣相에 대

---

[1] '-더-'의 형태 분석 문제에 대해서는 고영진(1991)에서 자세하게 논의하고 있다. 그러나 고영진(1991)에서도 이들이 이형태 관계가 아니라는 것에 대해서만 논의되었지, 이들이 각각 어떤 의미를 나타내는 형태소들인지에 대해서는 자세하게 논의되지 못했다.

이에 대해 이 글에서는 '-더-'의 의미에 대해서만 논의하는 것으로 그 범위를 제한하기로 한다. 이렇게 범위를 제한하는 이유는 필자 역시 '-어-'를 '-더-'의 이형태로 볼 수 없다면 그 범주를 어떻게 설정해야 할 지를 명확히 설명할 수 없기 때문이다. 이에 대해서는 다음 기회에 자세하게 논의하기로 한다.

한 통시적인 연구와 관찰이 선행되어야 한다고 주장한다. 그리고 이러한 변화는 여러 언어에서 나타나는 일반적 현상이라고 주장하였다.

이에 대해 이 글에서는 Lyons(1977)의 樣相에 대한 정의를 받아들여 '樣相을 명제 내용에 대한 화자의 주관적 의견이나 태도를 실현하는 문법 범주'로 제한하여 정의하기로 한다. 이러한 양상에 대한 정의는 일반적으로 시제와 상의 개념과는 구별된다. 왜냐하면 시제는 직시적, 관계적 범주라고 논의되어 왔고, 상은 상황의 내부 시간 구조와 관계되는 문법 범주라고 논의되어 왔기 때문이다.[2]

그리고 Bybee(1994)에서 주장하였던 언어 현상에 대한 통시적인 연구와 관찰은 제주 방언을 논의하는 과정에서는 불가능하다고 보인다. 이는 제주 방언에는 통시적인 언어 현상을 보여줄만한 구체적인 자료가 없기 때문이다.

3. 기존 논의 검토

구체적인 논의에 앞서 제주 방언의 '-더-'에 대한 기존 논의를 살펴보기로 한다. 먼저 현평효(1985)에서는 '-더-'의 의미를 밝히는데 주목하여 '-더-'를 '회상'이라고 규정하였다. 이러한 현평효(1985)의 해석은 제주 방언의 '-더-'에 대한 최근의 논의에서까지 크게 부정되지 않고 있다. 단지 '회상'의 의미를 좀더 구체화하려는 시도만이 있었을 뿐이

---

2) 양상을 시제나 상과 구분해서 논의해야 하는 이유는 국어의 경우 하나의 형태소에 양상, 상, 시제 의미가 복합되어 나타나는 경우가 있기 때문이다. 그러나 이 경우 하나의 형태소에 이들 의미가 복합되어 나타난다고 해서 국어에서는 하나의 형태소가 양상, 시제, 상의미를 모두 나타낸다고 보는 것은 올바른 문법적 설명이 되지 못한다. 오히려 이들 의미를 구분하여 어떤 하나의 의미가 기본 의미이고 다른 의미들은 이 기본 의미에서 파생된 것으로 설명하는 것이 올바른 문법적 설명이 된다고 판단한다.

다.

이러한 시도는 홍종림(1991)에서 확인되는데 홍종림(1991) 역시 넓은 의미에서 '-더-'를 '회상'이라고 규정한 것이 이러한 사실을 뒷받침한다. 단지 홍종림(1991)이 현평효(1985)와 차이를 보인다고 할 수 있는 것은 '-더-'를 '화자의 수용적 의식의 회상'이라고 규정하여 그 의미를 좀 더 자세하게 고찰하려 한 것뿐이다. 이 논의에서 홍종림(1991)은 그가 제시한 수용적 의식을 설명하기 위해서는 두 개의 시간축이 필요하다고 보고 있다. 이 경우 그 하나의 시간축은 화자가 수용적 의식을 한 시점을 나타내고 다른 또 하나의 시간축은 의식한 내용을 발화하는 발화 시점을 나타낸다고 보았다. 홍종림(1991)의 이러한 견해는 '-더-'를 관계적 개념으로 이해하는 것으로 보인다. 그러나 이러한 이해와는 달리 그의 논의에서는 '-더-'를 단순히 양태(양상)적 범주로 다루고 있다. 이는 '-더-'를 시간상의 관계에서 해석하기보다는 '-더-'가 갖는 '수용적 의식의 회상'이 '-더-'의 본질적인 의미라고 판단한 데서 비롯된 것이 아닌가 생각한다. 그러나 이러한 홍종림(1991)의 견해는 '-더-'를 '양태(양상)'범주가 아닌 시제 범주로 다룰 수도 있는 개연성을 남겨 새로운 해석의 가능성을 보여준다.

제주 방언에서 확인되는 '-더-'는 실제적으로 중앙어의 '-더-'와 의미적으로 크게 다르지 않다. 이러한 사실에 주목하여 중앙어에서 '-더-'에 대해 논의했던 견해들을 살펴보고 이를 참고로 하여 제주 방언에 나타나는 '-더-'의 의미를 올바르게 규명하도록 한다.

'-더-'에 대한 중앙어의 논의는 양상 혹은 시제로 해석해야 한다는 논의가 지배적이다. 먼저 김영희(1981)에서는 '-더-'의 의미를 화자의 '무책임성'을 나타내는 것으로 보았다. 그러나 임홍빈(1982)에서는 김영희(1981)의 논의를 비판하면서 '-더-'의 의미를 올바르게 이해하기 위해서는 관형절 구성에 나타나는 '-더-'의 의미를 확인해야 한다고 하였다.

이러한 입장에 따라 임홍빈(1982)에서는 '-더-'의 의미를 '인식의 단절' 즉 '단면인식'이라고 보았다. 이러한 임홍빈(1982)에 대해 한동완(1984) 에서는 '단면인식'은 '-더-'가 갖는 본질적인 의미가 아니고 '-더-'가 갖는 시제성에서 파생되는 것으로 설명해야 한다고 주장한다. 그리고 그 의미를 '인식시의 선시성'으로 규정하여 '인식시의 동시성'을 나타내는 '-느-'와 대립되는 것으로 보아야 한다고 논의하였다. 한동완(1984) 등에서 제시하고 있는 이러한 비판에 대해 임홍빈(1993)에서는 임홍빈 (1982)가 갖는 문제점과 잘못 이해되었던 점이 있음을 인정하고 이에 대해 자세하게 논의하고 있다. 특히 '-더라' 구문에서 나타나는 '보고'의 의미를 분명하게 언급하지 못한 것을 지적하고 이에 대한 논의를 보완하고 있다. 그러나 이러한 과정에서도 기존에 '-더-'를 '단면인식'이라고 보아왔던 견해는 계속하여 유지하고 있다.

이러한 임홍빈(1993)에 대해 이홍식(1995)에서는 관형절 구성과 접속문의 특성이 일반 단문과는 다르다는 점을 제시하고, 이들에서 확인되는 '-더-'의 의미는 기본적으로 인식했던 사실을 재인식하는 것으로 보아야 한다고 주장하면서도 구성 유형에 따라 각각 다른 의미로 나타난다고 보아야 한다는 일종의 다의어적 해석을 내리고 있다. 이외에도 '-더-'에 대한 논의는 서정수(1977), 장경희(1985), 이창덕(1988) 등에서 주로 다루어졌다. 이들 논의에서 강조했던 특성들에 대해서는 임홍빈(1993), 최동주(1994) 등에서 자세하게 정리가 되었기 때문에 더 이상 언급하지는 않도록 한다.

이처럼 중앙어에서 '-더-'의 의미에 대해 다양하게 해석하는 것은 곧 '-더-'의 의미를 올바르게 파악하는 작업이 그만큼 힘들다는 것을 반증한다고 할 수 있겠다.

4. '-더-'의 의미

4.1 중앙어의 '-더-'

먼저 전술한 기존 논의 중에서 필자가 논의하는 과정에서 필요하다고 판단되는 논의들을 보다 구체적으로 확인하도록 한다.

임홍빈(1982, 1993)은 중앙어의 '-더-'는 과거 상황을 단편적으로 인식하는 경우에 나타난다고 하였다. 그리고 '-더-'는 사건의 결부를 포함하지 않은 인식, 즉 '단면인식'을 의미한다고 하였다. 그러나 이러한 임홍빈(1993)의 견해는 '-더-'가 '-었-'과 함께 나타나는 경우를 설명하는데 어려움이 있다. 왜냐하면 임홍빈(1993)의 논의에서는 '-었-'이 사건의 결과적인 상태까지를 나타내는 것으로 보기 때문에 '-었-'과 결합하는 '-더-'는 당연히 결과적인 상태를 단편적으로 인식하는 것으로 보아야 하는데 이러한 논의는 다음과 같은 예를 설명하는데 어려움이 있기 때문이다. 구체적인 예를 통해 확인하기로 한다.

(1) 가. 네가 갔더냐?
  나. *내가 학교에 갔더라.

(1가)는 2인칭 의문문인 경우 '-었-'과 '-더-'의 결합이 자연스럽다는 것을 보여준다. 이에 반해 (1나)는 1인칭 평서문인 경우 이러한 결합이 자연스럽지 못하다는 것을 보여준다. 이에 대해 임홍빈(1993)은, (1가)는 '-었-'과 '-더-'가 함께 나타났지만 '화자 청자 의식의 투영 조건(인지후 비의식 조건)' 때문에 정문이 된다고 하였고, (1나)는 '-었-'과 '-더-'의 의미가 함께 나타날 수 없는데도 함께 나타났기 때문이라고 하였다.

이러한 설명은 다음과 같은 문제를 남긴다. 우선 (1나)도 (1가)와 유사하게 임홍빈(1993)에서 제시한 '인지전 비의식 조건'에 따르면 정문이 될 수 있다. 즉 '가다 보니까, 내가 학교에 갔더라.'와 같이 '나중에 앎'과 같은 정보가 있으면 정문이 된다는 것을 임홍빈(1993)은 설명할 수 있어야 한다.

이러한 문제를 보다 구체적으로 확인하기 위해 다음 예를 살펴보도록 하자.

(2) 가. 영이가 크게 웃었더라.
　　나. 형준이는 벌써 그 영화를 보았더라.

(2가, 나)는 '-었-'과 '-더-'가 함께 나타난 경우이다. 그런데 문제는 이러한 구성에 나타나는 '인식 의미'를 어떻게 보아야 하는가 하는 것이다. 이 구성이 문제가 되는 이유는, 임홍빈(1993)에 따르면 '-었-'은 사건의 결과적인 상태를 나타내고 이와 결합하는 '-더-'는 결과적인 상태를 '단면인식'한다고 하였는데, '-었-'이 결과적인 상태를 나타내는 경우는 동사가 결과적인 상태를 나타낼 수 있는 경우로 제한되기 때문이다. 즉 이 예문에서 '웃다'와 '보다'는 '-었-'이 결합하여도 결과 상태가 지속된다고 보기 어렵다. 이는 웃는 동작이나 보는 동작은 동작이 끝나면 더 이상 웃는 동작이나 보는 동작이 지속되지 못하기 때문이다. 결과 상태의 지속은 '짓다'와 같이 결과를 지속할 수 있는 동사인 경우에만 제한적으로 나타난다.

그런데도 만약 이를 '단면인식'과 연관지어 설명하고자 한다면 '-었-'을 단순하게 선행 상황이 일어난 것이 과거라는 것을 나타내는 것으로 보아야만 한다. 즉, '-었-'이 상황이 발생한 시간이 과거임을 나타내고 이러한 상황을 과거에 인식했던 것이 발화시까지 단절된 것을 '-더-'를 통해 '단면인식'하는 것으로 보면 설명이 가능하다는 것이다. 이렇게 보면 '-었더-'의 의미는 단지 '과거 종결된 상황에 대해 인식했던 것이 발화시까지 단절됨' 정도로 나타날 수 있다. 덧붙여 이러한 설명은 '-더-'가 상황의 진행을 나타내는 '-고 있-' 등과 함께 나타나는 경우도 설명할 수 있다. 즉 '-고 있-'에 '-더-'가 결합한 '-고 있더-'는 '과거 진행 중인 상황에 대해 인식했던 것이 발화시까지 단절된 것'으로 볼 수 있다는 것이다. 그런데 이러한 설명에서 명확하게 해야 할 부분이 있다. 이는 '-고 있-'이 상황의 진행만을 의미한다면 진행되는 상황이 과거에 나타났다는 것을 설명해줄 수 있는 문법적 설명이 필요한데 이를 설명하기 위해서는 '-더-'의 특성과 관련시킬 수밖에 없다는 것이다. 오히려 이러한 현상이 '-더-'의 의미를 규명하는데 중요하게 논의되어야 할 점이라고 생각한다.

다음은 이러한 현상을 보다 구체적으로 설명하기 위해 '-더-'가 단독으로 나타나는 경우와 '-고 있-'과 함께 나타나는 경우에 대해 살펴보도록 한다.

(3) 가. 유완이는 집에 가고 있더라.
　　　나. 유완이는 집에 가더라.

(3가, 나)에서 '-더-'는 동일하게 '인식의 단절'의 특성을 보여준다. 우선 (3가)는 '-더-'에 '-고 있-'이 결합하여 과거에 화자가 상황을 인식하는 시점에서 상황은 종결되지 않고 진행중이었음을 나타낸다. 이에 대해 (3나)에서는 '-더-'가 단독으로 실현되어 있으면서도 과거에 화자가 상황을 인식하는 시점에서 상황이 종결되지 않았다는 의미가 확인된다. 그러나 (3나)에서 화자가 진행중인 상황을 인식하는 의미가 나타난다고 해서 '-더-'에 '진행'의 의미가 있다고 할 수는 없다. 왜냐하면 '-더-'의 의미를 이처럼 설정하는 경우는 '-더-'에 과정성(진행)과 같은 의미 자질이 들어 있다고 해야 하지만 '-더-'는 종결을 나타내는 표현

과도 자연스럽게 결합할 수 있기 때문이다.3) 그리고 '-더-'에 과정성이 없음은 완성부사어와의 결합이 자연스럽다는 것을 통해서도 확인된다.

(4) 가. 영수는 한달만에 집을 짓더라.
　　나. 영수는 한시간만에 수영을 배우더라.

(4가)에서는 동사 '짓다'에 완성부사어인 '한달만에'가 결합하여 '영수가 집을 짓는 행위가 한달만에 종결'되었음을 나타낸다. 이에 대해 (4나)에서는 동사 '배우다'와 완성 부사어와의 결합을 통해 역시 한시간만에 상황이 종결되었음을 나타내고 '-더-'를 통해서는 종결된 상황을 과거에 인식했다는 의미를 나타낸다. 이러한 두 예는 '-더-'가 단독으로 실현되어 있는 경우로 '-더-'의 의미를 분명하게 보여준다. 그런데 이 두 예에서는 상황이 진행중이라는 의미가 확인되지 않는다. 그리고 이처럼 '-더-'가 완성부사어와 결합할 수 있다는 것은 일반적으로 상황에 진행의 의미가 포함되어 있지 않다는 것을 나타낸다.4) 이러한 논의를 통해 '-더-'에는 과정성(진행)이 포함되어 있지 않다는 사실을 확인할 수 있다.

그런데 지금까지 논의를 보면 상황에 '-더-'만 결합하는 경우든, '-었더-'가 결합한 경우든 '-고 있더-'가 결합한 경우든 관계하지 않고 모두 '과거에 있었던 상황을 인식'한다는 의미가 나타난다는 것을 확인할 수 있다. 즉 '-더-'에 '-었-'이 결합한 경우는 과거에 인식한 상황이 이미 종결된 상황이었다는 것을 의미하고 '-더-'에 '-고 있-'이 결합한 경우는 과거에 인식한 상황이 진행중이었음을 의미한다는 것이다. 이러한 사

---

3) '철수는 집에 가 있더라'에서 '-아 있-'은 철수가 집에 간 상황이 이미 종결되었음을 나타낸다.
4) 완성부사어와의 결합 관계를 통해서 과정성을 검증할 수 있다는 논의에 대해서는 졸고(1998ㄱ)을 참고하기 바란다.

실들은 '-더-'를 진행이나 종결과는 상관없이 '(객관화된) 과거 상황에 대한 인식'을 의미하는 것으로 이해해야 한다는 것을 의미한다.5) 그러면 이처럼 '-더-'를 과거 상황 연관시켜 이해하는 것이 타당한지에 대해 검증하도록 한다.

'-더-'가 과거에 일어난 상황과 연관된다는 것은 시간부사어와의 호응관계를 통해서 검증된다.6)

(5) 가. *철수는 내일 학교에 가더라.
나. *철수는 지금 학교에 가더라.
다. 철수는 어제 학교에 가더라.

(5가)는 '-더-'가 미래 시간부사어 '내일'과 결합할 수 없음을 보여준다. 그리고 (5나)는 '-더-'가 현재 시간부사어 '지금'과도 결합할 수 없음을 보여준다. 그러나 (5다)는 '-더-'가 과거 시간부사어와는 자연스럽게 결합할 수 있음을 보여 준다. 이러한 이들의 결합관계는 '-더-'를 '과거'로 볼 수 있는 직접적 증거가 된다.

그리고 이처럼 '-더-'를 '(객관화된) 과거 상황에 대한 인식'이라고 보면 단면인식이라고 보았을 때 문제가 되었던 (2)의 '-었더-'가 함께 나타나는 경우를 자연스럽게 설명할 수 있다.7)

---

5) 객관화된 상황이어야 한다는 것은 4.에서 '인칭제약'을 논의할 때 확인된다.
6) '철수는 내일이면 집에 가겠더라.'와 같은 문장은 미래 상황에도 '-더-'가 나타날 수 있는 경우다. 그러므로 이러한 예문은 필자의 주장에 대한 반증예처럼 보인다. 그러나 이 문장에서 화자가 이야기하고자 하는 상황, 즉 '철수가 내일이면 집에 간다'는 동작이 앞으로 일어날 것이다라는 사실을 예측할 수 있는 근거를 인식한 시간은, 화자가 이 문장을 발화하는 시간보다 과거가 된다. 그러므로 이 문장 역시 '-더-'가 과거 상황을 나타낸다는 주장에 대한 반증은 되지 못한다.
7) 그리고 '(객관화된) 과거 상황에 대한 인식'은 '-더-'가 '단면인식'을 나타내는 경우도 설명할 수 있다. '객관화된 상황'은 이미 화자가 제3자적인 입장

(6) 가. 철수가 집에 갔더라.
　　　나. 철수가 집에 가더라.

우선 (6가)와 (6나)를 비교하면, '갔더라'가 포함된 (6가)에서 화자는 철수가 집에 간 동작을 끝낸 결과를 인식해서 발화하고 있고, '가더라'가 포함된 (6나)에서 화자는 철수가 집에 가는 동작을 아직 끝내지 않고 진행중인 것을 인식해서 발화하고 있다는 것이 차이임을 확인할 수 있다. 이때 (6가)에서 인식하기 전에 동작이 끝났음을 나타내는 것이 '-었-'이고 이를 과거에 인식했다는 것을 나타내는 것이 '-더-'라는 사실을 확인할 수 있다. 즉 '-었-'을 단순하게 상황이 과거에 일어났음을 나타내는 과거시제로 해석하고, '-더-'를 '(객관화된) 과거 상황에 대한 인식'이라고 해석하면 이 문장을 자연스럽게 설명할 수 있다는 것이다.8)

4.2 제주 방언의 '-더-'

4.1에서의 검증 방법에 의해 밝혀진 중앙어의 '-더-'의 의미가 제주 방언에도 적용될 수 있는지를 검토하도록 한다. 만일 이러한 검증 방법이 제주 방언에서도 확인될 수 있다면 제주 방언의 '-더-'는 중앙어

에서 상황을 바라보는 경우이기 때문에 상황의 과정이나 결과를 직접 혹은 간접적으로 인식할 수 있게 된다. 그리고 이 경우 화자는 일반적으로 상황을 단편적으로 인식하게 된다. 이때 '단면인식'의 의미가 나타난다.

8) 이러한 설명 방법에 의하면 (1)에서 가.는 정문이 되는데 반해 나.가 비문이 되는 이유도 설명할 수 있다. 즉, (1나)가 비문이 되는 이유는 청자가 '*내가 학교에 갔더라'고 대답할 때 자기 자신의 상황을 객관화할만한 충분한 정보가 제공되지 않았기 때문이다. 그러므로 이 경우도 '이제 와서 잘 생각해보니까, 내가 학교에 갔더라.' 와 같이 상황을 객관화할 수 있는 정보가 제공되면 정문이 될 수 있다.

의 '-더-'와 동일하다고 할 수 있을 것이다.

우선 '-더-'가 과거 상황과 연관된다는 것을 시간부사어와의 호응관
계를 통해서 검증하도록 한다.

    (7) 가. *영인 내일 집이 가더라. (영이는 내일 집에 가더라.)
       나. *영인 지금 집이 가더라. (영이는 지금 집에 가더라.)
       다. 영인 갖사 집이 가더라. (영이는 아까 집에 가더라.)

(7가)는 '-더-'가 미래 시간부사어 '내일'과 결합할 수 없음을 보여준
다. 그리고 (7나)는 '-더-'가 현재 시간부사어 '지금'과도 결합할 수 없음
을 보여준다. 그러나 (7다)는 '-더-'가 과거 시간부사어와는 자연스럽게
결합할 수 있음을 보여준다. 이러한 이들의 결합관계는 '-더-'를 '과거'
로 볼 수 있는 직접적 증거가 된다.[9]

다음은 중앙어에서처럼 '-었더-'가 나타나는 경우를 자연스럽게 설명
할 수 있는지를 확인하도록 한다.

    (8) 가. 철순 밥 먹엇더라. (철수는 밥을 먹었더라.)
       나. 철순 밥 먹더라. (철수는 밥을 먹더라.)

(8가)와 (8나)를 비교하면 중앙어와 동일하게 '먹엇더라'가 포함된 (8
가)에서 화자가 인식하기 전에 동작이 끝났음을 나타내는 것은 '-었-'
이고, 이를 과거에 인식했다는 것을 나타내는 것은 '-더-'라는 사실을
확인할 수 있다. 즉 '-었-'을 과거시제로 해석하고, '-더-'를 '(객관화된)
과거 상황에 대한 인식'이라고 해석함으로써 이 문장을 자연스럽게 설
명할 수 있다는 것이다. 이에 대해 '가더라'가 포함된 (8나)에서 화자는
철수가 집에 가는 동작을 아직 끝내지 않고 진행중인 것을 객관적으

---

9) 이러한 논의는 양보절이나 조건절인 경우는 고려하지 않은 경우이다.

로 인식해서 발화하고 있음을 확인할 수 있다.

이상의 논의를 통해 제주 방언의 '-더-' 역시 중앙어의 '-더-'와 동일하게 '(객관화된) 과거 상황에 대한 인식'을 의미한다는 것을 확인할 수 있다.

다음은 '-더-'를 논의하는데 있어 문제가 되었던 예들에 대해 살펴보기로 한다.

    (9) 가.*난 집이 가더라. (*나는 집에 가더라.)
       나. 넌 집이 가더라. (너는 집에 가더라.)
       다. 가인 집이 가더라. (그 아이는 집에 가더라.)

    (10) 가. 난 즐겁더라. (나는 즐겁더라.)
       나.*넌 즐겁더라. (*너는 즐겁더라.)
       다.*가인 즐겁더라. (*그 아이는 즐겁더라.)

(9가)는 주어가 일인칭인 경우 '가다'와 같은 동작을 나타내는 서술어에는 '-더-'가 결합할 수 없음을 보여준다. 이를 기존 논의에서는 '동일주어 제약'[10]으로 설명하였다. 이에 반해 (10가)는 '즐겁다'와 같은 서술어가 '-더-'와 결합한 경우는 주어가 이,삼인칭이어서는 안된다는 것을 보여준다. 이를 기존 논의에서는 '비동일주어 제약'으로 설명하였다. 이러한 현상은 '-더-'를 설명하는데 있어 문제가 될 수밖에 없다. 왜냐하면 '-더-'가 서술어에 따라 상반된 인칭 제약을 보이기 때문이다.

필자는 '-더-'가 보이는 이러한 제약들은 주로 객관화될 수 없는 상

---

10) '동일주어제약'을 엄밀하게 정의하면 '화자주어동일제약'이라고 해야 한다. 왜냐하면 그냥 '동일주어제약'이라고 하는 경우는 주어와 동일하지 않아야 하는 것이 무엇인지 알 수 없기 때문이다. 이는 '비동일주어제약'도 마찬가지이다. 엄밀하게 정의하면 '비동일주어제약'도 '화자주어비동일주어제약'이라고 해야 한다. 그러나 논의의 편의상 '동일주어제약', '비동일주어제약'이라고 부르기로 한다.

황에 '-더-'가 나타났기 때문이라고 판단한다. 따라서 이러한 제약들은 상황을 '객관화'할 수 있는 표현이 나타나는 경우에는 해소될 수 있다고 본다. 이러한 사실을 바탕으로 '-더-'의 제약을 해소할 수 있는 다음과 같은 조건들을 설정할 수 있다.

1. 동일주어 제약 해소 조건11) : 명제 내용을 객관화할 수 있는 경우는 (화자와 주어가 함께 나타날 수 없다는) 동일주어제약을 해소할 수 있다.

2. 비동일주어 제약 해소 조건 : 명제 내용을 객관화하고 이를 추정적으로 인식할 수 있는 표현이 나타나는 경우는 (화자와 주어가 함께 나타날 수 없다는) 비동일주어 제약을 해소할 수 있다.

이 '동일주어 제약 해소 조건'에 따르면 (9가)의 경우 명제 내용을 객관화할 수 있는 표현이 나타나면 정문이 될 수 있어야 한다. 그런데 객관화할 수 있는 표현이 포함된 '꿈속이서 보난 나 그 집이 가더라. (꿈속에서 보니까, 내가 그 집에 가더라.)'와 같은 문장은 실제로 정문이 되는 것을 확인할 수 있다.

다음으로 '비동일주어 제약 해소 조건'에 따르면 (10나,다)의 경우에도 명제 내용을 추정적으로 인식하고 이를 객관화할 수 있는 표현이 나타나면 정문이 되어야 한다. 그러면 (10나)의 예를 통해 이러한 주장이 사실인지를 확인하도록 한다. 그런데 실제적으로 '너 노는 거 보난 하영 즐거워시커라라. (너 노는 것을 보니 많이 즐거웠겠더라.)'와 같이 명제 내용을 추정화하는 표현인 '-크-'와 이를 과거 인식하는 표현인 '-더-'가 포함되어 있고, 다시 이를 객관화하는 표현인 '너 노는

---

11) 이 조건들을 만족시키기 위해서는 성공적인 객관화가 될 수 있도록 충분한 정보가 제공되어야 한다.

거 보난(너 노는 것을 보니)'과 '과거시제 '어시-'가 포함되어 있는 경
우는 정문이 됨을 확인할 수 있다.

이러한 사실은 '영이 어지께 밤새멍 일흐는 거 보난 오널은 아프커
라라. (영이가 어제 밤을 새며 일하는 것을 보니 오늘은 아프겠더라.)'
와 같은 경우에서도 확인된다. 일반적으로 주어가 이, 삼인칭이면서 '-
더-'가 서술어 '아프다'와 결합한 경우 이들의 결합은 비문이 된다. 그
런데도 이 경우 이러한 결합이 정문이 되는 이유는 화자가 '-크더-'를
통해 추정적으로 상황을 인식하고 있고, '어지께 밤새멍 일흐는 거 보
난'과 같이 이를 객관화하는 표현도 나타나기 때문이다.

5. 제주 방언 '-더-'와 '-느-'의 관계

다음은 중앙어에서 일반적으로 받아들여지는 '-더-'와 '-느-'의 계열
관계가 제주 방언에서도 확인되는지에 대해 알아 보기로 한다.

졸고(1998ㄴ)에서는 제주 방언에 보편적으로 나타나는 '-느-'는 실제
로는 '-느-'라고 볼 수 없고 '-(으)ㄴ-'으로 보아야 한다는 사실에 대해
논의하였다. 그리고 그 의미도 '화자의 주관적 확신'을 나타내는 것으
로 보아야 한다고 논의하였다.[12] 이러한 필자의 주장이 옳다면 '-더-'와
'-(으)ㄴ-'은 동일한 계열 관계에 놓이지 못한다. 왜냐하면 '-(으)ㄴ-'은
중앙어의 '-느-'와 달리 의미적으로 '-더-'와 대립하는 '현재'의 의미를
나타낼 수 없기 때문이다. 그런데 이러한 해석에 따르면 제주 방언에
서 '-더-'와 '-(으)ㄴ-'은 함께 나타날 수 있어야 한다. 왜냐하면 이 둘은
각각 서로 다른 계열 관계에 놓이고 의미면에서도 충돌하지 않기 때
문이다. 그러나 실제적으로 제주 방언에서 '-더-'는 '-(으)ㄴ-'과 결합하
지 못한다.

---

12) 이에 대한 자세한 논의는 졸고(1998ㄴ)을 참고하기 바란다.

　　(11) 가. 먹크라라. (먹겠더라.)
　　　　나. *먹느더라./ *먹던라.

　　(11가)는 '-더-'가 '-크-'와는 자연스럽게 결합할 수 있음을 보이지만, (11나)는 '-더-'가 '-(으)ㄴ-'과는 결합할 수 없음을 보여준다.

　　제주 방언에서 '-더-'는 일반적으로 확신적인 '단언'이 필요한 경우에는 나타날 수 없다. 이에 대해 제주 방언의 '-(으)ㄴ-'은 확신적 표현에만 나타난다. 그러므로 이 둘은 나타나는 환경이 서로 달라 함께 나타날 수 없는 것이다. 그리고 (11나)는 이들의 결합이 실제적으로 비문이 된다는 것을 보여준다. 그러나 이와 달리 '-(으)ㄴ-'과 같은 계열 관계에 놓이면서 '-(으)ㄴ-'과 의미적으로 대립하는 '-크-'는 '-더-'와 결합할 수 있다. 이는 '-크-'가 중앙어의 '-겠-'과 유사하게 '단언'이 아닌 '추정, 추측' 등을 나타낼 수 있기 때문이다. 그러나 '-크-'가 1인칭 주어와 결합하여 화자의 의도를 나타내는 경우는 다음 (12가, 나)에서 확인되는 것처럼 '-더-'와 결합할 수 없다. 이는 '의도'가 '단언'의 성격을 나타내기 때문이다.

　　(12) 가. *난 집이 가크라라./ 난 집이 가크라. (*나는 집에 가겠더라.
　　　　　／ 나는 집에 가겠다.)
　　　　나. *난 밥 먹크라라./ 난 밥 먹크라. (*나는 밥을 먹겠더라./ 나
　　　　　는 밥을 먹겠다.))

　　(12가, 나)는 주어가 1인칭으로 실현되어 화자 자신의 의도를 확신적으로 나타내는 경우, '-크-'와 '-더-'가 결합할 수 없음을 보여준다. 그러나 이와 달리 '나가 일등이커라라. (내가 일등이겠더라.)'와 같이 주어가 1인칭인 경우라 해도 추측적인 정보에 의해 상황을 나타내는 경우는 '-크-'와 '-더-'가 결합할 수 있다.

다음은 이러한 논의를 참고로 하여 제주 방언의 '-더-'를 왜 양상으로 보아야 하는지에 대해 논의하도록 한다.

우선 기본적으로 '-더-'를 '(객관화된) 과거 상황에 대한 인식'을 나타내는 것으로 해석하기 위해서는 이를 인식하는 시점과 인식한 것을 발화하는 시점이 필요하다는 것을 전제해야 한다. 이는 '-더-'의 의미를 올바르게 규명하기 위한 최소한의 요건이 된다. 그리고 '-더-'를 이처럼 해석하는 것은 '-더-'에 의해 과거에 인식되어진 상황이 그 당시 어떠한 상태(종결이나 진행 등)에 놓이는가 하는 것은 이를 인식한 시점을 기준으로 하여 논의되어야 한다는 것을 의미한다. 그러므로 만일 화자가 과거에 인식할 시점에 이미 종결된 상황을 인식하게 된다면 '-더-'에 '-엇-'을 선행시켜 상황이 인식할 시점 이전에 이미 상황이 종결되었음을 나타내게 된다. 그러나 '-엇-'이 나타나지 않으면 상황이 발생한 시점과 이를 인식한 시점이 동시적이라는 것을 나타낸다. 그러므로 과거에 인식할 시점에 상황은 진행중이었음을 나타내게 된다. 이러한 사실을 참고하면 '-엇더-'와 같은 구조를 이해하기 위해서는 한동완(1984, 1996)에서 제시했던 것처럼 기준 시점인 발화시와 인식한 시점을 나타내는 인식시, 그리고 인식의 대상이 과거 상황이라는 것을 나타내는 상황시에 대한 구조적인 이해가 필요하다. 이처럼 '-더-'를 관계적 범주로 이해해야 한다는 것은 이를 시제로 해석할 수 있는 가능성을 열어준다.13) 이렇게 보면 '-더-'는 발화시와 관계되어 상황을 인식한 시간이 과거라는 것을 나타내게 된다.

그러나 이처럼 관계적 개념을 중시하여 '-더-'를 '시제'로 해석하느냐 혹은 '인식'의 개념을 중시하여 '양상'으로 해석하느냐 하는 것은 이를 보는 시각의 차이일 뿐이다. 이 말은 '-더-'를 관계적인 범주로 해석하

---

13) 이처럼 '-더-'를 관계적인 범주로 규정하여 시제로 해석하는 것은 한동완 (1991)에서 자세하게 논의되었다.

면 시제로 봐야 하고 인식의 의미로 해석하면 양상으로 보아야 한다
는 것을 의미한다. 그러나 이러한 설명이 경우에 따라서 '-더-'를 자의
적으로 해석할 수 있다는 것을 의미하는 것은 아니다. 국어의 선어말
어미들은, 특히 시제나 양상인 경우는 하나의 형태소에 시제와 양상
두 의미가 함께 나타나는 경우가 많다. 이때 시제로 해석해야 하느냐,
양상으로 해석해야 하느냐 하는 것은 어떻게 보는 것이 더 설명력을
갖느냐 하는 문제에 의해 결정되는 것이 일반적이다.

이에 대해 이 글에서는 '-더-'를 올바르게 해석하기 위해서는 시제로
는 설명할 수 없는 '-더-'가 갖는 인칭제약의 특성 등을 고려해야 하기
때문에 '-더-'를 '양상'으로 해석하기로 한 것이다.[14]

6. 결론

지금까지의 논의를 통해 그동안 제주 방언을 연구했던 기존 논의에
서 회상 선어말어미라고 보아 왔던 '-더-'의 의미를 더 이상 '회상'으로
볼 수 없다는 점이 밝혀졌다. 그리고 이러한 논의 과정을 통해 지금까
지 개별 방언으로만 연구되었던 제주 방언에 대한 연구가 앞으로는
전체 국어의 틀 속에서 논의되어야 한다는 것도 확인할 수 있었다.

2.에서는 양상에 대한 개념을 '명제 내용에 대한 화자의 주관적 의
견이나 태도를 실현하는 문법 범주'로 보아야 한다는 사실에 대해 논
의하였다.

3.에서는 제주 방언과 중앙어에 대한 기존 논의를 검토하였다.

---

14) 이를 시제 형태로 보기 위해서는 이들이 갖는 인칭상의 결합 제약 현상을
관계적 개념으로 설명할 수 있어야 한다. 이러한 제약 현상에 대해서는
한동완(1984)에서 자세하게 논의하고 있다. 그러나 이러한 주장에 대한
반론이 임홍빈(1993) 등에서 제기되고 있어 아직까지는 인칭제약 현상을
관계적 개념으로 이해하려는 논의가 일반적이라고는 할 수 없다.

4.에서는 기존 논의에서 '-더-'를 해석함에 있어 문제가 되었던 내용을 검토하고, 이러한 문제를 해결하기 위해서는 중앙어의 '-더-'를 '(객관화된) 과거 상황에 대한 인식'으로 보아야 한다고 논의하였다. 그리고 제주 방언의 '-더-' 역시 '(객관화된) 과거 상황에 대한 인식'의 의미를 나타낸다는 사실도 확인하였다. 그리고 '-더-'가 나타내는 인칭제약은 '동일주어제약 해소조건'과 '비동일주어 제약 해소 조건'으로 설명할 수 있다는 사실도 확인하였다.

5.에서는 중앙어에서 '-더-'가 '-느-'와 동일한 계열관계에 놓이는 것과 달리 제주 방언에는 '-더-'와 의미적으로 대립하여 같은 계열관계에 놓이는 형태소는 없다는 사실에 대해 논의하였다.

참고 문헌

강근보(1972b), "제주도 방언 '잇다' 활용考", 논문집 4, 제주대.

강정희(1978a), "제주 방언의 시상 연구", 이화 어문논집 2.

강정희(1988), "제주 방언 연구", 한남대.

고영근(1981), 중세국어의 서법, 탑출판사.

고영근(1986), "서법과 양태의 상관관계", 국어학 신연구 1.

고영진(1991), "제주도 방언의 회상법의 형태와 관련된 몇 가지 문제", 국어의 이해와 인식(김석득 교수 회갑기념 논총), 한국문화사.

김지홍(1982), "제주 방언의 동사구 보문 연구", 석사학위논문, 한국학 대학원.

김영희(1991), "회상문의 인칭제약과 책임성", 국어학 10.

박용후(1988), 제주 방언 연구(고찰편), 과학사.

서정목(1998), "국어학과 방언 연구", 김영태 박사 회갑 논총.

서정수(1977), "'-더-'는 회상의 기능을 지니는가?", 언어 2-1.

서정수(1990), "국어의 서법 체계 연구", 강신항 교수 회갑 기념 논총.

우창현(1998ㄱ), "제주 방언의 상 연구", 박사학위논문, 서강대.

우창현(1998ㄴ), "제주 방언의 양상 선어말어미 '-ㄴ-'에 대하여", 순천향 어문논집 5.

이남덕(1982), "제주 방언의 동사 종결어미 변화에 나타난 시상 체계에 대하여", 한국문화연구원 논총 40, 이대.

이수득(1988), "현대 국어 시제 형태소의 양상성", 한국어 연구 15, 서강대.

이숭녕(1985), 제주도 방언의 형태론적 연구, 탑 출판사.

이승욱(1973), 국어 문법 체계의 사적연구, 일조각.

이승욱(1977), "서법과 시상법의 교차 현상", 이숭녕 선생 고희 기념 논총.

이창덕(1988), "'-더-'에 관한 문제", 말 13.

이홍식(1996), "'-더-'의 의미에 대하여", 관악 어문 20.

임홍빈(1982), "선어말 '-더-'와 단절의 양상", 관악 어문연구 7.

임홍빈(1993), "다시 {-더-}를 찾아서", 국어학 23.

장경희(1985), 현대 국어의 양태 범주 연구, 탑출판사.

정승철(1997), "제주도 방언 어미의 형태음소론", 애산학보 20.

최동주(1994), "현대국어 선어말 {-더-}의 의미에 대하여 -마침법의 경우-", 어학연구 30권 1호.

한동완(1984), "현대국어 시제의 체계적 연구", 한국어 연구 6, 서강대.

한동완(1996), 국어의 시제 연구, 태학사.

현평효(1985), 제주도 방언 연구, 이우 출판사.

홍종림(1981), "제주도 방언의 소위 회상법 형태에 대하여", 국어교육 44, 45.

홍종림(1991), "제주 방언의 양태와 상범주 연구", 박사학위논문, 성균관대.

홍종림(1991), "제주 방언의 상체계 연구", 김완진 선생 회갑 기념 논총.

Bybee, J. 외(1994), The Evolution of Grammer, The University of Chicago Press.

Lee Kee Dong(1981), "A Tense-Aspect-Modality System in Korean", 애산 학보 1.

Lyons, J.(1977), Semantics 2, Cambridge University Press.

Lyons, J.(1995), Linguistic Semantics, Cambridge University Press.

Palmer, F. R.(1986), Mood and Modality, Cambridge University Press.

컴퓨터 통신 속의 지역 방언

■

이 정 복

1. 머리말

1.1 연구 배경

컴퓨터 통신 및 인터넷 기술의 발달로 이용자들은 이제 문자 중심의 단순함에서 벗어나 화려하고 풍부한 색깔의 시각 자료와, 음악 파일과 같은 소리 자료를 일상적으로 접할 수 있게 되었다. 검정 바탕에 흰색의 글자만이 전부였던 얼마 전과는 비교가 안 될 정도로 멀티미디어 중심의 통신 환경은 나날이 발전되고 있는 것이다. 그러나 이러한 발전과는 달리 통신 이용자들이 서로 의사소통을 해 나가는 방식은 여전히 문자에 크게 의존하고 있다. 그림이나 소리를 통한 상호 의사소통은 여전히 문자에 의한 방식보다 여러 가지 면에서 제한적이고 복잡하기 때문이다.

문자를 통한 의사소통 유형에는 전자 편지, 대화방 속에서의 실시
간 대화, 그리고 동호회 등의 게시판에 글올리기가 있다. 모두 문자를
통해 표현되는 점에서 공통적인데, 문체 및 어법 면에서 이들은 일상
적인 문장과는 상당한 차이를 보인다. 문체 면에서는 구어체와 문어체
의 특성이 함께 섞여 나타나는 일이 많아 단순히 구어체나 문어체로
구분하기 어려운 경우가 흔하다. 또 어법 면에서는 맞춤법에 어긋나게
단어를 적는 일이 일상화되어 있다. '안녕하세요→안늉하세요', '했는
데요→혔는데여', '있지→있쥐', '분위기→부니기', '기분 좋네→기분존
넹'과 같은 표기 방식이 널리 통용된다. 긴 단어를 짧게 줄인 '줄임형'
표기도 많이 쓰이고 있다(정기모임→정모, 강력추천→강추, 익명게시
판→익게, 게임방→겜방; 어떻게→어케, 그냥→걍 등). 이런 표기 방식
은 타수를 줄여 빠르게 글자를 적으려는 경제적 동기에서 나온 것도
있으나, 전반적으로는 규범에 기초를 두고 있는 현실 공간의 말글살
이에서 벗어나 자유로움과 새로움을 경험하려는 노력의 결과인 것으
로 보인다. 어법에 어긋난 이러한 표기 관행이 일상 언어에까지 깊이
침투하였을 때는 상당한 문제가 될 수 있을 것이지만, 통신 공간 안
에서는 나름대로의 목적을 가진 긍정적인 언어 행위로 이해할 수 있
음을 말한다. 컴퓨터 통신상의 이러한 글쓰기 방식에서 보이는 언어적
특징을 우리는 '통신 언어' 또는 '통신 방언'이라는 이름 아래에서 새롭
게 바라보고자 하며, 그것은 앞으로 깊이 있게 관찰해야 할 대상임을
강조해 둔다.[1]

통신 속의 언어와 관련하여 우리가 흥미롭게 관찰할 수 있는 또 다
른 문제는, 전국은 물론 전 세계가 하나의 네트워크로 통합되어 가는

---

1) 통신 방언을 구성하는 요소에는 '규범에서 벗어난 표기', '줄임형 어휘', '각
   종 기호', '지역 방언' 등이 있다. 통신 방언의 개념, 특징, 의의 등에 대한
   구체적인 분석과 기술은 별도의 논문에서 다루려고 한다.

상황에서 다양한 언어들 간의 세력 경쟁이 어떻게 진행되고 또 그 결과는 어떻게 나타날까 하는 점이다. 노벨 문학상 수상 작가인 호세 셀라는 21세기에는 영어, 중국어, 스페인어, 아랍어 등 극히 소수의 지배적인 언어만 살아남고 다른 언어들은 대부분 한 지역의 방언으로 지위가 떨어지거나 지구상에서 사라질 것이라고 주장하였다. 지구 곳곳에서 진행되고 있는 지역 통합과 경제 공동체 구성의 격랑, 그리고 인터넷이라는 전자 통신의 폭발적인 보급을 생각할 때 전혀 실현 불가능한 말은 아니라 하겠다. 실제로 영어를 기반으로 구축된 인터넷에서는 영어가 현실 세계에서보다도 더 강력한 영향력을 행사하고 있으며, 상대적으로 다른 언어들은 제대로 자리를 잡지 못하거나 갈수록 더 위축되고 있는 실정이다. 범위를 좁혀 생각하면, 이러한 전자 통신상의 언어 문제는 한 언어의 내부에도 그대로 적용될 수 있을 듯 싶다. 경쟁 관계에 있는 방언들 가운데서 가장 힘있는 방언만 공용어로서 살아 남고 다른 방언들은 사라지게 되리라는 가정이 가능해진다. 나라에서 표준어를 정하여 장려하고, 그것을 활용한 대중 교육과 매체가 급속히 발달함으로써 지역 방언2)들의 영역이 계속 축소되었듯이 이제는 컴퓨터 통신이나 인터넷의 발달로 지역이나 국가의 구분이 별 의미를 갖지 못하는 통신 공간에서 방언의 힘이 극도로 약화될 수 있다는 말이다.

그렇다면 정말 우리 말에서도 컴퓨터 통신의 발달로 표준어의 근간이 되었으며 현재 가장 힘이 센 중부 방언을 제외한 다른 지역 방언들은 통신 안에서 사라질 운명에 놓일 것인가? 다시 말해, 컴퓨터 통신 속에서 지역 방언의 미래는 어둡기만 한 것일까? 통신을 통하여

---

2) 언어의 지역적인 변이체를 가리키는 말로 '지역 방언' 대신 단순히 '방언'이라고 할 수 있겠으나 여기서는 '사회 방언', 특히 '통신 방언'과 구별하는 관점에서 이 말을 사용하기로 한다.

모든 일을 처리하고 통신을 통하여 휴식까지도 취하게 되는 통신 중심의 새시대가 되면 표준어가 더욱 그 힘을 얻게 되고, 마침내 한국어는 지역 방언의 분화를 상실하고 말 것인가? 바로 이러한 의문점에서 이 연구는 출발하게 되었다.

1.2 연구 목적과 방법

이 글에서 우리는 컴퓨터 통신 속에서 현재 지역 방언이 어떻게, 어느 정도 사용되고 있으며, 그 기능은 무엇인지를 밝히고자 한다.[3] 이러한 작업을 통해 컴퓨터 통신 속에서 지역 방언의 미래가 어떻게 전개될지를 짐작해 보는 것이 이 글의 목적이다.

이를 위해 자료를 수집할 컴퓨터 통신망으로 국내에서 가장 많은 이용자(약 200만 명)를 확보하고 있는 <천리안>을 선택하였다. 그 속에는 다양한 정보방(메뉴)들이 있는데 직접적인 조사 대상으로는 이용자들의 상호 의사소통이 활발하게 이루어지는 '동호회'를 택하였다. 다양한 종류의 동호회 가운데서 다시 지역 방언의 사용이 활발할 것으로 추측되는 영남 및 호남 지역 동호회 각 2개씩—부산사랑(부산), 달구벌(대구)/빛고을(광주), 군산사랑(군산)—을 기본 조사 대상으로 선정하였다.[4] 이와 함께 비교 대상으로서 표준어권인 '서울경기 동호회'와 전국 단일 동호회로서 '말띠 동호회'를 선정하였다.

---

3) 인터넷의 경우 보통의 컴퓨터 통신에 비해 아직 실제 사용자가 적고 또 이용자들의 적극적인 상호 의사소통이 덜 이루어지고 있는 점에서 이번 연구 대상에서는 제외하였다. 다음 기회에는 인터넷 이용자의 언어 사용 실태도 함께 연구되어야 할 것이다.

4) 조사 대상을 '동호회'로 한정한 이유는 이번 연구가 컴퓨터 통신의 모든 영역에서 방언이 어느 정도 쓰이고 있는지를 조사하는 데 목적이 있지 않고, 컴퓨터 통신 안에서 지역 방언의 존재를 확인하고 그 기능을 밝히며 미래상을 추측해 보는 것을 목적으로 하였기 때문이다.

각각의 동호회에는 다양한 글쓰기 공간이 마련되어 있는데, 전체 동호회 가입자들이 이용하는 대표적인 게시판에서 자료를 수집하였다. 예비 조사 결과, 같은 동호회에서도 필자가 누구인지 자동으로 명시되는 '실명(實名) 게시판'과 필자가 명시되지 않는 '익명(匿名) 게시판'에서 방언 사용의 정도가 다름을 확인하였기 때문에 두 게시판을 구별하여 각각에서 자료를 수집하였다. 기본 조사 대상 동호회의 경우 1999년 9월 1일부터 30일까지 1개월 분의 등록 자료(텍스트 총수: 1000개)를 수집, 분석하였고, 비교 대상 동호회의 경우 9월 21일부터 30일까지 10일 간의 자료(텍스트 총수: 350개)를 조사하였다.

2. 방언 사용의 유형

2.1 언어 단위별

2.1.1 음운

음운 면에서 많이 관찰된 방언형은 어두에서 평음이 된소리로 발음되는 것과 표준어의 'ㅡ, ㅚ'에 대응되는 모음이 전설 고모음 'ㅣ'로 발음되는 예들이다. 아래 <사례 1>5)에서는 부사 '좀'이 '쫌'으로 나타나고 있다. 이러한 경음화 현상이 적용된 다른 예를 들면 '뽀사질(부서질)', '썪인(섞인)', '쌩판', '꾸질꾸질한' 등이 있었다. <사례 2>에서 동사 '모르다'의 활용형이 '모리는'으로, '되다[힘에 벅차다]'가 '디다'로 모음이 바뀌어 실현되었다. 이러한 유형의 다른 예로는 '까탈시러운', '무

---

5) 통신 언어의 실상을 소개하기 위한 목적에서 이후로 제시하는 모든 자료는 맞춤법이나 띄어쓰기, 각종 기호 등을 전혀 수정하지 않았다. 다만 지면 관계상 텍스트의 일부를 생략하거나 행을 조정하고, 또 사생활 보호의 면에서 전화번호 등의 개인 정보를 삭제하였다. 설명 대상 주요 방언형은 진하게 표시하기로 한다.

신', '모리고' 등이 보인다. 또 '핵교'의 경우는 'ㅣ모음 역행동화'가 일어난 사례이다. 다른 텍스트에서 발견된 '맴이(마음이)', '앵경', '잡아댕기는', '채릴라나', '애이고', '쬐매(<쪼매)', '죙일' 등은 모두 움라우트가 일어난 예들이다.

사례 1

　　[제목] 나는 전생하고 현세하고 가튼거 가따..^___^
　　출처 : 부산사랑, 실명 게시판 (1999 / 9 / 30)
내는 C타입이라는데.. 내가 바람둥이~?
흐~~ 바람둥이... 그런것도 같다.. 내 남자 쫌 조아하거덩.. ^^::
근데~~전생에도 남자 쫌 조아했는갑네..
카사노바가 그랬단다.. 지는 바람둥이가 아니고~ , 매순간순간
한 여자에게 푹~ 빠졌고~ 열열한 사랑을 했다... 문제는
그 사랑의 길이가 짧았고~ 곧 다른 여자에게 다시 푹~ 빠졌다는거..

사례 2

　　[제목] 울동호회 사람이..
　　출처 : 부산사랑, 실명 게시판 (1999 / 9 / 17)
울 동의동 사람들이 좀 보이네.. 요기에..
히.. 벙이언니 미나리 마냥 레이어 또 누구 있더라.. 마티님..
암튼 모리는 많은 사람들이 있겠찜.. 부사동은 참 사람이 많네..
애고 하루 하루가 디다.. 낼 비오면.. 헉.. 핵교 가는데..
차 막히는거 아냐? 일쩍 일어 나야 겠군..
교통지옥.. 말그대로 지옥이다.. 주차장은 이제 그만.. 이제 그만..

　조사 자료 가운데서 이 외에도 음운 면에서 특징적인 방언 사용이 많이 있었다. 예를 들면 ①표준어와 달리 'ㅂ' 말음의 용언이 정칙 변화를 보이는 것(더버서리, 무서버, 지겨븐 등), ②표준어의 양성 모음

이 음성 모음으로 실현되는 것(헌데, 알만허지, 기약허면서; 관심이여)을 지적할 수 있겠다. 또 남부방언의 한 특징으로 지적되는 과도한 ③구개음화와 ④음절 탈락에 의한 융합 현상도 나타났다. '지둘리니(기다리니)'는 구개음화의 예이며, '빼앗기다'가 '빼끼다'로, '그런데'가 '근디'로, '그 아이'가 '가'로, '것이다'가 '기다'로 나타나는 예가 과도한 음절 탈락의 예이다. ⑤표준어 '고치다'의 어간에 'ㄴ'가 첨가된 '곤치다'(곤쳐줘야하는디)의 형식이 쓰이는 현상도 흥미롭다.

2.1.2 문법

문법적인 면에서 주목되는 것은 먼저 특이한 방언 형태소들의 쓰임이다. <사례 3>에서는 접속 조사 '와' 대신 동남 방언(경상 방언) 형태소 '캉'이 사용되었다. <사례 4>에서는 서남 방언(전라 방언)의 조사 형태인 '부텀'과 '까정'이 사용되고 있다. 또 '몬살께따'의 '몬'은 부사 '못'의 방언적 이형태로 볼 수 있겠다. 다른 사례에서는 조사 '처럼'이 '매이'(니매이)로 나타나기도 하였다.

사례 3

　　[제목] 대학가요제...
　　출처 : 부산사랑, 실명 게시판 (1999 / 9 / 28)
　넬 7시에 동명대학(동명 전문대) 운동장서 한다네욤...
　김갱호캉 내캉 이름이 같은 이정열이 보러 함 가봐야지..
　올사람덜 놀러 오세요...

사례 4

　　[제목] 4일 쉰 결과....
　　출처 : 말띠, 실명 게시판 (1999 / 9 / 28)
　어제 오널 일이 장난아니당~ ^^;;;;;;;

피곤혀용~ 어제보다.. 오늘이 더 피곤혀용~ ㅠㅠ
아고~ 추워서리 **어제부텀**.. 춘추복 입었는디....
바쁘게 움직이다부니.. 더버서리 몬살께따....^^;
아고~ 눈감거라.... 오널두 일찍 자야쓰것당~
다덜~ 잘지내궁~ 내 빨리.. 체력단련해서리 들올꾸마...
구때넌 **새벽까정** 이바구두 하궁~ 글자궁~ ^^
새벽까정 이바구한지두 무쟈게 오래되부렸당~
보고시픈.. 칭구덜~ 잘지내용~ ^^   - 다린 -

다음 사례에서는 동남 방언의 특징적인 종결어미가 그대로 나타나고 있다. 표준어의 하십시오체에 대응되는 '-읍니더' 및 '-시이소' 형식이 사용되었다. 다른 사례들에서는 '묻지 말거라', '놀러 오니라'의 종결어미 형식과 서남 방언의 특징적인 종결어미 '-웅께(롱)'(주겨불랑께, 황당하당께롱, 근께롱)의 사용도 찾을 수 있었다.

사례 5

　[제목] **바람이 누야~~**

　출처: **부산사랑, 실명게시판** (1999 / 9 / 26)

달력에 보니깐 누나 생일이라고 표시 되어있네요
그러니깐.. 9월 27일..
누야 생일 추카 합니더
즐거운 생일 보내시이소

이들 사례 외에서도 많은 문법적인 방언형의 사용이 관찰되었는데, ①부정 부사 '안'이 자동사나 형용사의 앞쪽에서 일상적으로 실현되는 현상(안나오는군, 앙보이거, 안바빠서), ②설명 의문과 판정 의문 형식의 구별 사용(어케 덴거고?/니 벌써 신입 꼬신나?), ③'-고 싶다'의 구성에서 '싶다' 대신 '잡다'가 쓰이는 경우(이땅에서 떠나고 잡아라, 열

씨미하고 잡지만, 묵고 잡은게 있어도)가 주목되었다. 또 ④관형 구성에서 과거시제 형태소가 개입된 예(올라<u>왔는</u> 글중에, 나갈려고 <u>햇는</u> 모양인데)도 나타났다.

2.1.3 어휘

아래 두 사례에서는 표준어와 구별되는 방언의 특징적인 어휘가 사용되었다. '할메'는 표준어의 '할머니'에 대응되고, '할부지'는 '할아버지'에 대응된다. '누야'는 표준어의 '누이' 또는 '누나'에 해당한다. '누이+아'의 결합이 독립적인 체언형으로 굳어진 것이다. 다른 텍스트에서도 특징적인 가족 호칭어가 많이 사용되었는데, '아부지', '엄니', '딸래미' 등을 찾을 수 있었다.

　사례 6

　　[제목] 부사동 사람이라면 암나다 오셔요...

　　출처: 부산사랑, 실명 게시판 (1999 / 9 / 21)

　그저 평범한 사람들뿐이니깐 그렇게 어려운 자리는 아니니깐요..

　글구..회비만 챙김 돼요..흐흐..

　아무나 오셔도 좋구 **할메**가 와두 좋다니깐요^__^*

　회비만..챙기면◁◀◁..넘 속보이남???

　사례 7

　　[제목] 동새야~

　　출처: 부산사랑, 실명 게시판 (1999 / 9 / 11)

　[위 줄임]

　살다보면 사탕처럼 달콤하고 행복한 날이 있는가하면

　독약처럼 쓰구 고통스러운 날도 있는기다

　맨날 잘살믄.....잼없겠지? 연애도 안그르 シ나...?

물론 **누야**야 욕심이 많은 사람이지만서둥..
근데 너무 알려구 들면 다치지잉~ 하하핫..
눈치빠른 둥새는 알아듣겠지잉..
거덤 존하루 되고..
할부지께 잘해드려 바바~

분석 대상 텍스트에서 관찰된 주목되는 방언 어휘로는, "염병 몬 세상이 이려"에서 부정적 의미를 전달하기 위해 명사 '염병'이 문장 부사처럼 쓰였으며, '봉지'가 '봉다리'로, '벽'이 '벼루박', '벼랑빡'으로 나타났음을 지적할 수 있다. 동남 방언에서 많이 쓰이는 '벌줌하다/뻘쭘하다'(벌줌 해질꺼 같아서)도 눈에 띄는 단어였다. 이들 외에 동호회 게시판에서 사용된 남부 방언의 특징적인 어휘를 제시하면 다음과 같다.

가시나(계집애), 구석탱이(구석), 토깽이(토끼), 야그(이야기), 글마(그 놈 아이), 머라하다(꾸짖다, 나무라다), 맨날(밤낮, 매일), 직싸게(죽도록), 솔찬히(상당히), 겁나게(굉장히), 허벌라게(굉장하게), 언능(얼른), 낭중에(나중에), 쪼매·쬐매·쪼까·쬐까(조금), 하기사(하기야)

2.2 의식성의 유무별

통신 이용자들의 지역 방언 사용은 화자의 의도가 강하게 개입된 것인지 아니면 방언을 쓰려는 의도 없이 이루어진 용법인지가 구별된다. 의도적으로 방언을 사용하는 의식적 용법의 경우는 한 텍스트 안에서 많은 방언형들이 쓰이는 것이 보통이지만 무의식적 용법의 경우에는 화자 자신도 모르게 방언형이 쓰이는 경우이기 때문에 방언형의 쓰임이 비교적 적게 나타난다. 다만 이러한 의식성의 유무 및 그에 따른 방언 사용의 차이는 범주가 아니라 정도성의 관점에서 파악해야 할 것이다.

2.2.1 의식적 용법

아래의 두 사례에서는 화자가 의도적으로 방언형을 많이 사용하고
있는 것으로 판단된다. 거의 모든 문장에서 방언형이 등장하고 있다.
이런 의식적인 방언 사용의 경우에는 음운, 문법, 어휘 등 전반적인
면에서 방언형이 동원되는 것으로 확인되었다.

　

　　사례 8

　　　　[제목] 셔어~~~~언! 어케 됐고야????

　　　　출처 : 맘띠, 실명 게시판 (1999 / 9 / 27)

　　그림 올리긴 올린겨?????? 야삐 말대로 **니**그림 항개도 **앙보이**~
　　하나는 아예 앙보이거 하나눈 **쪄매** 보일라 하다가 **마라삐고**
　　그렇다~ 어케 **됀거고**? 니가 확인하거 다시 올리랏! 알줘?
　　어전히 허덥한 셔.....푸캬캬캬+ㅠ+

　

　　사례 9

　　　　[제목] **오매** 이상타

　　　　출처 : 빛고을, 실명 게시판 (1999 / 9 / 6)

　　다른게 아니고 다른곳에는 아무리 들락날락 해도
　　안 짤리던　내가 칼라방에만 가서 글 읽다보면
　　그냥　**짤려 분다** 나이제까지 천리안 접속 해서
　　짤려 본것이　글쎄 한두번 **뿐인디** 세상에나
　　오늘은 한꺼번에 몰아 **쳐 분다.**
　　오늘 벌써 빛동 들어와 칼라 방만 가면 짤리는 통에 기록　세m당
　　10번짤리고 나니 칼라방 가기 **무서버**
　　이건 한번　천란에 문의 해 봐야 할런가 보다
　　나만 그런 줄 **알아는디** 아래 호호누님도 글고 에이스도 글고

오늘은 몬일 **있는가벼**
천란에 심히 불쾌한 언가.

2.2.2 무의식적 용법

다음의 사례는 화자가 특별히 방언형을 사용하려는 의도가 보이지
않는 가운데서 일부 단어가 방언형으로 나타나고 있다. <사례 10>에
서는 '빼앗기다'가 서남 방언형 '뺏기다'로 나타났다. <사례 11>에서는
'(최선을) 다 하렵니다'가 되어야 하지만 '다할랍니다'가 쓰였다. 어미 '-
으려'에 대응되는 방언형 '-을라' 형태가 사용된 것이다. 이들 게시글에
서는 필자가 전반적으로 표준어를 사용하여 글을 작성하고 있으며,
방언형이 쓰인 것은 구어의 간섭 때문이라 볼 수 있겠다. 이러한 무의
식적인 방언 사용의 경우에는 하나의 텍스트 안에서 방언형이 사용된
단어가 극히 소수인 점이 특징이다.

사례 10

　　[제목] 슬프다 그리고 허무하다 눈물이 난다 자꾸자꾸..
　　출처 : 빛고을, 익명 게시판 (1999 / 9 / 3)
나는 이런일이 없을거라 생각했는데 자세히는 말못하고
하여간 좀 않좋은일이 있었는데
눈물이 나서 난 나혼자 눈을가렸다 기것도 길거리에서
내가 남자라는 이유로 그게 창피하였다
그 아이는 지금쯤이면 뭐를하고 있을까 궁금하다
그 아이도 나에게 너무 많은 눈물을 **빼껴따**
이제 내가 **뺄** 차례 인가? 두렵다
[아래 생략]

사례 11

　　[제목] 3231번 글쓰기한사람인데요..내일 그사람만나요

출처: 달구벌, 익명 게시판 (1999 / 9 / 3)
멀리서...서울에서...내일 그사람이 온답니다...
나도 바쁘고,,,그사람도 바쁘고.... 그래서 자주 만나지 못해요...
적어도 한달에 4번은 얼굴을 봐야하는거 아닌가요??? 갈수록 자신이
없어요...
3233번 님의 글을 읽고 조금은 자신이 생기지만....(감사해요...)
일단은 최선을 **다할랍니다**.....후에 결과가 좋지않으면 어쩔수없지만
우리에게 나쁜일이 일어나지 않아야할텐데.... 좋은 하루되세요

위의 두 사례에서 보이는 방언형의 무의식적 사용은 서울로 유학
온 남부 방언권 출신 대학 신입생들의 작문에서 발견되는 그것과 유
사한 것으로 볼 수 있다. 이들 학생들의 작문을 보면 특별히 방언형을
쓰려는 의도가 없는데도 자신도 모르게 방언 어휘가 종종 등장하는
일이 있는 것이다.

3. 방언 사용의 정도

3.1 지역 동호회별 사용률

기본적인 조사 대상으로 삼은 네 개의 지역 동호회에서 통신 이용
자들이 어느 정도의 비율로 방언을 사용하였는지를 알아보기로 한다.
우선 지역 방언의 쓰임을 어떤 방식으로 분석하여 그 비율을 측정할
지가 문제가 된다. 대상 자료를 모두 어절 단위로 나누어 방언형을 포
함한 어절이 어느 정도인지를 따질 수도 있고, 전체 단어를 세어 그
가운데서 방언 어휘가 어느 정도인지를 세는 방식도 생각해 볼 수 있
다. 그러나 여기서 우리가 알고자 하는 것이 그 정도로 미세한 부분은
아니기 때문에 분석 단위를 텍스트 수준으로 올려 잡았다. 즉 동호회

이용자들이 올린 각각의 게시글에서 '지역 방언형'이 적어도 1회 이상 사용된 것이 전체 자료 가운데서 어느 정도인지를 비율로 계산하고자 하였다.

이를 위해 먼저 각 지역 동호회별로 수집한 모든 게시판 자료를 대상으로 지역 방언형이 사용된 글과 그렇지 않은 글을 선별하였다. 여기서 '지역 방언형'이란 표준어와 중부 방언을 제외한 기타 지역의 방언을 포괄하는 개념이다. '앉아'를 '앉어'로 적거나 '먹고'를 '먹구'로 적는 것은 중부 방언을 반영한 것으로 볼 수 있는데, 이런 예들이 경상, 전라 지역 동호회에서도 상당히 자주 쓰였다. 그러나 지역 방언형을 세는 데서 그것은 계산에 넣지 않았다. 남부 방언 화자들이 이런 어형을 사용하는 것은 방언형을 쓰려는 동기에서 나온 것이 아니라 오히려 서울 지역 화자들의 말 또는 표기 방식을 모방한 것이거나 아니면 '맞춤법 파괴형'의 통신 언어로서 채용한 결과라 판단되기 때문이다.[6] 한편, 실제 분석 작업에서 어떤 언어 형식이 지역 방언인지 아닌지를 확인하기 어려운 경우도 종종 있는데, 이 과정에서 국어 사전과 방언 사전을 참조하였다. 네 동호회의 방언 사용 비율을 실명 게시판과 익명 게시판으로 나누어 정리하면 <표 1>과 같다.

---

6) '앉어'나 '먹구'가 중부 방언 화자들에게는 구어에 충실한 방언 표기형이라 한다면 남부 방언 화자들에게 이러한 어형은, '어봐요', '이게 머줘?'에서처럼 모음을 변화시키거나 음절 구조를 단순하게 하는 방식의 '통신 언어' 또는 '통신 방언'의 일부로 간주될 수 있음을 의미한다.

표 1. 지역 동호회별 방언 사용률 (단위: %, 괄호 안은 분석 사례 수)

구 분	실명 게시판	익명 게시판	전체 평균
부산사랑(부산)	53(233)	26(159)	42(392)
달구벌(대구)	45(134)	15(61)	35(195)
빛고을(광주)	39(103)	33(87)	36(190)
군산사랑(군산)	50(70)	21(87)	34(157)

위의 표를 보면 네 동호회별 방언 사용 정도의 차이는 거의 없음을 알 수 있다. 평균을 보면 '부산사랑 동호회'에서 42%의 텍스트에서 방언형이 사용되어 가장 높게 나타났고, 나머지 세 동호회는 35% 정도로 비율 차이는 거의 없다. 여기서 주목할 점은 먼저, 전체 동호회에서 방언형이 사용된 비율이 상당히 높게 나타난 점이다. 추측해 보건대 이러한 수치가 동일한 이용자들의 편지나 일기 등의 글에서는 결코 나타나기 어려울 것으로 생각된다. 이러한 높은 방언 사용률은 컴퓨터 통신 언어가 가진 특성을 잘 반영하는 것으로 해석할 수 있겠다. 또 다른 점은 같은 동호회에서도 실명 게시판인지 익명 게시판인지에 따라 방언 사용의 정도가 큰 차이를 보이는 사실이다. 전체 동호회에서 익명 게시판보다는 실명 게시판에서 방언형을 더 많이 사용했음을 알 수 있다. '빛고을 동호회'의 경우를 제외한 세 동호회에서는 두 게시판의 비율 차이가 2~3배로 크게 나타났다. 이러한 점들에 대해서는 다음 절에서 그 의미를 분석하기로 하겠다.

다음 <표 2>에서는 비교 대상으로 선정한 두 동호회에서 방언형이 얼마나 사용되었는지를 정리한 것이다.

표 2. 비교 대상 동호회의 방언 사용률 (단위: %, 괄호 안은 분석 사례 수)

구 분	실명 게시판	익명 게시판	전체 평균
서울경기 (1)	26(179)	8(37)	23(216)
서울경기 (2)	74(179)	16(37)	69(216)
말띠 (1)	51(80)	18(54)	51(134)
말띠 (2)	73(80)	54(54)	65(134)

먼저, 지역 동호회의 하나인 '서울경기 동호회'의 방언 사용 결과는 둘로 나누어 제시하였다. (1)은 중부 방언을 제외한 지역 방언형의 사용률이고, (2)는 중부 방언형을 포함한 전체 방언 사용률이다. (1)의 결과를 보면, 실명 게시판에서는 26%, 익명 게시판에서는 8%의 텍스트가 비중부 방언형을 포함하고 있어 평균 23%의 방언 사용률을 보였다. 앞의 네 지역 동호회의 방언 사용률의 절반 정도 수준이다. 그러나 (2)의 결과를 보면 사정이 달라진다. 중부 방언형까지를 포함하면 그 비율은 최고 74%, 평균 69%에 이름을 알 수 있다. 서울, 경기 지역의 화자들도 컴퓨터 통신에서 방언형을 아주 활발히 사용하고 있음을 보여 준다.

'말띠 동호회'의 경우는 지역에 기반을 둔 것이 아니라 태어난 해가 말띠에 해당하는 통신 이용자들의 모임이다. 따라서 회원들은 전국적인 분포를 보일 것임을 짐작할 수 있다. 이 경우에도 결과를 둘로 구분하였다. (2)부터 보면, 실명 게시판의 경우 73%, 전체 평균 65%로 '서울경기 동호회'의 그것과 별 차이가 없다. 그러나 결과 (1)에서는 전체 평균이 51%로, '서울경기 동호회'의 비율보다 2배 이상 방언형이 많이 사용되었다. '말띠 동호회'에서 비중부 지역 방언형이 이처럼 많이 사용된 것은 일차적으로 전국 규모의 모임이기 때문이다. 그 비율은 남부 방언권에 바탕을 두고 있는 앞의 네 지역 동호회의 방언 사용률과 대등하거나 전체 평균은 오히려 조금 높은 수준이다.7)

이상 두 표의 결과를 통해 컴퓨터 통신 동호회에서 이용자들이 지역 방언을 사용하는 일은 상당히 보편화된 사실임을 알 수 있다. 지역에 기반을 둔 동호회는 물론이고 전국 규모의 비 지역 기반 동호회에서도 방언 사용이 활발히 일어나고 있는 것이다. 이것은 쉽게 짐작할 수 있는 현상은 아니며, 한편으로는 지역 방언의 미래와 관련하여 고무적인 일이기도 하다. 다음 장에서 통신 속의 높은 방언 사용률의 배경과 의미에 대해 분석해 보기로 한다.

3.2 게시판에 따른 방언 사용률 차이의 의미

이번에는 앞서 밝힌 게시판에 따른 방언 사용률의 분포 차이에 대한 설명을 해 본다. 앞의 두 표에서, 익명 게시판보다는 실명 게시판에서 방언형의 사용률이 높게 나타났다. 그러면 이러한 차이는 무엇 때문인가. 그 차이는 실명 게시판과 익명 게시판의 용도, 나아가서는 각각에 실리는 글의 내용과 깊이 관련되는 것으로 보인다. 대부분의 동호회에서 실명 게시판과 익명 게시판을 함께 마련하고 있는데, 실명 게시판을 다양한 내용의 글이 실리는 기본적인 공간으로 볼 때 익명 게시판은 특정한 몇 개의 내용군으로 묶이는 글들을 올리기 위한

---

7) 전국 단일 조직인 '말띠 동호회'에서 이처럼 방언 사용률이 높은 것은 회원 가운데서 남부 방언권 출신자들의 활동이 상대적으로 두드러진 때문으로 분석된다. 이 점에서 컴퓨터 통신 속에서 방언 간의 경쟁이나 주도권 다툼이 생기게 되면 현실 세계의 역학 관계와는 별도로 어느 방언 출신의 화자들이 얼마나 열심히, 그리고 조직적으로 활동하는지에 따라 결과가 달라질 것으로 보인다. 앞으로 깊이 있게 연구해야 할 통신 세계의 흥미로운 점이다.

'특수한 공간'이라 할 수 있다. 즉 익명 게시판에서 가장 많이 볼 수 있는 내용은 주로 '사랑', '삶의 어려움', '타인에 대한 비판'과 관련된 것으로 파악된다. 각각의 사례를 들면 다음과 같다.

사례 12

　　[제목] 몸은 멀어져도...
　　출처 : 부산사랑, 익명게시판 (1999 / 9 / 2)
난 몸은 멀리 있지만.. 그래도 항상 그사람을 생각합니다..
군대간지.. 반년이 넘었지만..
그를 기다리겠다고 다짐한건 아닙니다..
그사람보다 좋은사람 생기면 그를 버릴수도 있지만..
다른사람들을 만날수록 그사람의 소중함만 더해갑니다..
그리고.. 그가 제대할때 까지 지금과 같은 마음일것 같습니다...

사례 13

　　[제목] 힘겨움
　　출처 : 빛고을, 익명 게시판 (1999 / 9 /13)
모든게 싫고 귀찮다
사람들과의 만남도
웃고 즐기는 시간들도 싫다
난 누군인지 어디서 왔는지 왜 사는지 궁금하다
떠나고 싶다
힘들때면 늘 그랬던것처럼 아주 먼곳으로 떠나고 싶다

사례 14

　　[제목] 시삽이란분
　　출처 : 달구벌, 익명 게시판 (1999 / 9 / 21)
시삽이란분 너무나 생각이 없는거 같다

자신이 앞으로 얼마나 시삽을 할지는 모르겠지만
하지만 현재 임기는 겨우 3개월이다
띠방을 만들고 후임 시삽에게 모든것을 준다.. 음...
참으로 책임감이 없는 사람같다. 얼마나 생각을하고 저런 행동을 하는
것일까?
차라리 설문조사를 확대하여 자신의 임기동안 띠방의 좋은점과 나쁜
점을
파악해서 후임 시삽에게 조언을 해주고 참고를 하게 해주면 더 좋을
텐데
그리고 그 후임 시삽이 만들수있게하면 더욱 좋을텐데
[아래 줄임]

위의 <사례 12>는 사랑과 관련된 글이며, <사례 13>은 삶이 힘듦을
고백하는 글이다. <사례 14>에서는 동호회 운영자의 활동을 비판하고
있다. 모두 필자가 누구인지를 스스로 밝히기 꺼릴 만한 내용인 점에
서 공통점을 가지며, 따라서 익명 게시판에 올린 것이 자연스러워 보
인다.
그러면 위의 세 내용 부류의 글들에서 방언형이 거의 쓰이지 않는
것은 무엇 때문인가. 앞의 두 글은 차분한 분위기를 필요로 하며, 세
글 모두 내용상 심각한 편에 속한다. 달리 말하면, 세 글 모두 재미를
더하기 위해서나 다른 사람을 웃기기 위해 쓴 가벼운 내용의 글이 아
니라는 점이다. 이런 글에서 방언형이 사용되지 않고 표준어만 쓰이는
것은 방언형의 사용이 차분한 분위기보다는 들뜬 분위기의 글에서,
내용상 심각한 것보다는 오락성이 강한 글에서 주로 채용됨을 알려
준다.8) <표 1,2>의 방언 사용률 분포는 통신 이용자들이 실명 게시판

8) 컴퓨터 통신의 글에서 방언이 재미 위주의 가벼운 글에서 많이 사용되는
것은 실제 언어 생활에서 방언이 유머나 코미디의 대상 또는 재료로 많이
쓰이고 있는 것과 비교된다. 방언의 기능이 이러한 면에 치우쳐 있는 것은
방언 간의 바람직한 공존의 관계 면에서는 부정적인 현상으로 평가할 수 있

과 익명 게시판의 기능 차이, 글의 내용에 따라 다르게 요구되는 언어 자원의 차이를 인식하고 그것에 따라 방언과 표준어를 어느 정도 선택적으로 사용한 결과라 정리할 수 있겠다.

4. 방언 사용의 문맥과 기능

4.1 문맥

위에서 잠시 지적한 것처럼 컴퓨터 통신 안에서 지역 방언이 사용되는 것은 텍스트의 특성, 구체적으로는 텍스트의 내용이나 필자의 글쓴 목적 등과 깊은 관련이 있다. 예를 들면 동호회 운영자가 회원들에게 공식적으로 알리는 글에서는 방언형이 사용되지 않는 반면 같은 운영자가 쓴 글이라 하더라도 개인적인 목적에서 쓴 경우라면 지역 방언형이 많이 쓰이는 것을 알 수 있다.

컴퓨터 통신의 동호회에서 지역 방언이 주로 쓰이는 텍스트 유형 또는 문맥은 다음과 같이 크게 세 가지로 나눌 수 있을 듯하다. 우선 글의 성격이 회원들 전체를 대상으로 한 공식적인 것인지 아닌지에 따라 방언 사용의 정도가 달라진다. 비공식적이고 개인적인 글에서 방언형이 더 많이 쓰이는 것으로 관찰된다. 둘째는, 구어를 문장으로 옮긴 경우, 즉 구어성이 강하게 표출되는 글에서 지역 방언이 많이 쓰인다. 지역 화자들은 평소 문어에서는 표준어 또는 그것과 가까운 말을 사용하지만 구어에서는 여전히 방언형을 많이 사용한다. 따라서 말하듯이 자연스럽게 글을 적을 때 방언형의 사용이 늘어나는 것은 당연할 것이다. 셋째로, 글의 내용이 정보 지향적이거나 심각한 것일 때보다 오락성을 지향하는 경우에 방언형이 많이 사용된다. 이 경우에는

을 것이다.

이용자 자신의 방언뿐만 아니라 다른 지역 방언도 자주 동원되는 것이 보통이다.

4.1.1 비공식적인 글

<사례 15>는 한 통신 이용자가 특정인에게 개인적으로 알리기 위해 올린 글이다. 많은 방언형들이 쓰이고 있다. 이와 달리 <사례 16>은 동호회 운영자의 한 사람이 동호회와 관련한 활동 상황을 회원 전체에게 알리기 위한 글이다. 앞의 사례에 비해 공식성이 보다 강하다고 할 수 있다. 이 텍스트에서는 방언형이 사용되지 않았고 표준어로만 글이 작성되었다.

사례 15

[제목] 셔코야.. 반가웠지만 바빠서뤄 **힝하니** 갔단다..

출처 : 군산사랑, 실명 게시판 (1999 / 9 / 28)

전군도로 상에서.. 그렇게 만나는것도.. 힘든데..

또 더우기.. 네 앞서 가던(대각선 앞) 스포티지두...

우리샵 손님차더라구.. motop 스티커가 선명한.. 크흐...

헌데.. 바빠서 앞만 보구 가다가 네 앞으로 추월할려고 했었거덩...

헌데 네차여서 잠시 **머뭇 혔쥐**....

그날 차 뜯어 놓구 부속이 틀려서 **전주까정**.. 날러 **훨훨**.. 킬킬..

알만허지.. **월매나**.. 달렸는쥐...

암튼 마니 반가워 못혀 미얀쿠만.. 함 놀러와

맛난 커피 줄께.. 우린 샵 커피는 원두 헤이즐넛이쟈녀..

그럼.. 조촌동서 **괴짜싱**..

사례 16

[제목] 지역간담회 참여 합니다.

출처 : 빛고을, 실명 게시판 (1999 / 9 / 11)

오늘 대전 장태산에서 지역간담회가 있어서 참혀합니다.
참여는 대표시샵 대기님과 제가 참여할 것 입니다.
이쪽 지역에서는 전대동 조대동등 많은 동호회에서도
참석을 한다고 하더군요.
많은 정보를 알아오도록 하겠습니다.
그럼 즐거운 주말들 되십시요. 빛동1 - 우정

글의 공식성 유무에 따라 방언 사용 여부가 달라짐은 아래 두 사례를 통해 보다 분명히 알 수 있다. 두 글은 '부산사랑 동호회'의 운영자로 활동하는 동일인이 작성한 것이다. 그러나 <사례 17>의 경우는 동호회의 운영과 관련된 공식적인 알림글이며 <사례 18>은 개인적인 느낌과 생각을 적은 비공식적인 글이라는 점에서 공식성의 차이가 있다. 공식적인 글에서는 방언형이 전혀 사용되지 않은 반면 비공식적인 글에서는 방언형이 많이 쓰이고 있음이 확인된다.

사례 17

　[제목] MP-MAN팝니다에 관한글은 삭제하였습니다
　출처 : 부사사랑, 실명 게시판 (1999 / 9 / 13)
여기 낙서왕국에는 상업적인 글은 못올리게 되어 있읍니다.
혹여 회원님의 개인적으로 파는 물건이라도.. 개인물품을 팔고 싶을시에는
9번 정보방에 회원직거래 장터를 이용해주시기 바랍니다..

사례 18

　[제목] 오늘 - -
　출처 : 부산사랑, 실명 게시판 (1999 / 9 / 10)
무지 덥다 -__-:
오늘 새벽에 열나 내린비 쫄딱 그대루 받아뚜니 모리에 약간 열두 잇

는거 같고.

　몸은 천근만근 -__-;; (누가 내 머리에 납 **올려낳쏘** -- 무겁잖아)

　웅~ 고저 모든것을 잊고 푸욱~ 자고 싶은 하루당.

　지겨븐 하루이기두 하고 -__-; 나 어쩌면. 벌써 권태기일찌두 --;;;

푸캬캬~

4.1.2 구어성이 강한 글

　실제 말하는 것과 같은 투로 글을 적을 때 비교적 방언형이 많이 쓰이고 있음을 <사례 19>와 <사례 20>을 통해 알 수 있다. 문자로 표기되는 게시판이지만 자신의 심정을 다른 사람과 대면하고 말하는 것처럼 진술하게 쓴 글이 앞의 사례이고, 특정 청자를 지정하고 말을 하듯이 자신의 마음을 글로 옮긴 것이 뒤의 사례이다. 이들 사례는 모두 구어를 그대로 반영하고 있기 때문에 방언형이 활발히 사용되었다.9)

　　사례 19

　　　[제목] 요즘은 되는게 없군..

　　　출처: **달구벌**, 익명 게시판 (1999 / 9 / 13)

　　　휴우...욕밖에 안나오는군.. 욕은 쓰면 안되남?

　　　경제가 회생이 되니 마니 그러디.. **우예된게** 난 하나도 안풀리나..

　　　최근 항상 주머니는 거지고...되는거 한게도 없고 연애도 더럽게 안되고.,..

　　　문제란 문제를 한꺼번에 다 터지고., 컴까지 없어지고...

　　　집에서 딧 알게되고..휴대폰 딧 잘리고.. 도대체가 되는게 없군...되는

---

9) 물론 이들 필자들이 평상시 실제 대화에서 이처럼 방언형을 많이 쓸지의 문제는 별개로 생각해야 한다. 자신이 그렇게 말하지는 않더라도 가족이나 이웃들로부터 그러한 방언형을 자주 듣게 된 경험을 반영한 것일 수도 있기 때문이다.

게..
 팔자편하게 연애문제가지고 고민할때가 좋았군..
 그땐 그게 세상에서 가장 큰 문제인거 같던데...음..
 뭐해먹고 사남... **기집아** 같으면 도저히 안되면 몸이라도 팔지..
 좀있으면 돌날아오겠군...
 장난아니고...돈때문에 **자살한다카**는 얘기 진짜 공감되고..
 휴우..휴우... **땡기는건** 술하고 담배밖에 없군...

사례 20

　[제목] 우메.

　출처 : **빛고을, 익명 게시판** (1999 / 9 / 15)
니가 느그학교 시간 갈처조따고?
그 쓴건.......이 하루 시간표여떠.알기나 하냐
아침에 등교해서..수업하구.끝나구 하는일 그런거여떠
난 니가 그런거 갈쳐 줬으면.옛날에 다　외워떠
그런거뚜 하나의 **관심이여......**
그거 말한적이 **언젠디**....글고대충 난 니가 말안해도
느그학교가 한 5분정도....늦게 시작하는거 가뜨마..
암튼.가꾸 난 한디.....글구 니 친구덜 핸폰 번호도 모르자너
2명 갈처조가꼬.....갸덜 한디
한명은....002고.한명껀 꺼지고......뺏겼다고 니가 그랬냐
근디.내가 누구껄로 할것이여...
음성이라도 느른.수업끝나고 들을꺼 아니여.바보야
나도 몰러 아라서 **인자** 사러.
내가 **모질해가꼬**......괜히 잠금 해따. **빠빠**

　위의 사례들과는 달리 아래의 글은 종결어미가 '-다'로 끝나는 등 전형적인 문어체에 가깝다. 특정 청자를 지정하지 않았으며, '동성애' 문제에 대한 자신의 주장을 강하게 드러내는 방식으로 문장을 서술하고 있는 점에서 앞의 두 글과 구별된다. 이 인용문에서 분명한 지역 방언

형의 쓰임은 찾기가 힘들다. 아래 글의 필자는 평소 이런 종류의 일반 문어에서도 표준어를 사용하여 글을 적을 것으로 추측되며, 무의식적으로 방언형을 사용할 수는 있겠지만 의식적으로 방언형을 과도하게 사용하지는 않을 것이라 생각된다.

사례 21

  [제목] 동성애....

   출처 : 빛고을, 실명 게시판 (1999 / 9 / 4)

사랑의 한 방법일수도 있다...

하지만 도덕교과서에.. 동성애 해라.. 라고 권장할순 없다...

인간이라는게 원체 다원적인 사고를 가진 동물이기에...

동물이 생각지도 않는 이상한 행동을 여러가지 하지만...

그래도 동물인건 어쩔수 없는것...

동성애는 그런 관점에서 봐야 할것이다....

그가 그남자를 사랑하는것은 원죄없음이지만... 그러라고 권장할순 없

는것이다..

호텔 아프리카가 생각난다... 진지한 생각 어린별~

4.1.3 오락성을 띤 글

통신 이용자들은 통신망에 접속하여 생활이나 학습에 유익한 정보를 찾아 다니기도 하지만 재미있게 읽을 수 있고, 긴장을 풀어 주는 '오락성'이 높은 자료들도 즐겨 찾는다. 통신 운영자나 정보 제공자들의 글은 주로 정보 지향적이지만 이용자들의 글은 오히려 대부분 오락 지향적이다. 동호회의 경우 취미, 지역, 학교 등의 면에서 일정한 공통점을 가진 사람들이 서로 친목을 도모하기 위한 목적에서 구성된 것임을 생각할 때 회원들이 서로 즐겁게 의사 소통을 하는 일이 중요함을 알 수 있다. 때로는 회원들 사이에서 비판이나 비방이 오가는 일도 있지만 기본적으로는 서로 '좋은 분위기에서', '마음 편하게', '잘 지

내는' 것이 모든 동호회의 한 지향점이라 할 것이다. 이 때문에 동호회의 게시글 가운데서 많은 부분은 오락성에 바탕을 두고 있다.

아래의 <사례 22>와 <사례 23>은 모두 오락성이 강한 대표적인 글이다. <사례 22>에서는 다양한 문자 기호들이 사용되었고, 또 웃음소리 등의 의성어들이 많이 쓰였다. 필자가 글을 재미있게 쓰려고 노력한 흔적이다. 이런 방향에서 방언형이 의도적으로 함께 동원되고 있다. 특히 '아따'라든지 '(몰랐다) 야~'와 같은 서남 방언의 특징적인 발화 형식이 사용되어 분위기를 북돋우고 있다. <사례 23>의 경우는 글의 내용 자체가 흥미 유발에 초점이 맞춰진 것이다. 다른 사람을 재미있게 웃겨 보자는 것이 이 글의 목적이다. 역시 방언형의 사용이 활발하게 나타나고 있으며, 그것은 필자의 의도대로 현실감을 더해 줄 뿐 아니라 재미를 보태고 있다.

사례 22

　[제목] 홍사장~

　출처: 말띠, 실명 게시판 (1999 / 9 / 26)

어어..^^ 간만이여 홍사장.. 키키킥

추석 잼나게 **보냈을라나** 몰겠고만~ ^^ 맛난거 많이 **묵었냐?**

아따.. 근디 **니**가 그림에 소질이 있는지 **몰랐다 야~**

멋진걸.. 후히히히힛^^ 그림 떡 말궁~ 진짜 떡도 주세용~~~~
~~~~~♡

　=맛난 송편 묵고 띱은 예삐^^ 냠냠냠☆

사례 23

　[제목] 나의 학생시절 .....

　출처: 부산사랑, 실명 게시판 (1999 / 9 / 28)

착하고 청순하고 해맑았던 중학교때. 여선생님 팬티를

훔쳐보다 우리반 전체가 **뒈지게** 얻어터진 적이 있었다.
정말이지. 순수하기 그지없는 내가 그런일을 저질렀다는
것이 지금까지 미스테리이며 그땐 군중심리-__-로 인한
일종의 히스테리였다고 회상한다. (변명 멋지다-__-)
목표는 과학선생님.
과학선생님은 **야시리한** 외모에 치마를 자주 입는 분이었다.
그런데 그런 과학선생님 주변에 이상한 소문이 떠돌았으니..
다른반에서 들려오는 소문은.. 과학선생님 팬티가 검정색
망사팬티였다는 것이다.
이에 **히떡 뒤비진** 우리반 늑대들. *_* 히떡~
정말 내가 반장이라도 되었다면 이성을 찾아야 된다고.
그런짓 하면 벌받는다고 말리고도 싶었지만.......
[아래 줄임]

그러나 아래의 대화 사례는 글의 목적이 '오락'에 있지 않고 '정보'
전달에 있다. 누구를 재미있게 하자는 글이 아니라 일자리가 필요한
사람에게 정보를 알려 주고 있는 것이다. 정보는 정확성을 바탕으로
하는 것이기 때문에 이 글에서는 맞춤법을 일부러 어기는 통신 방언
의 전형적인 표기 형식들을 찾을 수 없음은 물론이고, 같은 이유에서
지역 방언이 사용되지도 않았다.[10] 이것은 현상황에서 지역 방언이 그
지역에서조차 정보 전달·또는 정확성의 면에서는 표준어보다 불리함
을 화자들이 인식하고 있음을 말하는 것으로, 국어 하위 방언의 지위
를 단적으로 보여 주는 역설적인 사실이라 하겠다.

---

10) 동호회 운영자가 회원들에게 알리는 글인 앞의 〈사례 16〉과 〈사례 17〉
도 이와 같이 정보 전달에 일차적인 목적을 두었기 때문에 방언형이 사
용되지 않은 것이라 할 수 있다.

사례 24

　　[제목] 아르바이트 필요하신분..

　　출처: 군산사랑, 실명게시판 (1999 / 9 / 9)

아르바이트 필요하신분만 보세요..

근무지는 나운동에 있는 pc방이고요

전화번호는 462-××00..

야간에 하는 걸로 알고 있습니다.. 물론 컴을 알고 있어야 겠죠..

꼭 필요하신 분 급히 연락해보세요.. 그럼..

4.2 기능

　컴퓨터 통신에서 지역 방언이 많이 쓰이는 문맥을 분석한 결과, 통신 속에서 방언 사용의 기능, 달리 말하면 이용자들이 방언을 씀으로써 얻게 되는 효과는 다음과 같은 세 가지 정도로 압축할 수 있겠다. 첫째, 익숙한 방언형을 사용함으로써 친밀하게 표현할 수 있다.[11] 둘째, 방언형을 사용함으로써 실제 대화를 나누듯이 자연스럽게 글을 쓸 수 있다. 셋째, 표준어와는 발음이나 형태, 의미 등이 구별되는 방언형을 사용함으로써 글의 재미를 높일 수 있다. 결국 컴퓨터 통신에서 지역 방언의 사용은 다음과 같은 세 기능을 갖는 적극적이고, 목적 지향적인 언어 활동으로 평가된다.

　가. **친밀하게 표현하기**: 특히 지역 화자들의 경우 익숙한 '고향의 말'을 사용함으로써 그것을 사용하거나 이해할 수 있는 사람에게 친밀한

---

11) 국어 화자들의 방언 사용에 대한 태도를 조사한 연구 결과(국립국어연구원 1997:62)에서 전체 응답자의 41%가 자기 지역의 방언 사용을 통해 '친근감이 든다'라고 응답하였다. 이러한 사실은 컴퓨터 통신 동호회 이용자들의 활발한 방언 사용이 '친밀하게 표현하기'의 중요한 방편으로 작용함을 뒷받침해 준다.

감정을 표출할 수 있다. 격식적인 표준어 사용보다는 방언형 사용을 통해 같은 방언권의 사람들은 물론이고 그렇지 않은 화자들까지도 '고향의 따뜻한 정'을 느끼고, 서로 친밀한 관계에 놓인 것처럼 인식하게 만든다.

　나. **자연스럽게 표현하기**: 평소 말하듯이 자연스럽게 글을 쓰기 위해서는 입말을 그대로 문자로 적는 것이 최선의 방법이다. 구어를 문자화하더라도 억지로 표준어 단어를 사용해서는 현실감이 떨어지고 자연스럽지 않다. 이 때 이용자들은 방언형 그대로를 문자로 표기함으로써 자연스러운 구어체 글을 작성할 수 있고, 독자들은 실감나게 글을 '들을' 수 있는 것이다.

　다. **재미있게 표현하기**: 통신 이용의 목적은 여러 가지가 있겠지만 많은 사람들은 주로 휴식 또는 오락을 위해 통신을 이용한다. 방언 화자들의 경우 글에서 자신들이 평소 말로만 쓰던 방언형들을 문자로 적는 자체가 재미있는 일이 된다. 또 그것을 읽는 다른 방언 화자들의 경우에는 익숙하지 않은 말들을 문자로 읽음으로써 낯섦과 신기함을 동시에 느끼게 된다. 곧 방언형을 적극적으로 사용함으로써 다른 이용자들의 흥미와 웃음을 유발할 수 있는 것이다.

　앞의 제3장에서 분석한 바와 같이 컴퓨터 통신 속에서 이용자들이 지역 방언형을 활발히 사용하는 것은 방언의 이러한 기능을 인식한 결과로 보인다. 따라서 컴퓨터 통신 이용자들의 지역 방언 사용은 구어의 무의식적 간섭이나 오용에 의한 일시적인 현상이 아니라 의식적이고도 지속적인 용법으로 해석된다. 이런 점에서 컴퓨터 통신의 광범위한 보급은 대중 교육이나 대중 매체와는 달리 지역 방언의 면에서는 위기이기보다는 새로운 기회라고 말할 수 있겠다.

5. 맺음말

5.1 요약

지금까지 컴퓨터 통신 속에서 지역 방언이 어떻게 사용되고 있는지를 동호회 게시판 자료의 분석을 통하여 검토하였다. 그 결과 나타난 중요한 점들을 간단히 정리하면 다음과 같다.

가. 음운, 문법, 어휘 등의 모든 분야에서 다양한 방언형들이 사용되었다.

나. 방언형의 사용 정도는 어떤 목적을 가지고 의식적으로 사용한 경우(의식적 용법)와 그렇지 않은 경우(무의식적 용법)에 따라 차이가 있었다.

다. 지역에 기반을 둔 동호회에서는 물론이고 전국 단일 동호회에서도 동남 방언과 서남 방언 등의 지역 방언이 활발히 사용되었다.

라. 익명 게시판보다는 실명 게시판에서 방언형의 사용이 더 많았다. 동호회에 따라서는 그 차이가 3배에 이르렀는데, 이것은 두 게시판의 기능이 다르고 또 방언의 쓰임이 텍스트의 내용 특성과 큰 관련을 갖고 있음을 보여 주는 것으로 해석되었다.

마. 방언형은 공식적 내용일 때보다 비공식적 내용일 때, 문어체보다는 구어체에서, 정보 지향의 글보다는 오락성이 강한 글에서 주로 많이 사용되었다.

바. 컴퓨터 통신 이용자들은 일상 생활에서의 글쓰기와 달리 통신 글에서 방언형을 활발히 사용함으로써 '친밀하게 표현하기', '자연스럽게 표현하기', '재미있게 표현하기'의 목적을 이룰 수 있다. 이러한 기능을 담당하는 지역 방언의 사용은 일상어와 구분되는 '통신 언어' 또

는 '통신 방언'의 핵심적인 구성 요소라 할 만하다.

5.2 컴퓨터 통신 속의 지역 방언의 미래

인터넷이 발달함으로써 전세계가 하나의 그물망 속으로 묶이고 있는 것과 동시에 국내에서는 컴퓨터 통신의 힘으로 이용자들이 새로운 가상 공간에 앞다투어 모여들고 있다. 이 공간에서는 지역, 계층, 세대, 성별의 차이가 현실 세계에 비해 약하게 인식되기 때문에 서로 평등한 거대한 단일 공동체를 형성할 수 있을 것처럼 보인다. 언뜻 생각하면 컴퓨터 통신을 매개로 한 이러한 가상 공간에서 언어 또한 통합의 방향으로 강력한 압력을 받아 힘없는 언어 또는 방언은 사라지고 강한 것만 살아 남으리라는 예상을 해 볼 수 있다. 한국어가 21세기에 언어들 간의 경쟁에서 얼마나 힘을 가질지, 분포 면에서 현재보다 더 강화될지 약화될지에 대해서는 섣불리 단언하기 어렵겠지만, 내부적으로 이러한 통신 공간에서 방언 간의 경쟁 결과 중부 방언의 완벽한 승리를 점치는 사람은 있을 듯하다.

그러나 우리가 지금까지 분석한 자료들에 의하면 컴퓨터 통신의 발달이 사람들의 삶이나 언어를 단일화 또는 통합의 방향으로만 몰고 가지는 않음이 분명해진다. 이 점은 가상 공간 속에서 큰 부분을 차지하는 지역 기반의 수많은 동호회와 끼리끼리 어울리는 각종 소모임의 존재를 통해 단적으로 확인되며, 또 그 속의 사람들이 사용하는 언어의 모습에서도 지지를 받는다. 컴퓨터 통신 속에서는 현실 세계에서보다 더 다양한 형식의 언어가 사용되고 있으며, 특히 지역 방언도 자연스럽게, 그리고 높은 빈도로 쓰이고 있는 것이다. 이러한 방언 사용은 그 나름대로의 뚜렷한 동기와 기능을 가지고 있음을 본문에서 확인하였는데, 다른 시각에서 보면 통신 이용자들의 상호 이해와 국어 하위 방언 간의 세력 균형을 위해서도 그것은 바람직한 것으로 보인다. 이상의 분석 결과를 통해 우리는, 다음 세기에도 컴퓨터 통신 속에서 지역 방언은 필수적인 언어 자원으로의 존재 의의를 가지며, 또 그것은 통신 이용자들에 의해 활발히 사용될 것으로 생각한다.

참고 문헌

국립 국어연구원(1997), 국어 교사의 표준어 사용 실태 조사(1).

김민수·고영근·임홍빈·이승재(1991), 국어 대사전, 금성출판사.

김웅배(1991), 전라남도 방언 연구, 학고방.

이기갑 외(1998), 전남방언 사전, 태학사.

이상규(1996), 방언학, 학연사.

이익섭(1984), 방언학, 민음사.

이정복(1997), "컴퓨터 통신 분야의 외래어 및 약어 사용 실태와 순화 방안", 외래어 사용 실태와 국민 언어 순화 방안, 국어학회.

이정복(1998), "컴퓨터 통신 분야의 외래어 사용", 새국어생활 8-2, 국립 국어연구원.

인하대학교 국어국문학과(1997), 컴퓨터 통신어 연구-통신 대화실 Chatt- ing어를 중심으로.

최명옥(1980), 경북 동해안 방언 연구, 영남대학교 출판부.

통신문학의 구술성에 관하여
-통신유머를 중심으로

■

심 우 장

1. 머리말

1990년대 초반까지만 하더라도 통신 채널은 그저 몇몇 사람들만이 즐기는 협소한 공간이었다. 이것이 90년대 중반 이후 새로운 문화의 중심으로 자리를 잡더니 이제는 인터넷, 홈페이지, E-메일을 모르면 시대에 뒤떨어진 사람 취급을 받는다. 결국 이 시대의 문화 담당층으로 네티즌이 거론되기까지에 이르렀다.

문학 쪽에서 본격적으로 통신에 관심을 갖게 된 것은 90년대 중반부터인데, 이유는 통신문학이 가지는 잠재력에 있었다. 처음에는 기존의 글쓰기 방식이나 유통 경로와 질적으로 구별되지 않는다는 생각에서 취급하지 않다가, 하이텔 등의 통신채널에서 문학관을 따로 설치하면서(1995.5.1) 폭발적인 반응을 일으키자 새롭게 보기 시작한 것이

다.1)

　통신문학2)에 대해서는 그동안 여러 논자들이 다룬 바 있었다. 기존의 논의를 점검해 보면 크게 세 분야로 나누어 볼 수 있다. 첫째, 기존의 문학평단이다. 문학 계간지에서 특집, 논문 혹은 평문의 형태로 다루어졌다. 새롭게 부상하는 문학의 형태로 인정은 하면서도 그것의 문학적 수준에 대해서는 우려의 목소리를 내고 있다는 점이 공통적이라 할 수 있다.3) 둘째, 통신공간 내의 독자적인 평단이다. 대체로 이

---

1) 이우혁이 1993년 7월부터 "퇴마록"을 올리기 시작해서 폭발적인 조회 수를 기록하고, 1994년에 단행본으로 출간한 것은 상징적인 사건이다.
2) '통신문학'이라는 용어에 대해서 논란이 있을 수 있다. '사이버문학', 'PC통신문학', '컴퓨터문학', '전자문학' 등 다양한 용어들이 난무하고 있으나 대체로 '사이버문학'이나 '통신문학'이라는 용어가 많이 사용되는 듯하다. 여기에서는 개념을 가지고 논쟁하려는 것이 아니고, '통신'이라는 소통체계에 대한 관심이 논의의 핵심에 있기 때문에 '통신문학'이라는 용어를 사용하기로 한다.
3) 〔네트워크, 컴퓨터, 글쓰기(1)-사이버문학인가, 컴퓨터문학인가〕, 오늘의 문예비평, 1997 여름.
　　〔네트워크, 컴퓨터, 글쓰기(2)-사이버문학인가, 컴퓨터문학인가〕, 오늘의 문예비평, 1997 가을.
　　〔사이버문학의 현주소와 미래〕, 문학사상, 1997.6.
　　〔우리 소설의 새로운 환경(2)-컴퓨터 시대〕, 소설과 사상, 1994 봄.
　　강내희, "디지털시대의 문학하기", 문화과학, 1996 봄.
　　김병익, "컴퓨터는 문학을 어떻게 변화시킬 것인가?", 동서문학, 1994 여름.
　　김성곤, "멀티미디어 시대와 미래의 문학", 문학사상, 1994.11.
　　김성재, "문학과 멀티미디어", 문학정신, 1994.5.
　　백석기, "정보예술의 미래", 정보예술의 미래, 한국정보문화센터, 1995.
　　복거일, "전산통신망시대의 문학하기", 문예중앙, 1995 가을.
　　여국현, "사이버문학과 사이버시대의 텍스트 짜기", 문화과학, 1997 봄.
　　우찬제, "정보화시대의 문학", 정보예술의 미래, 한국정보문화센터, 1995.
　　이성욱, "키보드 문학세대에 관한 스케치 또는 단상", 문학동네, 1995 가을.
　　장석주, "글쓰기와 글읽기의 혁명적 전환-PC 통신과 미래의 문학", 문학

용욱에 의해서 주도된다고 볼 수 있는데, 통신문학(혹은 사이버문학)
의 가능성과 미래지향성에 대해서 상당한 확신을 가지고 있음을 알
수 있다. 계간지인 『버전업』과 각종 통신채널의 사이트 및 독자적인
웹 사이트를 자신들의 공간으로 활용하고 있다.4) 마지막으로, 구비문
학분야에서 관심을 보였다. 신동흔이 주도적인 역할을 하지만 아직은
논의의 출발단계에 머물러 있다. 거시적인 관점으로 전파문학, 통신문
학을 구비문학의 연속선상에서 바라보려 하였다. 통신문학을 구비문학
적 관점으로 접근하려고 한 점은 주목을 받을 만하지만, 그것을 다루
는 효과적인 잣대는 아직 마련되지 않은 것이 사실이다.5)

　　각 분야에서 통신문학을 다루는 방식이나 성과에 문제점이 없는 것

　　　　　　사상, 1994.11.
　　장은수, "사이버문학 앞날 어떻게 될까?", 문예중앙, 1997 겨울.
　　정과리, "문학의 크메르루지즘", 문학동네, 1995 봄.
　　정과리, "유령들의 전쟁: 디지털의 점령", 문학과 사회, 1999 가을.
　　최혜실 엮음, 디지털 시대의 문화 예술, 문학과 지성사, 1999.
　　황순재, "사이버공간에서의 환상적 글쓰기", 오늘의 문예비평, 1996 겨울.
4) 대부분의 논자들이 기존의 평단과 사이버 평단을 넘나든다. 여기에서는 논
　　자의 성격과 활동공간을 중심으로 나누어 본 것뿐이다. 다음과 같은 논의
　　들이 있다.
　　김홍년, "문학과 불의 상상력", 오늘의 문예비평, 1997 여름.
　　이용욱, "끝없이 갈라지는 길들이 있는 정원의 상상력", 버전업, 1996 겨
　　　　울.
　　이용욱, "사이버문학, 그 신대륙으로 가는 몇 가지 방식", 문학사상, 19
　　　　97.6.
　　이용욱, 사이버문학의 도전, 토마토, 1996.
　　이병주, "시리즈 유머의 사회언어학적 고찰", 버전업, 1998 겨울, 토마토.
　　우한용, "강단에서 바라보는 사이버문학", 버전업, 1998 가을, 토마토.
5) 신동흔, "PC통신 유머방을 통해 본 현대 이야기 문화의 단면", 민족문학사
　　　　연구 제13호, 민족문학사연구소, 1998.
　　신동흔, "삶, 구비문학, 구비문학 연구", 구비문학 연구 제1집, 1994.
　　신동흔, "현대 구비문학과 전파매체", 구비문학 연구 제3집, 1996.
　　문지훈, "1990년대 통신 유머 연구", 한양대 석사논문, 1999.

은 아니지만 보다 큰 문제는 이 세 분야가 각기 나름대로의 시각으로
만 고정시켜서 바라볼 뿐, 여타의 분야가 가지고 있는 관점을 도외시
한다는 점이다. 그래도 기존 평단과 사이버 평단 분야는 활발하지는
않지만 상호비판과 토론이 이루어지는 데 반해서 구비문학 분야는 고
립을 면치 못하고 있는 실정이다. 기존 평단과 사이버 평단에서는 구
비문학에 대해 관심을 갖지 않을 뿐더러, 그러한 논의가 존재한다는
사실조차도 모르고 있으며, 구비문학 분야에서도 기존평단이나 사이
버평단의 논의를 제대로 수용하고 있지 못한 것이 사실이다.

본고는 구비문학 관점에서 통신문학을 다루면서 기존 평단과 사이
버 평단의 성과를 비판적으로 수용함으로써 논의의 장을 확장시키고
자 한다. 특히 기존의 논의에서 크게 관심을 두지 않았던 통신문학의
'구술성'을 논의의 장으로 적극 끌어들여서 통신문학의 위상을 새로운
각도에서 바라보려 한다.

구체적인 자료로는 통신유머를 선택하였다. 통신문학을 기존의 장르
체계로 나누어 보면, 소설과 시, 유머가 주종을 이룬다. 구술성의 측
면에서 보면 구비문학적 속성을 지닌 통신유머가 좋은 자료가 아닐
수 없다. 통신유머를 통해서 통신문학 전체의 구술성에 대한 논의의
단초를 마련해 보고자 한다.

여기에서 한 가지 주의해야 할 점이 있다. 통신유머 자체가 구비문
학의 정착이기 때문에 거기에서 구술성을 파악하는 것은 별다른 의미
가 없지 않은가라는 의문이 있을 수 있다. 그러나 통신유머는 문자문
화가 지배하는 사회에서 형성되어서 문자언어와 기본적인 속성을 공
유하는 전자언어라는 형태로 정착된 것들이기 때문에 문자성의 측면
이 강하다고 보아야 한다.6) 여기에서 굳이 구술성을 다시 문제삼아

---

6) 특히 몇몇 통신유머(Best 시리즈 등)는 통신 공간에서만 존재하는 특이한
   것들도 있어서 구비 공간에서 존재하는 유머와 다른 특징을 보여준다.

논의하는 것은 통신유머의 구술성이 상당히 역동적인 모습을 띠면서 영향력을 높이고 있을 뿐만 아니라 통신소설이나 시에서도 이러한 특성이 일정하게 드러나는 경향을 보인다는 점 때문이다. 이러한 이유에서 기존의 논자들도 통신문학의 구술성에 대한 주목이 필요하다는 것을 피력한 바 있는데,7) 본고는 그에 대한 첫 번째 답이다.

2. 통신문학의 위상 점검

2.1. 통신문학 부정론과 긍정론

통신문학에 대한 부정적인 평가와 긍정적인 평가들을 정리해 보고, 그러한 평가가 지니는 문제점을 지적해 보고자 한다. 통신문학의 위상이나 전망에 대해서 대부분의 논자들은 신중론을 펴기 마련이다. 일정 정도 부정적인 면이 있는가 하면 한편으로는 긍정적인 면도 있다는 것이다. 그런데 이러한 형태의 논의는 우리에게 그렇게 낯설지 않다.

---

7) 우찬제, "정보화 시대의 문학", 정보예술의 미래, 한국정보문화센터, 1995.
　　"PC통신 문학은 처음부터 닫힌 완결성을 배제한다. 작가는 통신을 통해 글을 올리는 가운데 독자들의 의견과 정보를 최대한 수렴하는 융통성을 보이기도 한다. 즉 자기 독자들의 성향과 정보의 양과 질에 따라 다른 줄거리로 이야기를 끌어갈 수도 있다는 것이다. 그러다 보니 구비문학 시대의 적층문학이 그랬듯이 공동창작의 가능성도 열린다. 작가 하재봉을 중심으로 통신망 작가들이 이를 시도한 바 있다. 통신을 통한 정보의 대화성은 컴퓨터 시대의 새롭고 탄력적 구비문학으로 진전될 수도 있다."(78면)
　　"뿐만 아니라 컴퓨터 대화방의 역동성에 의거, 구비문학에서 기록문학으로 전이되는 과정에서 일정하게 상실했던 작가와 독자의 접촉의 직접성 내지 대화성을 되살려 냄으로써, 포스트모던 시대의 공동창작 가능성을 열어 보이기도 했다."(83면)
　　이외에도 복거일, "전산통신망 시대의 문학하기", 문예중앙, 1995 가을, 36면과, 이용욱, 사이버문학의 도전, 토마토, 1996, 157면에서도 지적한 바 있다.

통신문학에 대한 부정과 긍정의 뿌리는 예술과 기술 혹은 컴퓨터의 문제에 있다. 부정적으로 말하면, "기술 자체가 인간성과 예술을 희생시킨 대가로 얻은 과잉 발달에 의해 특별한 종류의 변태를 —정서, 감정, 감성을 배제하고, 인간의 가장 깊숙한 내적인 생명과 사랑의 근원들을 무시하며, 종교와 예술에 의해 밝혀지는 가치나 목적에서 자신을 절연하는 등의 부당한 성과를— 초래하였다."8)고 할 수도 있다. 긍정적으로 말하면, "제5세대라 부른, 컴퓨터화된 세대의 아이들은 삶과 죽음, 인간과 동물의 영적인 측면, 컴퓨터의 영적인 측면에 대해 특이한 관념을 갖고 있고 자기들만의 시간, 자기들만의 내면세계를 다른 식으로 조직하며 자기들의 지적인 능력을 다른 식의 사회-시간적인 척도를 갖고 훨씬 더 빠르고 다차원적으로 발전시킨다."9)고 할 수도 있다.

통신문학의 경우도 대체로 이와 비슷한 맥락에서 부정론과 긍정론이 교차하는데, 다만 문학이라는 특수한 상황이 고려된다는 점이 다를 뿐이다.10) 부정론의 대표적인 논지를 들어 보면 다음과 같다.

'PC통신 문학의 수준과 가치를 기존의 문학이론과 평가의 잣대로 재는 것은 무리가 있을지 모르지만, 냉정하게 말하자면 아직 그것은 지나치게 ①일회적인 재미에만 매달려 있으며, 그 문학성은 ②아마추어적인 수준을 벗어나지 못한 것으로 보인다. 그것은 여전히 문학의 하부구조로 종속되어 있으며, 문학이 인류의 정신적 자산으로 빛을 발하며 남도록 만든 그 ③심오함에 도저히 미치지 못하고 있고, 기존의 문학만큼 독자들의 의식을 뒤흔드는 충격을 가하지도 못한다.11)

---

8) 루이스 멈포드, 김문환 역, 예술과 기술, 민음사, 1999, 73면.
9) 리가도트, 이득재 역, 컴퓨터 혁명의 철학, 문예출판사, 1996, 283~284면.
10) 이용욱, "사이버문학 논의에 대한 비판적 점검", 오늘의 문예비평(1997 여름)에서 간단히 정리한 바 있다.

사이버문학에서 인기있는 장르는 추리소설, 공상과학소설, 공포소설, 유머소설, 무협소설 등 대중문학 장르가 대부분이다. 이것은 오늘날 예술시장에서 나타나는 순수문학 장르의 퇴조현상과 맞물려 있는데, 그곳에서는 문학 본연의 모습을 왜곡시켜 문학이라는 이름으로 포장하는 ④비양심적인 글쓰기, 혹은 ⑤저질스런 표현욕구의 배출구로서의 외설스런 글쓰기나 ⑥표절이 횡행하는데, ⑦익명성의 편리함으로 언어폭력과 저질의 잡담이 주종을 이루면서 독자의 눈길을 끄는 ⑧선정주의가 난무하고 있다. (중략) 오락물로 전락한 문학의 위상을 되찾는 일이 시급하고, 문학을 창작하고 감상하고 비판할 자유를 누린다는 잇점에 따른 조정과 규제 장치의 마련이 필요하다.12)

부정적인 관점의 논거들은 대체로 문학의 저급화 또는 문학의 독자적인 위엄 상실에 초점이 맞추어진 듯하다. 통신문학이 순수문학의 기본적인 미학인 진정성에 크게 위배되는 면이 많다는 것은 사실일 것이다.

반면 이러한 논의를 비판하고 통신문학의 가능성을 적극적으로 긍정하는 논지는 대체로 두 가지이다. 하나는 전혀 새로운 장르의 문학양상을 기존의 가치 판단의 기준으로 평가해서는 안 된다는 것이고, 다른 하나는 일부에 지나지 않으며 항상 있을 수 있는 부정적인 면에 논의를 집중하는 것은 소모적이라는 것이다. 후자에는 문학의 위기가 문자문학의 위기이며, 이러한 위기를 극복할 수 있는 가능성이 통신문학에 있다는 인식이 포함되어 있다.

바로 이 지점에서 통신공간 안에서 활동하는 무수한 통신작가들에 대한 우리의 시선 역시 수정되어야 할 필요가 있다. 그들을 노출증과 관음증에 시달리는 아마추어작가라 폄하하는 것은 자칫하면 전자언어가 가

---

11) 장석주, "글쓰기와 글읽기의 혁명적 전화-PC통신과 미래의 문학", 문학사상, 1994. 11.
12) 우한용, "강단에서 바라보는 사이버문학", 버전업, 1998 가을, 24면.

져다준 글쓰기 환경의 변화 자체를 부정적으로 인식하게 해 줄 수 있기 때문이다. 통신작가군은 전자언어와 사이버 공간의 만남이 만들어낸 새로운 작가군이며, 이들의 두꺼운 저변이 향후 한국문학의 주요한 토대가 될 것이다.13)

　사이버 문학은 지금 우리가 경험하고 있는 총체적인 문학의 위기를 극복하고, 나아가 그것을 출발점으로 삼아 새로운 패러다임으로의 대체를 시도하고자 하는 우리의 선택이다.14)

　정도의 차이는 있지만 대부분의 논자들은 이러한 양면적인 인식을 보여준다. 이러한 인식 뒤에는 반드시 부정적인 면에 대한 '대책'이 있게 마련인데, '도교적인 지혜'15)에서부터 시작하여 "하이퍼픽션에 무조건 매료되거나, 하이퍼픽션을 무조건 배척하기보다는, 그 가능성을 잘 알아서 이끌어 가야"16)한다는 순박한 견해, 그리고 작품의 질적 변화, 비평의 필요성17)에 대한 구호적인 과제 제시까지 다양하다. 여기에다가 하이퍼텍스트(hypertext)나 하이퍼픽션(hyperfiction), 사이버스페이스(cyberspace), 커뮤지네이션(commugination) 등의 개념에 대한 설명을 덧붙이고는 그만인 것이 지금까지 논의의 공통점이다. 이러한 논의들은 이제 소모적이라는 인상을 벗을 수 없다. 긍정론과 부정론의 대립에 의해서 논의가 풍부해진 것은 사실이지만 좀더 생산적인 논의가 가능하기 위해서는 이제 통신문학의 실상 혹은 그것의 위상을 제대로 파악하는 쪽으로 방향을 선회해야 할 것이다. 이에 다음과 같은 지적은 새겨들을 만하다.

---

13) 이용욱, 사이버문학의 도전, 토마토, 1996, 19면.
14) 앞의 책, 30면
15) 마이클 하임, 여명숙 역, 가상현실의 철학적 의미, 책세상, 1997, 136면.
16) 윤미정, "미래의 소설, 하이퍼픽션", 문학사상, 1997.6), 71면.
17) 이용욱, 앞의 책, 77면.

　나로서는 이런 구호를 외치는 것보다는 인공지능의 출현으로 문학이
어떻게 바뀌는지, 이 바뀜이 어떤 구체적인 삶의 변화를 만들어내는지,
문학은 어떤 형질 변화를 겪는지 생각하는 것이 더 중요하다고 본다. 역
시 중요한 것은 문학의 변동이 어떻게 일어나는가를 분석하는 일이겠다.
실질적인 분석 작업을 통하여 문학연구의 방식 전환도 모색할 수 있을
것이다.18)

　문제는 무엇이 얼마만큼 바뀌게 되었는지 그 구체적인 실상을 파악
하는 일일 것이다.19) 이러한 문학의 형질 변화에 대한 논의는 자연 통
신문학이 문자문학과 어떻게 변별되는가에 초점이 맞추어질 것이며,
여기에서 구술성의 역할이 중시되어야 한다고 생각한다. 이러한 관점
에서 통신문학의 위상을 다시 점검해 볼 필요가 있다.

2.2. 통신문학의 구비문학적 소통체계

　통신문학의 위상을 파악하기 위해서는 우선 이전의 다른 형태의 문
학과 비교해 보는 것이 좋은 방법일 듯하다. 이전 문학의 지형은 크게
구비문학과 기록문학으로 대별해 볼 수 있을 것이다. 대체로 기록문학
이 문학의 상층에서 활약했다면 구비문학은 문학의 하층에서 활발한
움직임을 보여왔다.
　통신문학은 구비문학 그리고 기록문학에 대한 일정한 관련성 속에
서 태어났다고 보는 것이 합당하리라 생각한다. 기존에는 기록문학적
관점에서만 통신문학을 바라보았기 때문에 문제가 많았다고 생각한다.
통신문학은 전에 없었던 유별난 형태의 문학(기록문학과 전혀 다르기

---

18) 강내희, "디지털 시대의 문학하기", 문화과학, 1996 봄, 88면.
19) 이러한 점에서 송경아, "통신 글쓰기의 여러 가지 모습", 오늘의 문예비평
　　(1997 여름)은 좋은 본보기가 되는 작업이라고 생각한다.

때문)이라고 보는 것은 철저하게 기록문학적 관점에서 기인한 것이다. 앞으로 논의하겠지만 통신문학의 특성 중 많은 것들이 구비문학의 특성과 밀접한 관련이 있음을 파악하는 것이 중요하리라고 생각한다. 그렇다면 그 구체적인 관련성이 무엇인지를 알아보기 위해서 각각의 소통체계를 비교해 보면 다음과 같다.

> (가) 구비문학의 소통체계 : 화자 ↔ 작품 ↔ 청자
> (나) 기록문학의 소통체계 : 작가 → 작품 → 독자
> (다) 통신문학의 소통체계 : 작가 →(↔) 작품 →(↔) 독자

구비문학은 화자가 청자를 직접 대면하면서 작품을 구연하는 특징을 지닌다. 이러한 과정에서 화자는 청자를 강력하게 의식하게 되며, 청자의 반응이 작품의 구연에 일정한 영향력을 행사하게 된다. 따라서 구비문학의 작품은 화자의 구연물이 아니라 화자와 청자의 소통 과정 전체라고 보아야 한다. 청자의 직접적인 반응에 의해서 화자는 작품 구연을 달리할 수 있으며, 청자가 화자의 구연 속으로 뛰어들 수도 있다는 점에서 쌍방향적 소통체계를 가지고 있는 것이 구비문학의 특성이다.

기록문학에서도 작가는 독자의 반응을 고려한다. 그러나 이러한 고려는 구비문학의 그것과는 질적으로 다른 것이다. 작가가 독자의 반응을 고려한다고 할 수 있지만 그것은 어디까지나 간접적인 것이다. '직접 대면'이 갖는 문학적 작용은 구비문학과 기록문학을 가르는 중요한 요건 중의 하나이다. 따라서 기록문학의 작품은 작가의 언어에 한정되는 특징을 갖는다. 작가는 독자에게 자신의 작품을 일방적으로 강요하는 단방향의 체계이다.

통신문학은 기본적으로 기록문학의 소통체계에서 출발한다. 작가는, 실명은 아니지만 통신 공간의 이름인 ID를 가지고 자신의 창작품을

문자의 형태로 게시하기 때문이다. 그러나 통신문학은 여기에 멈추지 않는다. 기본적으로는 기록문학의 소통체계에서 출발했지만 끊임없이 구비문학의 소통체계를 향해서 나아간다고 보는 것이 타당하다. 통신 작가는 기록문학의 작가처럼 권위적이지 않다. 통신에 가입해서 ID를 가지고 있으면 누구나 자유롭게 작가가 될 수 있다. 등단의 절차가 소멸된 통신작가는 구비문학을 향유하는 화자와 같이 자유로운 존재가 되었다.

한편 통신공간에 작품을 올리면 1분도 되지 않아서 독자의 반응이 접수된다. 천리안의 경우 '조회 회수'와 '찬성'과 '반대'라는 독자의 반응을 접하면서 작가는 다시 작품을 수정하기도 하고, 이어지는 뒷 이야기를 새로 작품화해서 올리기도 한다. 그만큼 독자의 반응을 접하는 시간이 짧아진 것이다. 앞으로 이 시간은 계속 짧아질 것이고 결국 구비문학적 상황에 근접해 갈 것이다. 이렇게 되면 통신작가는 이제 더 이상 혼자서 작품을 창작하는 작가가 아니게 된다. 작품을 창작하는 공동의 주체인 전승자가 되는 것이다.

따라서 통신문학 작품 또한 기록문학 작품이 갖는 확정성을 잃어버리게 된다. 기록문학은 판본에 의해서 인쇄가 되면 곧 불멸의 생명력을 갖는 확정성을 갖는다. 이에 비해서 구비문학 작품은 어느 누가 구연을 하든지 항상 전승 중인 작품이다. 확정적인 원본은 존재하지 않는다. 시간과 공간을 달리하면서 계속 변해 가는 역동적인 움직임의 한 순간에 위치한 작품일 뿐이다. 통신문학 작품은 이러한 구비문학 작품의 특성을 닮아 간다. 텍스트의 확정성에서 텍스트의 역동성으로 옮아가는 것이다. 맨 먼저 올려진 작가의 작품은 하나의 단초 역할만을 하게 될 것이다.

여기에서 하이퍼텍스트와 구비텍스트의 관계에 대해서 짚고 넘어가야 할 것 같다.[20] 마이클 조이스에 의하면 하이퍼텍스트는 다시 두 가

지로 나누어 볼 수 있다고 한다.21)

1) 탐색적 하이퍼텍스트(explorative hypertext): 독자가 무엇을 어떻게 보고 들을 것인가는, 작가가 정해 놓은 순서나 독자 자신이 선택한 순서에 따라서 정해진다. 따라서 독자가 직접 경험하는 텍스트의 모습은 작가의 의도보다는 독자 자신의 선택에 의해서 결정되고 독자는 텍스트 자체가 자신의 선택에 따라서 변하는 것처럼 느끼게 된다. 그렇지만 실제로는 독자의 활동이 텍스트의 구조를 바꾸거나 텍스트를 근본적으로 재배열하지는 않는다.

2) 구성적 하이퍼텍스트(constructive hypertext): 독자가 자신의 활동으로 텍스트의 기존 구조를 확장하고 변형하여 자신의 쓰임에 맞게 만들어낼 수 있다. 독자는 텍스트의 순서를 바꿀 뿐 아니라, 각각의 텍스트의 내용까지도 변화시킨다. 또한 매번의 읽기가 독자의 흔적을 텍스트에 남기며, 따라서 A라는 사람이 텍스트를 읽은 후에 B라는 사람을 거쳐서 다시 A가 읽게 된다면, A는 B의 흔적을 텍스트에서 발견하게 된다.

구비텍스트는 화자와 청자의 소통과정 전체라고 했는데, 그 중에서도 화자의 주도권은 인정되어야 할 것이다. 이러한 점에서 탐색적 하이퍼텍스트와 일치점이 있다. 또한 구비텍스트의 구현은 화자A-청자A(화자B)-청자B(화자C)의 과정으로 이전 소통관계에서 청자였던 사람은 다음의 과정에서 화자가 되는데, 청자A가 화자B가 되어서 청자B에게 구연을 한 텍스트는 화자A의 흔적이 고스란히 남아 있게 된다. 이것이 바로 구비텍스트의 적층성이다. 이러한 점에서 구성적 하이퍼텍스트와 일치점이 있다. 물론 하이퍼텍스트와 구비텍스트가 완전히 동일

---

20) 하이퍼텍스트의 개념이나 의의에 대해서는 선행 연구에서 조목조목 많이 다루었기 때문에 여기에서는 생략하고 구비텍스트와의 관계에 대해서만 다루기로 한다.
21) 윤미정, "미래의 소설, 하이퍼픽션", 문학사상, 1997.6, 64면 참조.

하지는 않지만, 적어도 상당 부분 유사점이 발견된다는 것은 그냥 지나칠 수 없는 부분이라고 생각한다.

독자의 관점에서도 통신문학은 기록문학과는 다른 위상을 갖는다. 작가가 던져준 작품을 단순히 읽고 감상하는 수동적인 독자가 아니라 찬성과 반대의 의사 표시를 정확하게 하고, 혹 구체적인 불만이 있을 경우는 작가에게 불만을 토로하거나, 아니면 더 나아가 자신이 작가의 원본에 수정22)을 가하여 통신공간에 다시 올리는 일까지를 할 수 있게 된 것이다. 독자는 이제 능동적인 성격을 지니게 된다.

통신문학의 특성으로 흔히 실시간성, 다중 주체, 쌍방향 소통구조, 원본의 소멸, 민주주의적 문학이라는 점 등을 지적하곤 한다. 이러한 핵심적인 특성들은 위에서 살펴본 바와 같이 거의 대부분이 구비문학적인 특성과 일치한다. 그렇다고 해서 기록문학적인 특성이 완전히 거세된 것은 아니다. 여전히 전자언어에서 차용하여 사용하고 있는 분절적인 문자언어는 기록성을 담지하고 있는 것이다. 따라서 통신문학은 기록문학이 구비문학을 지향해 나가는 과정이라고 볼 수 있을 것이다.

이러한 과정에서 현재의 통신문학은 아직 본격적으로 활성화되었다고 보기는 어려운 면이 많다.23) 단지 기록문학과 구비문학의 교섭 과정의 일단만을 보여주고 있다고 생각한다. 이것은 기록문학의 구비문학화이자, 구비문학의 기록문학화이다. 기존에 기록문학의 영역이었던 소설과 시가 통신문학의 장으로 유입되어서 구비문학적 특성이 가미

---

22) 이렇게 할 수 있는 것은 전자언어(electronic language)가 특성인 조작 가능성 때문이다. 구술언어는 시간성을 갖기 때문에 한번 실현이 되고 나면 교정이나 조작이 불가능하고, 문자언어는 교정이 가능하기는 하지만 시간적인 비용이 많이 들어서 쉽지가 않다. 즉 교정할 수 있으면서 시간적인 비용을 줄이는 언어가 전자언어인 것이다.

23) 이용욱, "사이버문학, 그 신대륙으로 가는 몇 가지 방식", 문학사상, 1997.6, 54면에서 "사이버문학은 '아직' 없다. 있다면 그 새로운 대륙을 찾아 떠나는 여행자들이 있을 뿐이다."라고 하였다.

되어 가고 있으며, 구비설화의 후신인 유머들은 이미 통신문학의 공
간으로 적극 유입되었다.

그러나 통신유머들이 기록문학을 지향하는 것은 아니다. 구술언어가
문자언어화하면서 어쩔 수 없이 거치는 하나의 과정으로 기록문학화
는 타당한 지적이지만 통신유머 자체가 기록문학 쪽으로 성향을 바꾸
어 가는 것은 아니다. 오히려 기록화되면서 끊임없이 구술성을 발휘해
나가려는 경향을 보인다. 이것은 전체적인 통신문학의 위상 내지는 방
향과 부합되는 현상으로 적절하게 다루어 성과를 내 봄직하다.

3. 통신유머의 구술성

통신문학 중에서도 구비문학적 요소를 가장 많이 갖고 있는 장르가
통신유머이다. 어찌 보면 구비문학의 정착이라고도 볼 수 있다. 그러
나 단순히 구비문학의 정착이라고 하기에는 독자적인 성격이 두드러
져 보인다. 이제 통신유머가 가지고 있는 구술성의 실체가 무엇이며,
나름의 독자성은 무엇인지를 파악해 보기로 한다.

3.1. 자료 실상

통신유머는 국내 각 PC통신사의 게시판— 유머방과 인터넷의 유머
관련 사이트에서 자료를 얻을 수 있다. 여기에서는 천리안의 유머방과
인터넷 유머사이트인 <조크구락부>(홍희인간: 널리 인간을 기쁘게 한
다) "http://my.netian.com/~funtoday"를 중심으로 자료의 실상을 파
악해 보기로 한다.

천리안의 유머방은 다른 통신사의 경우와 마찬가지로 게시판에 속
해 있다. 대체로 하루에 200건(주말은 300건) 정도의 유머가 올려지는

데, 인기 작가의 독립된 방이 마련되는 경우도 있다.[24) 유머방의 구성
은 다음과 같다.

21. 유머
22. 아찔한 유머
23. 썰렁한 유머
24. 돌아온 유머 (HAHA)
25. 유머 올스타전 (HSTAR)
26. 뒷얘기&내가 뽑은 작가!
27. 시리즈 유머(SERI)
28. 유머 스타작가 (논두렁별님)
29. 『유머저널』[25)]

각각의 유머에 대해서 조회 수는 작게는 몇백 회에서 많게는 몇만
회에 이르기까지 차이가 나지만 2천에서 4천 회 정도가 대부분이다.
어떤 유머들이 인기가 있는지 알아보기 위해서 조회 수가 25,000회 이
상인 유머를 검색해 보았다.

[자료조건 검색] DS +25000

번호	등록자	등록일	줄 수	찬성	반대	조회	제목
15619	TOPQUEEN	980807	195	2933	298	30299	[알파] 생리대사건!! 진짜웃김..
13918	DIZIM	980727	13	2856	1281	28701	사오정의 미인과 호텔에서 이야기
13737	CMA020	980725	16	4407	819	35513	사오정 이야기 진짜 잼있음.
13576	자유	980724	92	1169	319	25925	[충격고백]난~~~~~~~!
13388	LOTTE97	980723	99	992	455	28748	[둔남] 우낀 사오정 인터뷰...
13317	이윤호	980722	44	1960	395	26520	★여자가 남자보다 좋은 이유★우송

24) 이에 대해서는 신동흔, "PC통신 유머방을 통해 본 현대 이야기문화의
    단면", 민족문학사 연구 제13호, 민족문학사 연구소, 1998. 참조.
25) 1999년 10월 25일 현재.

13140	삶누리	980718	151	722 98	26925	야하긴 야한데...
12807	순대조아	980712	30	1997 576	36266	사오정쓰리즈...성인판.[어른만 봐요]
12688	DECORUMS	980710	37	1931 611	31787	졸라웃긴 이야기
12111	우드드득	980630	95	3817 568	26646	여자 허리 밑에 지로 끝나는 3가지
10951	그린조이	980608	18	1093 308	25967	저렴한 성관계
8070	HJKB22	980403	52	945 359	28213	! 섹시스페셜 완결편! 여고에서....

성과 관련된 유머와 사오정 시리즈 유머가 가장 인기 있는 종목임을 알 수 있다. 그러나 시리즈 유머의 경우는 독립된 유머방을 꾸리고 있었는데, 성 관련 유머는 그렇지 못함을 알 수 있다.

인터넷 유머사이트 <조크구락부>의 경우는 일반 PC통신의 유머방에 비해서 그 분류부터 체계적이다. Yahoo Korea의 경우를 예로 들어보면 엔터테인먼트→유머로 분류되어 있으며, "유머, 재미"와 관련된 세부 분류는 다음과 같다.

- 금주의 추천 사이트
- 농담
- 모음
- 사람들
- 연재만화
- 오늘의 추천사이트
- 올해의 사이트
- 유즈넷

- 이달의 요리
- 잡지
- 조언, 상담
- 주제별
- 코미디
- 퀴즈, 테스트
- 페러디
- 풍자, 비꼬기

엔터테인먼트로 분류한 것을 보면 일반인에게 유머는 문학적 성격이 배제되고 단지 만화나 요리, 퀴즈와 비슷한 오락적인 성격이 강한 장르로 다가가고 있음을 알 수 있다.[26] 이 중에서 관심을 가질 만한

---

26) 문학 관련 사이트는 "예술과 인문→인문→문학"으로 분류되어 있다. 유머가 정식 문학에 포함되지 못한 것은 천리안의 경우도 마찬가지이다.

것은 <농담>, <페러디>와 <풍자, 비꼬기>이다. <농담>의 경우는 순수 유머와 관련된 사이트를 포함하는 반면, <페러디>는 주로 정치나 경제, 문화와 관련된 풍자를 담은 사이트의 모임으로 <풍자, 비꼬기>와 많은 경우 겹친다.27)

PC 통신의 유머방과 견주어 볼 수 있는 내용을 담은 사이트는 <농담> 관련사이트인데, <조크구락부>가 유일하다. 이 사이트의 자료실에는 각종 유머가 유형에 따라 분류되어 있다.

> (1) 시리즈 모음
> 사오정, 만득이, 최불암, 분식점, 나 맞아?, 간큰남자, 펩시맨, 공주병, 국민차, 대학가, 군대, 식인종, 미분류
> (2) 전문자료실
> 성인조크구락부, 스마일리쉬자료실, 폭소유머자료실, Quizz 퍼레이드, 영문조크자료실
> (3) 동물의 왕국
> 참새, 개구리, 펭귄, 개미, 치킨, 벌레, 기타짐승, 성인짐승
> (4) 테마조크
> Joke연구, Top10, 정신병원, 컴퓨터, 인종, 스포츠

시리즈물이 현대 유머의 핵심을 차지한다는 점을 여기에서도 확인할 수 있다. 동물유머도 나름대로 꾸준히 인기를 누리고 있는 장르이다. 근래에는 Top10 형식의 유머(Best 시리즈)나, 컴퓨터와 스포츠 관련 유머도 새롭게 등장하여 인기를 끌고 있다. 특기할 만한 것은 '스마일리쉬 자료실'인데, 유머는 아니지만 유머와 밀접한 관련이 있음을 알 수 있다.

---

27) 〈페러디〉와 관련된 사이트는 현재 80여 개 정도가 된다고 한다. 이것의 대표격은 〈딴지일보〉이다. 신랄한 정치 풍자로 대단한 인기를 얻고 있는 사이트이다.

조회 회수를 살펴보면 인터넷의 경우는 평균 20,000회가 넘는다. 통신 유머의 중심 공간이 인터넷 쪽으로 옮아 간다는 인상을 받기에 충분하다고 생각한다. 천리안의 경우와는 달리 성과 관련된 유머가 '성인 조크구락부'라는 이름으로 독립되어 있다. 인터넷이 PC통신 채널보다 열려 있음을 확인할 수 있다. 구비설화의 경우도 성 관련 설화가 활발하게 전승되는 점을 쉽게 확인할 수 있는데,28) 이전 시대에 구비설화가 담당했던 문화적 위치를 지금은 통신유머, 특히 인터넷의 통신유머가 담당하고 있음을 알 수 있다.

3.2. 구비설화의 계승

통신유머는 이전의 구전설화와 관련성이 없어 보이지만 사실은 그렇지 않다. 성담론의 계승에서도 그렇지만, 비록 문자시대에 이루어진 산물이기는 하지만 구술시대의 구전설화를 계승하고 있는 면이 여러 곳에 뚜렷하게 감지된다.

사실 덩달이 시리즈의 원조는 구비설화에서 광범위하게 찾아 볼 수 있다. 대표적인 예로 방학중 설화가 있다.

[방학중, 옷, 잣, 갓]
방학중이가 물건 점방에 떡 가가주고, 들가가주, 배는 고프고 잣을 처음 보이 먹고 싶은게라. 먹고싶다. 이게라. 그래 가가주고, 자기 옷을 만지면서,
"이게 먼가요?"
"옷이라고, 옷이요."
"이건 이름이 먼가요?"
"잣이라고."

---

28) 김선풍 외, 한국 육담의 세계관, 국학자료원, 1997. 참조.

그래 잣을 먹는거다. 그래 갓을 자기가 만지며,
"이건 먼가요?"
"갓이라고."
"그럼 난 간다고."
그런 전설도 있니더.29)

[덩달이 시리즈]
(덩달이의 '아카데미'라는 제목의 작문 숙제입니다.)
오늘도 TV를 보았다.
뉴스가 하고 있었다. 뉴스의 앵커가 이렇게 말하였다.
"아까, 댐이 무너졌습니다."30)

위의 예는 꾀가 많기로 유명한 방학중의 지혜가 돋보이는 설화인
데, 웃음을 유발시키는 동인은 발음의 유사성에 있다. 이러한 요소가
확대되어 하나의 시리즈로 정착된 것이 덩달이 시리즈이다. 다만 다른
것은 방학중이 피카레스크적 인물인 데 반해, 덩달이는 주위 환경
에 공식적인 방식으로는 전혀 대응하지 못하는 인물로 그려지고 있다
는 점이다. 구술문화의 전통이 한 때는 지혜 혹은 꾀가 되었다가 이제
는 시대에 뒤떨어진 인물의 특징으로 드러나게 되었다고 볼 수 있다.
전체적인 설화의 구조가 비슷한 경우도 있는데, 다음과 같은 경쟁
담이 대표적인 형태이다.

[두꺼비와 토끼와 호랑이]
옛날에 두꺼비와 토끼와 호랑이가 의형제를 맺고 살았다. 하루는 셋이
서 음식을 가지고 산에 올라가는데, 호랑이가 혼자서 다 먹고 싶어서 내
기를 제안하였다. 이 세상에 제일 먼저 난 이가 이기는 것으로 하자고
하면서 "나는 이 세상이 된 다음에 곧 나왔다"고 하였다. 이에 대해서 토

---

29) 조동일, 인물전설의 의미와 기능, 영남대 민족문화연구소, 1979, 215면
30) 천리안 유머방.

끼가 "나는 이 세상이 되기 전에 나왔다"고 하였다. 두꺼비는 잠시 후에 "나는 이 세상이 되기 전에 아들 딸을 보았다"고 하였다.31)

[말없는 사람.....]
어느날 태평양 한가운데서 유람선이 침몰하는 사고가 있었는데 그 중 말이 없기로 유명한 세 사람이 운좋게 무인도에 표류를 하게됐다. 무인도에서 정신이 들자 한 사람이 이렇게 말했다.
"참 조용한 섬이군요."
그리고 일년이 지났다. 또 한 사람이 말했다.
"당신 말처럼 이 섬은 참 조용하군요."
그리고 일년이 또 지났다. 마지막으로 한 사람이 말했다.
"당신들 정말 그렇게 떠들면 난 이섬에서 떠나겠어!"32)

점층적인 방식을 취하고 있는 점이 공통적이다. 경쟁의 주 내용을 보면, 앞의 예는 나이의 많음이고 뒤의 예는 누가 더 조용한가로 서로 다르지만 3명의 등장인물이 서로 경쟁하여 마지막으로 말을 한 사람이 승리하게 된다는 점에서는 동일하다. 이러한 형식은 구비설화에서 상당히 중요한 표현 방식으로 사용되는데,33) 현대의 통신유머에서도 생산적인 방식으로 활용되고 있음을 알 수 있다.

[양귀비의 방문]
옛날에 마음씨 좋은 선비 한 분이 살고 있었습니다.
선비님이 산길을 걷고 있을 때였어요.
우연히 길에 나뒹굴고 있는 백골을 고이 묻어 주었답니다.

---

31) 임석재, 한국 구전설화 1, 평민사, 1987, 94면을 비롯하여 각종 설화집에 수록되어 있다.
32) 천리안 자료실.
33) 이것을 Olick은 '셋의 법칙'과 '말자 우선의 법칙'이라고 명명하였다. Epic Laws of Folk Narrative, The Study of Folklore, Englewood Cliffs, NJ : Prentice-Hall, 1965.

그리고 집에 돌아와 잠을 자려는데, 누가 밖에서 부르는 거였어요.
"거 누구요?"
"비요"
"비라니요?"
"양귀비요"
알고보니 그 백골은 양귀비의 백골이었는데....
양귀비가 너무 고마워 은혜를 갚으려 온 거였어요.
그래서 선비는 그날 밤 양귀비로부터 극진한 서비스(?)를 받았지요.
이 소문은 급시간에 퍼졌어요.
모든 남자들이 부러워했지요.
봉달이라는 머슴도 자신에게도 그런 행운이 찾아올까봐서...
백골을 찾아 산길을 헤메고 다녔답니다.
그러던 중 그도 역시 길에 버려진 백골을 발견했지요.
그래서 백골을 고이 묻었지요.
아니다 다를까 그날 밤, 누가 찾아온 거예요.
"거 누구요?"
"비요."
머슴은 속으로 쾌재를 불렀지요.
"비라니요? ^.^"
그러자 어둠 속에서 들려오는 목소리...
"나, 장비요."[34)]

위의 예는 모방담의 형식을 그대로 잇고 있는 통신유머라고 할 수
있다. "혹부리 영감"이나 "도깨비 방망이" 등과 같이 구비설화에서는
모방담의 형식을 취하는 설화가 중요한 위치를 차지하는데, 현대의
통신유머에서도 이러한 방식을 적극 활용하여 새로운 유머를 창출하
고 있는 것이다.

이상에서 보면 대체로 구비설화와 통신유머의 연관성은 표현의 측
면에서 두드러짐을 알 수 있다. 통신상에서는 구비설화의 내용이 그대

---

34) 인터넷 〈조크구락부〉.

로 받아들여지는 경우는 거의 없고, 단지 표현의 방식만을 받아들여서 통신유머 창출의 도구로 적극 사용하고 있음을 알 수 있다. 그렇다고 이전 구비설화의 내용에 전혀 관심을 갖지 않는 것은 아니다. 다음은 표현 부분에서는 일치하는 설화를 찾아볼 수 없지만, 내용의 면에서는 "토끼와 호랑이"라는 설화를 연상시킨다.

[안경 뱀과 개구리]
안경 쓴 뱀이 개울가에서 개구리를 발견하였다.
뱀이 개구리를 잡아먹으려고 입을 벌리는 순간,
개구리가 애절하게 목숨을 구걸했다.
"뱀님! 제발 한 번만 살려주세요"
안경뱀: 안 된다는 거 알고 있잖아?
개구리: 그럼요, 죽기 전에 딱 하나 만 여쭤봐도 될까요?
안경뱀: 좋아! 마지막 소원이니까~
개구리: 세상에서 제일 힘 쎈 뱀님께서도 무서운 게 있나요?
안경뱀: 음, 난 다른 건 하나도 안 무서운데, 깡 쎈 개구리는 정말 무서워!
이 말 들은 개구리 고개를 삐딱하게 쳐들며,
"이 쉑! 안경 벗어!"

[소문 다 났어!]
깡 쎈 개구리에게 당한 안경 쓴 뱀이 사냥을 나섰으나,
도대체 개구리들이 뱀을 보고 겁을 내지 않는 것이었다.
화난 안경 뱀이 껄렁하게 보이는 개구리를 불러 세웠다.
"얌마 거기 서"
고삐리 개구리 삐딱하게 뱀을 째려보며,
"이거 뭐야?"
황당한 안경뱀: 너 내가 누군지 알아?
고삐리 개구리: 이 쉑이! 안경 벗어 짜샤! 소문 다 났어!35)

---

35) 인터넷 〈조크구락부〉.

강자인 안경 쓴 뱀을 약자인 개구리가 지혜를 발휘해서 물리친다는 내용은, 강자인 호랑이를 약자이지만 지혜가 많은 토끼가 물리친다는 설화와 일맥상통하는 점이 있다. 토끼와 호랑이 이야기도 여러 개의 삽화로 구성되어 있듯이[36] 위의 예에서도 두 개의 삽화가 그럴 듯하게 연결되어 있음을 알 수 있다. 이러한 약육강식의 논리에 대한 역전 혹은 비판이라는 내용은 통신유머에서도 관심사로 떠오르는 듯하다.

토끼와 거북이 경주에 관한 내용도 변용·수용된 예가 많다. 일반 음식물(김밥, 꽈배기, 만두 등)의 경주로 나타나는가 하면, 토끼와 거북이의 승부가 뒤바뀌는 내용들도 있다. 변형의 과정을 거쳐서 받아들인다는 것은 구비설화 전통에 대한 암묵적인 인지를 나타내주는 좋은 증거라고 생각한다.[37]

내용의 측면에서 보면 설화의 전체적인 분포양상과 통신유머의 전체적인 분포양상에 차이가 명확하다. 구비설화의 경우는 지략담류가 풍부함에 비해서[38] 통신유머에서는 우인(愚人)담류가 많다. 구비설화에서의 지략가는 대체로 문자문화적 지식이 풍부한 양반 계층임에 비해서 통신유머에서의 우인은 문자문화에 적응하지 못하는 모자라는 인물이다. 따라서 대체로 구비설화의 지략가는 실명을 사용하는 데에 반

---

36) 대표적으로 호랑이가 토끼에게 속아서 꼬리로 낚시를 하다가 강물이 얼어서 움직이지 못했다는 설화와 불에 구운 돌을 먹었다는 설화가 이어져 나오는 경우를 들 수 있다.

37) 이병주, "시리즈 유머의 사회언어학적 고찰", 버전업, 1998 겨울, 181~183면에서는 시리즈 유머의 특징으로 다음과 같은 세 가지를 들고 있는데, 구비설화의 계승이라는 면에서도 주목된다.
   ① 하나의 심층구조로부터 여러 개의 표면구조가 생성된다.
   ② 과거에 유행하던 시리즈 유머가 현재 유행하는 유머에 재생산되어 나타난다.
   ③ 하나의 시리즈 유머는 다양한 아류작으로 파생된다.

38) 특히 구비설화의 문자화인 문헌설화의 경우는 더욱 그렇다. 김현룡, 한국문헌설화 제1권, 건국대 출판부, 1998. 참조.

해서 통신유머의 우인들은 대표성을 가지는 보통명사(덩달이, 사오정, 최불암)로 이야기된다.

이것은 구술문화의 지배하에서 문자문화의 우위를 보이기 위한 전 시대의 설화전략과 문자문화의 지배하에서 구술문화의 발랄함을 보이기 위한 지금의 유머전략이 서로 다름에서 연유한 것이라고 생각한다. 이러한 의미에서 통신유머의 구술성은 새로운 의미를 지니게 되며, 지금까지와는 다른 관점에서 보다 심도있게 논의되어야 할 필요성을 느끼게 된다.[39)

3.3. 미적 기반으로서의 구술성

이 절에서는 구비설화의 전통을 어느 정도 계승하고 있는 통신유머의 미적 기반에 구술성이 자리잡고 있음을 논하고자 한다. 단순히 내용이나 표현의 같고 다름의 차원을 넘어서 구술문화 전체의 특성을 얼마나 받아들이고 있는가를 점검해 보는 작업은 통신유머의 위상, 더 나아가서는 통신문학 전체의 위상과 관련하여 중요하다고 할 수 있을 것이다.

통신유머에서의 구술성은 항상 문자성과 함께 고려해야 한다. 정확히 말하면 통신유머의 구술성은 문자성에 기반한 구술성인 2차적 구술성이다.[40) 여기에서는 2차적 구술성의 실체를 파악해서 통신문학 전체의 논의에 일조하고자 한다. 즉, 통신유머의 2차적 구술성은 통신문

---

39) 이병주, 앞의 논문과 문지훈, 앞의 논문. 참조
40) 월터 J. 옹, 이기우·임명진 역, 구술문화와 문자문화, 문예출판사, 1995, 205~208면.
   옹은 문자문화의 영향을 전혀 받지 않은 시대, 즉 문자문화 시대 이전의 구술문화적 특성을 1차적 구술성이라고 했고, 문자문화 시대의 구술성을 2차적 구술성이라고 했다.

학 전체의 특성을 대변한다고 볼 수 있으며, 적어도 통신문학의 구술 문화 지향성에 대한 단초라고 할 수 있을 것이다.

3.3.1. 구술언어적 특성

구술성의 구체적인 모습을 보기 이전에 통신유머 자체에서 구술언 어가 얼만큼 실현되고 있는가를 살펴보기로 한다. 그 첫 모습은 구어 의 적극적인 유입이다.

> 옛날에 감자가 살고 있었다. (물론 지금도 살고 있다.)
> 어느날 느닷없이 아기 감자가 말했다.
> "엄마 나 감자 맞아?"
> "그럼 감자구 말구"
> "정말루 감자 맞아요?"
> "그럼 감자구 말구!"
> 아무래도 엄마 감자가 뭔가를 숨기고 있다고 생각한 아기 감자...,
> 이번엔 삼촌 감자에게 물었다.
> "삼촌! 나, 감자 맞아?"
> "당근이지!"
> 이 말 듣고 충격 받은 감자, 마지막으로 할머니에게 물었다.
> "할머니, 저 당근 아니죠?"
> "오이야!"41)

"당근이지!" 혹은 "오이야!" 등의 일상구어가 적극적으로 활용되어서 하나의 유머를 완성시킨 예를 볼 수 있다. 이러한 유머는 구술언어의 특성인 동음현상을 기초로 하고 있어서 주목된다. 또한 구술언어의 특 성인 비분절성에 기초해서 형성된 유머도 있는데, 이것이 바로 덩달 이 시리즈이다. 따라서 덩달이 시리즈는 문자언어로 옮겨 놓으면 어색

---

41) 인터넷 〈조크구락부〉.

한 경우가 많다.

> [덩달이의 글짓기]
> 덩달이의 글짓기 내용이다.
> 박진감
> 어제 TV를 보고 있었다.
> 배트맨을 하고 있었다. 배트맨을 보고 할머니께서
> 이렇게 말하셨다.
> "저인간이 박쿤감"[42]

'박진감'과 '박쿤감'은 문자언어로는 다르지만 구술언어로는 거의 비슷하다. 따라서 이러한 유머가 형성되기 위해서는 구술언어에 대한 남다른 감각이 있어야 한다. 덩달이 시리즈의 대부분이 위와 같은 구조를 지니고 있는 것을 보면 덩달이는 문자문화적 인간형이라기보다는 구술문화적 인간형이라고 볼 수 있다. 문자문화에 익숙하지 않은 구술문화적 인간형을 내세워서 구술문화의 단면을 보여주었다는 점이 이 시리즈의 흥미점이라고 볼 수 있다. 특히 덩달이 시리즈에는 아버지도 어머니도 아닌 할머니가 보조적 인물로 등장하는데, 이는 대체로 구술문화의 세대를 할머니 세대로 생각하는 데에서 연유한 것으로 생각된다.

또한 통신유머에서는 축약어나 의성어, 의태어가 많이 사용된다.[43] 축약어의 경우는 대화방에서 연유된 측면이 강한데, 우선 타이핑의 속도를 높이기 위한 수단이었다는 점을 인정해야 할 것이다. 그러나 타이핑의 속도를 높여야 한다는 강박관념은 곧 구술언어의 속도에 대한 추구라고 볼 수 있을 것이다. 또한 축약의 방식도 "글쿤요", "안냐

---

42) 천리안 L7490, 1998.4.22.
43) 이에 대해서는 이용욱, 사이버문학의 도전, 토마토, 1996, 157~158면에서 언급하고 있다.

세요" 등 구술언어의 비분절성에 기초하고 있음을 확인할 수 있다. 의
성어와 의태어의 사용도 따지고 보면 문자언어보다는 구술언어의 성
격에 더 가깝다고 볼 수 있을 것이다.

구술언어의 반영이라는 점에서 보면 욕설이나 유행어들이 특히 주
목된다.44) C8, 쉐기, 따샤, 위쒸 등의 욕설이 곳곳에 사용되는데, 직
설적으로 표현하는 부담을 덜기 위해서 표기법을 낯설게 했으나 구술
언어에서 중시되는 발음면에서는 실제적인 욕설이나 유행어와 동일하
다. 앞의 예에서 나왔던 '당근이지'라는 말이 한 때 유행했던 것을 고
려하면 구술적 유행어가 유머 창출의 중요한 기반이라는 점을 확인할
수 있다.45) 다음의 경우도 마찬가지이다.

> [펌] 재치 넌센스
> '태정태세문단세예성연중인명선....(중략)....철고순'
> 이걸 5자로 줄이면 뭘까요?
>
> .
> .
>
> 답 : 왕입니다요~!46)

구술언어적 특성은 단순히 구어의 적극적인 활용에만 그치지 않는
다. 특히 구연의 상황을 텍스트 내에 적극적으로 재현하려는 움직임이
있어서 주목된다. 문자언어의 기록과는 다르게 구술언어에 의한 구연
은 청자를 대면하는 것이기 때문에 청자를 의식하는 표현이 직접 드

---

44) 욕설이나 은어, 혹은 유행어는 구비설화에서 중요한 흥미소로 작용하는
   경우가 많다. 이에 대해서는 졸저, "설화에 나타난 흥미 연구 시론", 서울
   대 석사논문, 1999, 73~74면 참조
45) 여기에서 구술적 유행어에는 일반적인 구어적 유행어 외에도 드라마의 특
   정인물이나 코미디언의 유행어도 있으며 특히 유머에서 많이 활용되는 광
   고 유행어도 있다.
46) 인터넷 〈홍익인간〉.

러나게 마련이다. 다음과 같은 경우는 이러한 점을 고려한 표현으로
볼 수 있다.

　　IMF 쉼터는 어떤 곳인지, 그곳에는 어떤 시설이 되어 있는지, 사랑
하는 (윽, 오늘밤도 닭살 밀어내느라 잠 못자겠군) 남편은 그 곳에서 무
슨 짓을 하다 오는지, 담 편에 올리겠습니다. 오케이 찍어놓고 기다려주
세요~. (왠만하면 지성과 미모와 한 섹시로 밀고 나가고 싶습니다만,
사이버공간인 게 한스럽군요. 어? 거기 왜 대패들고 오세요?)47)

　　집나간 남편이 어떻게 됐냐고요?
　　들어왔지요, 뭐. 두 시간 뒤에.48)

　이러한 의식들은 컴퓨터 통신 대화방에서 많은 부분 기인했을 것으
로 생각된다. 함께 대화하고 있지만 대면할 수 없다는 단점을 극복하
기 위해서 대면의 공간을 가상으로 설정하여 대화하는 방식을 대화방
에서는 이미 오래 전부터 사용하고 있다. 이러한 청자를 의식하는 발
화는 청자에게 생동감과 긴장감을 동시에 줄 수 있어서 효과적이라고
할 수 있다. 다음은 특히 긴장감을 적극적으로 유도하는 경우이다.

　　[달팽이와 지렁이]
　　63빌딩 꼭대기에 올라가면 굉장히 성깔있는 달팽이가 있습니다.
　　이 놈의 달팽이가 얼마나 성깔이 센지 그 근처에 있는 달팽이들이 다
도망갔어요.
　　이 달팽이가 하는 일은 … 하루종일 옥상주위를 돌아다니면서
　　자기 구역에 들어온 다른 짐승들을 갈구는 일이였답니다…
　　하룬… 옥상에서 밑에를 꼬라보고 있는데 밑에 동네에 사는

---

47) 권남희(천리안ID NHTRANSI), "백수남편 내조기", 버전업, 1998년 겨
　　울호, 282면.
48) 앞의 책, 270면.

지렁이가 위를 쳐다보는 겁니다.

달팽이 : 멀밤마..따샤..찌익~~(침뱉는 소리)
지렁이 : 왜 꼽냐..따샤?
달팽이 : 너..이..10..너 거기있어..너~두겠다..
지렁이 : 내려와밤마..여긴 내 구역이야..
달팽인 율이 머리끝까지 뻗쳤다..
그리구 열심히 63빌딩 꼭대기에서 밑에까지 있는 힘을 다해 달려갔다.

석달후....
달팽이 : (다 내려와서)너..이 지랭이..따식~
지렁이 : 멈마..머리 뿔난놈아..
지렁이에게 다가간 달팽이....눈을 게슴츠래 뜨면서..
지렁이 어깨에 손을 얹고서는 주위를 둘래~둘래... 그리고..
나즈막히 속삭인다..
..
...
....
.....
...
...
...
....
......
.....
...
..
....
.....
...
...
....

```
.................
.......
...
...
....
...
...
......
```
     달팽이 : 너... 옥상으로 따라와...[49]

   답이 곧바로 나오면 그만큼 긴장감을 느끼는 시간이 부족하고, 더
불어서 해소감을 느끼는 강도가 약해질 수밖에 없다. 이것을 만회하기
위해서 긴 휴지를 두는 것은 실제 구연 상황에서 화자가 청자에게 시
간적 여유를 주는 것과 동일한 효과를 낼 수 있다. 더군다나 위와 같
이 점을 사용해서 그 흐름을 조절하는 재주까지 보여준 것은 청자의
심리를 즉석에서 잘 이용하려는 노력으로 보여진다. 물론 이러한 면은
구연 상황의 재현이라는 관점에서 적극적으로 해석해야 할 것이다.
   대면할 수 없음에서 오는 아쉬움은 '스마일리쉬'라는 특징적인 언어
를 탄생하게 만들었다. 스마일리쉬는 그 자체로 하나의 독특한 이미지
표현이라고 볼 수도 있지만 구연 상황에 보다 더 근접하게 표현하려
는 의지의 성과라고 보아도 무리가 없을 듯하다. 대표적인 스마일리쉬
와 그것이 직접 적용된 경우를 보면 다음과 같다.

^.^ 오잉!	^^; 썰렁, 미안!	:-) 아이 좋아!
;-) 윙크!	:-(별로야!	:-I 좋은 기분은 아냐!
:-> 용용 죽겠지?	:-o 오우! 놀라워라!	:-0 음, 엄청나군.
.-) 귀여운 윙크.	%-) 헤롱헤롱.	:*) 나 술 됐어요!

---

49) 천리안 TWINBLUE, 1998.9.14.

:-7 용용 약 오르지?   :-* 아이 셔!   :-(0) 메롱!
:-)~ 침 좀 흘리지 마세요!   :'-(왜 이렇게 눈물이 나지?
:'-) 기쁨의 눈물!   :'-(울고 싶어라. |-I 아앙 잠온다!
|-O 나 비웃고 있어!   :'O 우앙!!   (:-& 나 화났어!50)

해피 벌쓰데이 투유~
해피 벌쓰데이 투유~
사랑하는 예쁜써리~
생일 축하 합니다~~~
와아아아아아~ ^0^ ^0^ ^0^ T.T(울고있는 사람은 누굴까여~?? ^^)51)

대체로 감정표현의 언어가 주류를 이룬다.52) 기존의 문자언어로는
자신의 감정을 나타내기 어려울 뿐만 아니라 시간이 많이 소요된다는
단점을 극복하기 위해서 새롭게 만들어낸 언어들이다. 이러한 언어들
을 사용한다는 것은 직접 대면에 대한 강한 의지를 보여주는 것이라
고 볼 수 있다. 구비설화의 구연에서 화자의 표정이 청자에게 상당한
영향력을 발휘한다는 점을 스스로 터득하여 보완하고 있는 것이다.
　이상에서 살펴본 바와 같이 통신유머에서는 구술언어 혹은 구술문
화를 지향하는 많은 표지들이 사용되고 있음을 쉽게 알 수 있다. 그렇
다고 해서 이것 자체가 구술언어라고 할 수는 없다. 앞서 말했듯이 어
쩔 수 없이 문자언어를 사용하고 있지만 구술언어에 가깝게 표현하고
자 하는 욕망을 반영했다고 보는 편이 사실에 부합한다고 할 수 있다.
이러한 점에서 통신유머의 구술성은 2차적 구술성이라고 할 수 있을
것이다. 기본적으로 문자성의 특성을 가지고 있되, 끊임없이 구술성을
지향해 가고 있는 언어가 통신언어이자 통신유머의 구술성이라고 할

---

50) 인터넷 〈조크구락부〉.
51) B2DRAGON, "햄스터 키우기", 버전업, 1998년 가을호, 215면.
52) 이에 대해서는 뒤에 자세히 논한다.

수 있을 것이다.

3.3.2. 사고와 표현에서의 구술성

구술언어의 특성이 많이 발견된다고 해서 곧바로 구술문화적 특성을 띤다고 단언하기는 힘들다. 따라서 이제 통신유머의 구술성이 구체적으로 어떻게 드러나고 있는지를 사고와 표현의 면에서 살펴보는 작업을 해야 한다. 여기에서는 선행 연구53)의 힘을 빌어서 다섯 가지의 항목으로 나누어서 통신유머의 구술성을 살펴보기로 한다.

(가) 리듬이 있는 첨가적 표현

구술문화에 입각한 사고와 표현은 종속적이라기보다는 첨가적이며 리듬을 가지고 있다는 특성이 있다. 일정한 단위로 나누어져서 첨가적인 표현이 계속되면서 리듬을 형성한다.

> [생활속의 알파벳]
> 구름속에 숨어있는 : B
> 5월5일을 좋아하는 : I
> 수박에서 귀찮은 것 : C
> 모기가 먹는 것은 : P
> 당신의 머리속엔 : E
> 닭이 낳는 것은 : R
> 밤말을 엿듣는 것은 : G

---

53) 월터 J. 옹, 앞의 책에서는 구술성을 아홉 가지로 나누어서 살폈다. ① 종속적이 아니라 첨가적이다. ② 분석적이기보다는 집합적이다. ③ 장황하거나 다변적이다. ④ 보수적이거나 전통적이다. ⑤ 인간생활세계에 밀착된다. ⑥ 논쟁적인 어조가 강하다. ⑦ 객관적 거리 유지보다는 감정이입적 혹은 참여적이다. ⑧ 항성성이 있다. ⑨ 추상적이라기보다는 상황의존적이다. 여기에서는 이를 나름대로 정리해서 다섯 가지로 나누어 통신문학의 구술성을 살피게 될 것이다.

입고 빨기 쉬운 : T
기침이 나올때는 : H54)

[간 큰 남자 시리즈]
1. 아침에 밥 달라고 하는 남자
2. 밥상 앞에서 반찬 투정하는 남자.
3. 아내의 눈을 똑 바로 쳐다 보며 말대꾸하는 남자
4. 아내가 외출할 때 어디 가시느냐고 물어보는 남자
5. 가계부를 제대로 정리 안하는 남자
6. 돈 달라는 아내에게 어디 쓸 거냐고 함부로 물어보는 남자
7. 아내가 드라마 보는 데 채널 바꾸는 남자
8. 아내 허락 없이 애들 야단치는 남자
9. 외출했을 때, 애 안 업는 남자
10. 아침에 용돈을 받고 저녁 때 오천원 만 더 달라는 남자
11. 아내가 늦게 들어 올 때, '지금이 몇 신데 이제 오세요'하는 남자
12. 아내가 훈계하는 데, 말 끊는 남자
13. 아내가 카드 긁어 산 옷을 보고 예쁘다고 하지 않는 남자
14. 처삼촌 벌초를 정성껏 하지 않는 남자
15. 휴일인데도 아침 할 생각은 않고 잠만 자는 남자
16. 부부 동반 모임 때 아내 기죽이는 남자
17. 전화비도 못 벌면서 고삐리라고 공갈쳐서 새벽까지 채팅하는 남자
18. 월급 날 술에 취해 귀가하는 남자
19. 부부 싸움만 하면, 보따리 싸서 본가로 가는 남자.55)

위의 예들은 실제 구비의 과정보다는 통신공간 속에서 자생적으로 형성된 유머라고 볼 수 있다. 앞의 예가 뒤의 예보다 더 구술문화에 가까운 면을 읽을 수 있다. 리듬감이 완전히 살아 있으면서도 일정한 관계가 없이 단지 알파벳에서 유머 문맥을 형성할 수 있는 것만을 나

---

54) 천리안 TWINBLUE, 1998.9.14.
55) 인터넷 〈조크구락부〉.

열해 놓고 있다. 뒤의 예는 보다 느슨한 형태이지만 나열식 유머의 기본이 되는 형태로 '--하는 남자'라는 일정한 리듬에 맞추어 표현하고 있는 점이 리듬감을 형성하는 요체이다. 두 예의 요소들이 모두 첨가적이라는 것은 번호의 의미가 전혀 없다는 데에서 쉽게 읽어낼 수 있다.

(나) 집합적이면서 다변적인 표현
구술적인 표현에서 집합적언 성격이 드러나는 경우는 대개 상투어구에서이다. 다음은 이러한 상투어구를 가지고 유머를 완성시킨 좋은 예이다.

[달마가 동쪽으로 간 까닭은?]
다음은 달마가 동쪽으로 간 이유에 대한 각계 유명인사의 대답.
▲ 서쪽으로 가겠다는 잠재의식의 왜곡된 형태입니다 → 프로이드
▲ 절대 선(善)을 향해 갔을 것이다 → 플라톤
▲ 달마가 동쪽으로 간 것은 역사적 필연이다 → 마르크스
▲ 과연 달마는 동쪽으로 갔을까? 이것부터 회의해 보자 → 데카르트
▲ 보이지 않는 손에 의해 끌려갔을 것이다 → 아담 스미스
▲ 달마는 '동쪽에 이르는 병'에 걸렸을 것이다 → 하이델베르그
▲ 달마가 동쪽으로 갔다는 진위를 밝힐 수 없으므르 이 논쟁은 무가치하다 → 논리실증주의자
▲ 달마가 동쪽으로 간 것이 아니라 지구가 서에서 동으로 자전한 것이다 → 갈릴레이
▲ 지구는 둥글기 때문에 동쪽으로 계속 가면 서방 정토에 갈 수 있었다 → 콜럼버스
▲ 동쪽 방향으로 힘이 작용했기 때문이다 → 뉴튼
▲ 아마 불량 나침반이었을 것이다 → 나침반 업자
▲ 나는 달마다 · · · because · · · →나이키
▲ "내가 그런 것도 아닌데 왜 나만 갖구 그래?"→ 전두환
▲ 기억나지 않습니다 → 노태우

▲ ..... → 최규하
▲ 너 나이가 몇인데 이런 거나 하구 있냐? → 우리 엄마56)

각각의 인사에게서 상투적인 표현을 그대로 가지고 와서 재미있게 엮어 나갔다. 얼마든지 계속해서 상투어구를 사용하면서, 새로운 대답을 만들어 낼 수 있다. 이런 면에서 보면 이러한 형태의 유머는 다변적이라고도 볼 수 있을 것이다. 그런데 다변적인 성격은 경험담 쪽이 우세하다.

남편은 약먹은 병아리처럼 "아, 식곤증이 개떼처럼 몰려오는군" 하더니 또 자빠져 잡니다(점점 언어가 거칠어지고 있지요. 자고 또 자는 남편과 하루만 같이 있어 보세요. 승질 더러워지고 입 더러워지는 건 시간 문제입니다).
아이는 또 자는 아빠를 한 번 흘긋 보더니 무슨 말인가 할려다가 고개를 돌립니다. 벌써 이런 환경에 적응했나 봅니다. 아님 이 천재적인 두뇌를 가진 딸, 아빠는 원래 자는 사람, 엄마는 구슬꿰어 쌀 사는 사람이라고 세상을 파악했는지도 모릅니다. 아니면 '아하, IMF가 되면 아빠는 잠을 자는 거구나'하고 지 나름대로 이해할지도 모릅니다.
1편에서 말했듯이 얘가 한 아이큐 하거든요. 어제는 제가 병원놀이를 하다 무심히 장난감 가위로 발가락을 자르는 시늉을 했더니 아이가 벌컥 화를 내며 이럽니다.
"어무이도 테레비에 나오는 아저씨같이 내 손가락 자를라 그랬지!"
정말 부모도 못믿는 세상이 되었나 봅니다.
각설하고,
늘어지게 자던 남편은 〈보고 또 보고〉 주제음악이 들리자 언제 잤냐는 듯이 벌떡 일어납니다.57)

괄호를 써서 하고 싶은 말을 주절주절 늘어 놓는다. 남편의 이야기

56) 천리안 ZSANSI3, 1998.5.7.
57) 권남희, 앞의 글, 277~278면.

를 하다가 갑자가 딸아이의 말이 생각나서 그쪽에서 한참을 이야기한다. 그러다가 그 이야기가 끝이 나면 다시 '각설하고'를 집어넣어서 남편의 이야기로 돌아온다. 경험담을 비롯한 통신유머의 많은 경우에서, 앞서 했던 말을 반복하거나 이쪽 저쪽 문맥을 오가면서 말을 많이 해서 글이 지루하게 늘어지는 성격을 보이는데 이것이 바로 다변성의 증거이다. 이 또한 구비설화의 구연에서 보이는 다변성과 유사한 모습임을 확인할 수 있다.

(다) 전통적이면서 항상성을 지닌다

구술문화만큼 보수적이며 전통적인 성격을 지닌 것은 없을 것이다. 구비설화나 민요의 경우는 물론이거니와 속담이나 수수께끼 같은 경우는 특히 더 그러하다. 하나의 속담에 저장된 지식은 시대를 초월해서 계속 남아 우리의 삶을 지배하고 있는 경우가 많다.

그러나 반드시 보수적인 것만은 아니다. 현재적 의미를 중시하기 때문에, 현재적 삶에 도움이 되지 않는 지식을 잊어버리는 데에 과감한 것이 구술문화의 특징이다. 이러한 성격은 문자문화에서도 어느 정도 나타나는데, 구비전승에 의해서만 지식의 체계가 보존되는 구술문화의 경우가 본질적이다.

통신유머의 경우도 이러한 성격이 있다. 전통성과 항상성의 길항작용은, 새로운 시리즈가 거듭 탄생하면서 이전의 시리즈 혹은 유머 중에서 의미있는 내용은 적극적으로 받아들여서 재편하고 그렇지 않은 부분은 과감히 기억 속에서 지워버린다.[58]

[펭귄과 북극곰]
집에서 놀던 펭귄이 하루는 심심해서 북극곰 집에 놀러 갔다.

---

58) 이에 대해서는 이병주, 앞의 논문, 181~183면에서 지적한 바 있다.

3년 동안 뒤도 돌아보지 않고 걸어가는데,
가만히 생각해보니 냉장고 문을 안 닫고 나온 것이었다.
그래서 다시 집으로 돌아가 냉장고 문을 닫고 길을 나섰다.
5년을 걸어 북극곰 집 앞에 도착한 펭귄이 문을 두드렸다.
그러자 북극곰이 나와 이렇게 말했다.
"너랑 안 놀아!"59)

앞에서 살펴본 지렁이와 달팽이에 관한 유머와 거의 비슷한 형태의
유머이다. 이 유머는 변형된 사오정 시리즈에까지 반영되었는데, 그만
큼 생명력이 보장된 작품이다. 다만 지렁이-달팽이에서 펭귄-북극곰으
로, 다시 지렁이와 사오정으로 주인공의 교체가 있었다. 이렇게 되면
위의 이야기는 더 이상 지렁이-달팽이의 이야기도 아니고, 펭귄 시리
즈도 아니다. 이제는 사오정 시리즈로 사회적 의미를 부여받는다.60)
변하지 않는 뼈대가 전통성의 측면이라면, 각 시기의 시리즈에 반영
되어 새로운 의의를 갖는 것은 항상성의 측면일 것이다.

(라) 삶에 밀착된 사고, 상황의존적인 사고

[순대와 꽈배기의 경주]
순대와 꽈배기가 100미터 달리기 시합을 했다.
꽈배기도 열심히 뛰었지만 다리가 꼬이는 바람에 그만, 순대에게 지
고 말았다.
경주에서 진 꽈배기는 분식점 구석에서 울고 있었다.

---

59) 인터넷 〈조크구락부〉.
60) 실제로 사오정 시리즈와 위의 이야기는 잘 어울리지 않는 면이 없지 않
다. 그러나 이것이 사오정 시리즈로 전승력을 다시 회복하는 것은 유머-
이야기판의 독특한 특성 때문이다. 이것을 우리는 전통성과 항상성의 이
름으로 설명한다. 하나의 시리즈가 갖는 흡수력의 많은 부분은 바로 여기
에서 나온다.

마음 좋은 오뎅이 꽈배기에게 다가가 어깨를 두드리며 달래려 했다.
그러나 꽈배기가 오뎅을 밀치며 이렇게 외치는 것이었다.
"어깨 두드리지 마! 설탕 떨어져!"[61]

구술문화의 또 다른 적극적 의미는 그것이 삶에 밀착되었다는 사실
에서 나온다. 일상의 낱낱을 소홀하게 다루지 않아서 아주 작은 부분
일지라도 다시 부각시키고 그것을 비틀어 줌으로써 유머를 창출하는
것이다. 위의 경우가 대표적이다. 꽈배기가 흔히 설탕을 묻혀서 상품
화된다는 사실에 착목하여 유머를 창출하였다. 구술문화에서의 사고는
상황의존적이라는 점 또한 여기에서 살펴볼 수 있다. 100미터 달리기
시합이라는 초점과는 상관없이 평소 꽈배기가 처한 상황에 전적으로
의존하여 꽈배기-설탕의 관계를 끌어내는 것 자체가 구술문화의 한 특
징을 보여준다.

[참새와 팬티]
어느 날, 전깃줄에 앉은 참새를 잡으려고 포수가 밑에서 조준을 하고
있었다.
그런데, 재수 없게 참새가 눈 똥이 포수의 이마를 정통으로 맞고 말
았다.
열 받은 포수,
"야! 넌 팬티도 안 입니?"
그러자 똥 싼 참새가 대답하기를.....,
"넌, 빤스 입고 똥 싸냐?"[62]

위의 예에서 참새가 포수의 말을 역전시킬 수 있었던 것은 순전히
삶에 밀착된, 그리고 상황의존적인 구술문화적 사고의 덕택일 것이다.

---

61) 천리안 유머방.
62) 인터넷 〈조크구락부〉.

이점은 다음과 같은 덩달이 시리즈에서도 잘 드러난다.

　　[덩달이 씨리즈...~!]
　　어느날 학교에서 숙제를 내주었다.
　　선생님 : 여러분 오늘 숙제는 글짓기입니다. 음.. 만약 여러분이 선물
　을 받았을 때 하는 말로.. 5글자이어야 합니다.. 알았죠~!
　　아이들 : 네.. 선생님..~!
　　다음날..........
　　숙제 발표하는 시간이 왔다..
　　선생님 : 철수 한번 숙제 발표해봐~
　　철수 : "고맙습니다"
　　선생님 : 음 잘했다.. 다음은 영희 발표해봐~
　　영희 : "감사합니다"
　　선생님 : 음.. 그래 너두 잘했다.. 다음은 덩달이 한번 해봐~
　　덩달이 하는말..~!

　　덩달이 : "뭐이런걸다."[63]

　덩달이와 같은 사고를 할 수 없어서 덩달이의 작문에서 웃음을 발
한다는 것은 그만큼 구술문화에서 멀어져 있다는 것을 의미한다.[64]

　(마) 논쟁적, 참여적, 감정이입적
　구술성의 중요한 측면에 논쟁적이고 참여적이며 감정이입적인 성격
이 있다는 사실은 주목을 요한다. 통신유머는 거친 어조, 논쟁적인 어
조를 지녔다.[65] 실제로 통신 사용자들간에 논쟁이 붙은 경우도 있으

---

63) 천리안 유머방.
64) 이런 점에서도 덩달이는 구술문화를 대표하는 인물이라고 할 수 있다.
65) 송경아, 앞의 논문, 33면에서는 통신 글쓰기의 논쟁적인 성격에 대해서
　　주목하고 있는데 다음과 같은 지적은 핵심을 파악했다고 할 수 있다.
　　"어쩌면 논쟁이야말로 진짜 '통신적 글쓰기'일지도 모른다. 통신과 함께

며, 겉으로 보기에는 차분하지만 유머를 통신공간에 올리는 사람들의
경쟁심이 대단함을 확인할 수 있다. 이러한 측면에서 보면 '통신유머
판' 자체가 가히 논쟁적이라고 할 수 있다.66)

이러한 논쟁적인 성격으로 인하여 어조가 거칠어지고 직설적인 경
우가 많은데, 앞에서 든 [참새와 팬티] 유머에서도 포수와 참새의 어
조가 거친 면을 확인할 수 있다. 또한 포수와 참새의 논쟁 자체의 의
미도 간과해서는 안 될 것이다.

　　남편은 약먹은 병아리처럼 "아, 식곤증이 개떼처럼 몰려오는군" 하더
　니 또 자빠져 잡니다(점점 언어가 거칠어지고 있지요. 자고 또 자는 남
　편과 하루만 같이 있어 보세요. 승질 더러워지고 입 더러워지는 건 시간
　문제입니다).67)

　　[간 큰 남자 시리즈]
　　1. 아침에 밥 달라고 하는 남자
　　2. 밥상 앞에서 반찬 투정하는 남자.
　　3. 아내의 눈을 똑바로 쳐다 보며 말대꾸하는 남자
　　4. 아내가 외출할 때 어디 가시느냐고 물어보는 남자
　　(이하 생략)68)

간 큰 남자라는 표현에서부터 하나 하나가 논쟁적인 의미를 내포하

　　대중화되었고, 양방향성이고, 충분히 생생하고, 경박한 모습조차 보여주
　　는, 모든 사람들이 접근하기 가장 쉬운."(35면)
66) 이러한 논쟁적인 성격이 반영된 것이 찬성/반대의 투표이다. 유머를 읽은
　　사람이 긍정적인 반응을 보이는가 부정적인 반응을 보이는가 이러한 투
　　표 결과로 알아 볼 수 있다. 찬성표의 비율에 따라서 인기도를 측정할 수
　　있고, 따라서 찬성표를 하나라도 더 얻기 위한 처절한 몸부림을 여러 곳
　　에서 확인할 수 있다.
67) 권남희, 앞의 글, 277면.
68) 인터넷 〈조크구락부〉.

고 있음을 쉽게 짐작할 수 있다. 이러한 논쟁적인 성격은 참여적이며 감정이입적인 성격과 밀접한 관련을 맺고 있다. 텍스트의 서술자나 독자가 텍스트에 자신의 감정을 이입해서 적극적으로 참여하여야만 논쟁이 활발해질 것이다. 그렇지 않더라도 통신유머는 기본적으로 참여적이고 감정이입적이다. 앞서 살핀 스마일리쉬는 이러한 성격을 단적으로 보여준다. 텍스트에 자신의 감정을 적극적으로 개입시키려는 뚜렷한 기호체계가 바로 스마일리쉬라고 볼 수 있다.

> 후랜드3) 야~ 난 반항하는거 끌구오느라 죽는줄 알았다..(부스럭~)
> 오는길에 제물포에서 가이 하나 보쌈해 왔다.
> 보쌈당한 가이) T.T 우웁우우욱~(누구 좀 도와주세여~~~~)
> 써리) 고맙다 후랜드... 그런데 그 가이 키가 몇이줘?? ^0^;;;;;....[69]

서술자가 다양한 스마일리쉬를 사용하여 자신의 직접적인 감정을 표현하려고 하고, '누구 좀 도와주세여~~~~'라는 표현을 통해서 독자를 텍스트 내로 끌어들이려는 노력을 보여주고 있다.

이와 같은 통신유머의 특성은 '패러디'적인 유머에서 전형적인 예를 찾아볼 수 있다. 앞서 살펴본 것과 같이 인터넷에는 다양한 종류의 약 80개 정도의 패러디 사이트가 있다고 하는데, 이러한 사이트의 중요한 특성은 참여적이고 감정이입적이며 논쟁적인 구술성에 기반하고 있다는 점이다.

통신유머란에 올라와 있는 것 중에서 이와 관련이 깊다고 생각되는 풍자적인 유머를 예로 들어 보면 다음과 같다.

> [신종 바이러스]
> * 김영삼 바이러스 *

---

69) B2DRAGON, 앞의 글, 215면.

모니터에 청와대 화면이 나타나면서 칼국수 면발이 날아 다닌다.
문서 파일이 전부 경상도 사투리로 바뀐다.
강경식 바이러스라는 치명적인 바이러스를 내장하고 있다.
(중략)
* 김대중 바이러스 *
모니터가 노화되면서 쭈글쭈글해진다. 지워도 지워도 다시 나오는
지겨운 바이러스다. 3번째 지울 때 '다신 안 나타나겠다'라는
메시지를 띄운후 금방 또 나타난다.
(중략)
* 전두환 바이러스 *
12월 12일 되면 '하나회.exe' 파일을 만들어 CPU를 장악해 버린다.
5월 18일이 되면 CPU를 정상화하려는 파일들을 무차별 삭제한다.
* 노태우 바이러스 *
백신프로그램을 가장한 아주 뻔뻔하고 파렴치한 바이러스다.
나는 '보통 백신'이라고 자랑하고 다니면서 무려 5000MB의
파일을 슬쩍 지워버린다.
(하략)[70]

  흔히 패러디나 풍자 유머를 건강한 비판정신의 발로로 보고 그 외
의 유머를 가볍고 진부한 것으로 치부하는 경우가 많은데, 패러디나
풍자에 드러나 있는 구술성은 대체로 모든 통신유머에 적든 많든간에
살아 숨쉬고 있다고 봐야 할 것이다.
  이상에서 통신유머가 가지는 2차적 구술성에 대해서 살펴보았다. 문
자문화의 강한 지배를 받고 있으면서도 구술성이 어느 정도 지켜져
오고 있으며, 통신의 공간에 유입되면서 문자성을 추구하는 것이 아
니라 더욱 강하게 구술문화적인 특성을 발현하려는 모습을 확인할 수
있었다. 이것은 앞서도 살펴보았듯이 통신문학이 문자문화를 바탕으로
하여 구술문화에 대한 지향성을 갖는다는 특징을 다시 한번 확인하게

---

70) 천리안 ONENY, 1998.8.25.

해 준다.

4. 통신문학의 전망

지금까지 본고는 통신문학의 구술성에 대해서 여러 단계에 걸쳐서 논의를 진행시켰다. 첫째, 통신유머를 대상으로 해서, 통신유머가 구비설화를 상당 부분 계승하고 있음을 살펴보았다. 둘째, 통신유머의 언어가 구술언어적 특성을 보이고 있다는 점을 알 수 있었다. 셋째, 통신유머는 사고와 표현에 있어서 구술성을 지향하고 있다는 점을 확인할 수 있었다.

그런데 이는 주로 통신'유머'의 특징이 아닌 '통신'유머의 특징이라는 사실에 주목해야 한다. 물론 '구비유머'에서도 이러한 특징들의 일부는 발견될 수 있겠지만, 구비유머가 기록되는 과정에서 추구할 수밖에 없는 문자성을 거세시키고 굳이 구술성을 지향해 가는 이러한 특징은 통신이라는 공간의 특수성에서 기인한다고 보아야 한다. 이것은 통신유머 더 나아가서 통신문학이 가지는 위상과도 연결된다. 앞서 밝혔듯이 전체적으로 통신문학은 구비문학적 소통체계를 지니고 있으며, 계속해서 구비문학적 소통체계를 지향해 간다는 것이다.

통신유머가 구술문화에서 재료를 가져온 것이라면 통신소설이나 시는 문자문화에서 재료를 가져온 것이라고 볼 수 있다. 그러나 이 둘은 모두 구술문화를 지향한다는 점에서는 동일하다고 볼 수 있다. 후자의 경우는 주로 통신소설에서 그러한 성향을 확인할 수 있다. 이와 관련하여 우찬제는 PC통신문학이 "컴퓨터 시대의 새롭고 탄력적 구비문학으로 진전될 수도 있다."71)는 지적을 한 바 있다. 또한 복거일의 다음과 같은 지적은 통신유머에서 보이는 것과 같은 구술성이 이미 전산

---

71) 우찬제, 앞의 논문, 78면.

통신망의 보편적인 글쓰기에서 여실히 드러나고 있음을 시사한다.

　　눈에 먼저 뜨이는 영향은 문체에서 찾을 수 있다. 전산기의 사용이 문체에 미치는 영향은 문체에서 찾을 수 있다. 전산기의 사용이 문체에 미치는 영향에 일찍부터 주목해 온 김병익은 "붓 또는 타자기나 볼펜으로 하는 글쓰기와는 달리 '컴퓨터의 사용은' 경쾌하고 묘사적인 단문체의 문장을 만들어낼 것"이라고 예언했었다. 이제 이런 영향에 전산통신망의 영향이 더해졌다. 문법의 무시와 독자적 문법의 창안, 은어들과 극단적으로 축약된 말들의 사용, 격식을 차리지 않는 대화체는 전산통신망의 언어를 독특한 방언으로 만들고 있다. 그래서 인쇄술의 보급으로 시작된 구어체로부터 문어체로의 전이는 전산 혁명에 의해 부분적으로 반전되는 것처럼 보인다. 전체적인 효과는 대체로 긍정적이다.72)

　　통신문학 전체의 글쓰기가 문자문화의 강한 지배력에서 벗어나서 자유롭고 생동감 있는 구술문화에 편입되려는 강한 욕망을 보여주고 있는 것이다.

　　통신문학에 대한 긍정과 부정의 목소리는 이러한 의미에서 다시 새겨져야 한다고 생각한다. 전통적인 문자문화의 관점에서 섣불리 부정하거나, 새로운 시대에 걸맞는 새로운 문학적 형식의 출현이라는 의미에 너무 흥분한 나머지 전적으로 긍정만을 일삼아서도 안될 것이다. 가치판단 이전에 통신문학의 위상에 대한 고민이 있어야 할 것이다.

　　하나 확실한 것은 통신문학의 위상이 계속해서 구술성을 강조하는 방향으로 전개되어 갈 것이라는 사실이다. 다른 사회의 분야와 마찬가지로 문학의 지형에서도 새 천년에 대한 모색이 자생적으로 일어나고 있다고 보아야 할 것이며, 그 구체적인 모습을 통신문학이 보여주고 있다고 할 수 있을 것이다. 핵심적인 면은 문자문화의 차갑고 경직된 분위기가 구술문화의 자유롭고 역동적인 분위기로 교체되면서 새로운

---

72) 복거일, 앞의 논문, 36면.

형태의 문학공간을 창출할 것이라는 점이다.

또한 문학이 아닌 다른 분야에서도 통신망 구축에 의한 구비적 내화 방식이 광범위하게 유포되는 현상을 목도하게 된다.73) 대화형 텔레비전(interactive TV), 화상 전화(video phone), VOD(video on demand), 원격 화상회의(teleconference), 사이버 쇼핑(cyber shopping), 그리고 E-mail이 영상을 받아들인 Video E-mail 등은 그 구체적인 예이다.74) 이러한 것들도 통신문학과 마찬가지로 아직은 보편화되지 않고 있지만 언젠가는 일상적인 삶의 일부로 편입될 것이라는 예상을 해 볼 수 있을 것이다.

5. 맺음말

최근 인터넷의 확장은 가히 폭발적이다. 경제 · 정치 · 문화의 모든 영역이 통신공간으로 빨려들어가는 느낌을 받는다. 문학 역시 마찬가지이다. 어쩌면 페러다임의 변화인지로 모르겠다. 이제는 변화의 소용돌이에서 한걸음 물러서서 정신을 똑바로 차리고 문학에 대해서 근본

---

73) 최혜실 엮음, 디지털 시대의 문화 예술, 문학과지성사, 1999. 참조.
74) 좀더 확대시켜 보면, 구술문화의 약진은 다른 분야에서도 확인할 수 있다. 우선 TV와 라디오에서 뚜렷하다. 여기에서는 일상경험담의 적극적 유입이 눈에 띠는데, 토크쇼에서 자신의 재미있는 경험을 풀어놓는다든지, 이를 통한 자연스러운 웃음을 중시한다든지, "지금은 라디오 시대"와 같은 라디오 프로그램에서 편지글의 형태로 경험담을 수용한다든지 하는 것이 그것이다. 게임에서도 주목할만한 현상이 있다. 게임은 다음 세기에 문화적 위상이 격상할 것이라고 많은 사람들이 예상하고 있는 장르인데, 최근 스타크래프트라는 인터넷 게임이 등장해서 선풍적인 인기를 끌고 있다. 이 게임의 핵심적인 특징은 자신이 직접 작전을 세워가면서 게임을 즐긴다는 점과 여럿이 함께 컴퓨터가 아닌 실상대와 게임을 한다는 점이다. 많은 부분에서 하이퍼텍스트의 성격을 지녔다고 볼 수 있을 것이다. 또한 광고분야에서의 유머광고 열풍도 주목된다.

적으로 다시 고민해 봐야 할 시기라고 생각한다. 이런 맥락에서 통신 공간 내의 문학이 어떻게 변하고 있으며, 어떤 식으로 자리잡아 가고 있는지를 파악해 보려는 것이 본고의 의도였다.

몇 가지 아쉬웠던 점을 밝히는 것으로 마무리하고자 한다. 통신소설 과 시에 대해서 본격적으로 분석하지 못했다. 이에 대한 작업이 있어 야 논의가 완성될 것이다. 이는 추후의 과제로 남긴다. 그리고 이러한 작업에 이어서 앞서 미루어 놓았던 통신문학의 가치문제에 대해서 구 체적인 논의가 이루어져야 한다. 추상적인 수준에서 논의가 겉돌아 소 모적인 양태를 띠지 않게 하기 위해서라도 통신문학의 미학을 밝히는 과정이 필요하다. 물론 통신문학의 미학을 구명하는 과정은 구비문학 의 미학을 바탕으로 해야 할 것이라고 생각한다.

미디어 네트워크 시대의 글쓰기
-광고와 글쓰기

노 철

1. 문제 제기

최근에 세기의 변화를 맞이하면서 새로운 세기에 대한 논의가 적지 않다. 그 가운데 전통적인 글쓰기가 가능한가라는 질문은 주요한 화두(話頭) 가운데 하나다. 우선 전통적인 글쓰기는 변함없을 것이라는 원론적 주장이나 한 걸음 더 나아가서 미디어 시대 글쓰기는 기존 글쓰기가 만든 가치를 조립하는 글쓰기라는 주장을 볼 수가 있다. 그러나 이 논의들은 미디어 네트워크 시대의 특성에 대한 이해를 바탕으로 전개되었다고 보기 어려울 정도로 소박하다. 지금은 최근의 몇몇 학술적인 글에서 성과를 축적하고 있다. 글쓰기를 기호학적 입장에서 문자학으로 보는 견해1)가 대표적이다. 이러한 논의는 전통적인 글쓰기가

---

1) 김근, 『한자는 중국을 어떻게 지배했는가: 한대(漢代) 경학(經學)의 해부』,

무엇인가를 기호학적 입장에서 해명하고 있어 이 글의 논의와도 상통한다. 그러나 이 글의 목적과 일치하지는 않는다.

이 글의 목적은 사이버 문화가 점점 글쓰기의 영역까지 영토를 확장하는 미디어 네트워크 시대에 글쓰기의 새로운 방향을 살피는 데 있다. 따라서 먼저 미디어 네트워크 시대의 문화적 특성을 살피고자 가장 일상적인 문화로 자리잡은 광고로 그 범위를 좁혀 보았다. 광고가 미디어 네트워크 문화의 특성을 집약적으로 안고 있기 때문에 새로운 글쓰기의 방향을 논의하는 데에 유용한 준거가 될 것이라 판단되기 때문이다.

논의 방향은 글쓰기와 광고의 기호적 성격을 살피고, 이를 바탕으로 광고가 창조하는 사이버 세계의 속성과 전통적인 글쓰기의 속성을 대비적으로 고찰하고자 한다. 이러한 고찰만이 아직 태어나지 않는 글쓰기를 무리하게 예측하는 무모(無謀)에서 벗어나 새로운 글쓰기의 방향을 가늠하게 할 것이라 생각하기 때문이다.

마지막으로 이 글의 논의 방법은 쥬디 윌리암스의 '광고의 기호학'과 쟝 보드리야르의 '기호의 정치경제학'에 많은 부분을 기대고 있음을 미리 밝혀 둔다. 그러나 글쓰기 문제를 함께 다루는 이 글은 독자적인 논리가 부가되어 있어 반드시 두 논의와 일치하지는 않는다. 왜냐하면 이 글의 목적은 광고의 문화적 특성을 토대로 하여 지금까지 글쓰기의 문제점을 반성하고 새로운 글쓰기의 필요성을 논의하는 글이기 때문이다.

민음사, 1999.
정재서 외, 『동아시아의 연구: 글쓰기에서 담론까지』, 살림, 1999.

2. 글쓰기와 광고의 '기호의 정치경제학'

오늘날 우리 문명은 매스미디어와 인터넷의 발달과 더불어 의사 전달 수단이 변하고 있다. 전통적인 글쓰기와 읽기의 시대에서 영상과 음성을 눈으로 보고 귀로 듣는 감각의 시대로 변하고 있다. 본래 감각의 시대는 인류 문명에서 새로운 것은 아니다. 자연을 감각을 통해서 인식하던 원시 시대가 있었다. 그러나 자연이 언어로 자리잡으면서 언어가 감각의 우위에 놓이게 된 것으로 보인다. 이렇듯 감각이 언어로 변화되는 과정은 언어의 속성을 잘 보여 준다. 소쉬르는 감각의 덩어리인 지시대상이 문자와 결합하는 모습을 기호의미(시그니피에)와 기호표현(시그니피앙)이라 불렀다. 지시 대상이 기호의미이고 문자가 기호표현인 셈이다. 그러므로 글쓰기는 기호표현의 체계를 구성하는 일이고, 기호표현이 지시 대상을 품고 있으므로 글쓰기는 현실을 기호로 재구성하는 일이 되는 것이다.

그런데 오늘날 기호는 영상과 음성을 기호표현으로 받아들이고 있다. 그 대표적인 예가 광고다. 광고에서 물건이 핵심으로 보이지만 사실 광고는 영상이나 음성과 같은 이미지와 메시지가 결합된 기호다. 이 때 영상과 음악의 이미지는 고대인의 감각과는 다르다. 고대인의 감각이 자연 그대로의 감각이라면 오늘날 광고의 감각은 인간이 만들어낸 문화적 이미지다. 문화적 이미지가 기호표현이다. 이러한 광고의 기호표현은 언어의 기호표현과 결정적인 차이가 있다. 광고의 기호표현은 지시 대상인 상품과 분리되어 있다. 광고는 물품의 사용가치가 아니라 물품과는 동떨어진 이미지 기호이다. 광고의 기호 이미지는 대개 아름답고 고상한 품격이나 매력과 같은 인간적인 성격을 지니고 있다. 광고는 물품에 인간적인 가치를 부여하여 상품의 교환을 인간적인 것의 교환으로 바꾸어 놓는다.

옆의 광고는 '새 천년의 컴퓨터'와 '여인'이 결합된 기호다. 컴퓨터가 물품으로서 지시 대상이라면 여인이 기호표현이다. 기호표현이 문자에서 영상인 사진으로 바뀌어 있다. 이 때에 문제가 되는 것은 기호표현인 사진이다. 기호표현은 컴퓨터와 분리되어도 독자적인 활동을 할 수 있는 기호다. 나비가 향기를 쫓아오는 꽃을 쓰고 미소지으며 볼을 감싼 젊은 '여인'은 그 자체로 인간적인 의미를 방출한다. 문자는 지시 대상과 분리되어 의미를 생성하지 못하지만 영상은 지시 대상과 분리되어 의미를 생성한다.

사실 이 광고의 이성적인 메시지는 "5월에 대우 컴퓨터를 사는 것은 행복을 가져다준다."이다. 이 메시지는 '컴퓨터'와 '여인'이 결합하여 만들어진다. "컴퓨터는 사랑스러운 여인을 만나는 기쁨을 준다."는 메시지는 실제 컴퓨터가 갖는 고유한 기능과 무관하다. 컴퓨터를 어떻게 활용하면 이익이 될 것이라든가 통신 기능에 여러 장점이 있다는 제품의 고유한 속성은 광고의 핵심이 아니다. 이 광고의 핵심은 사랑스러운 여인과의 만나는 설레는 마음이다. 컴퓨터라는 물건이 인간적인 것의 가치로 변화되는 순간이다.

이 인간적인 가치가 바로 기호는 아니다. 기호는 의미가 고정되지 않는 '여인의 미소와 손'이다. '여인의 미소와 손'은 '컴퓨터'와 분리되어 어떤 지시 대상과도 결합할 수 있다. 남성복 혹은 여성 속옷과 결

합하면 그때마다 새로운 상징을 만들 수 있다. 이렇듯 기호는 어떤 것
이라도 받아들인다. 물건과 자유롭게 결합하면서 새로운 상징을 생성
하고, 그것은 상품을 통해서 현실에 자리잡는다. 물품과 결합한 광고
의 기호는 글쓰기의 기호보다 쉽게 생활 방식 속에 침투하는 것이다.
글이 생활 방식으로 자리잡으려면 피나는 투쟁을 겪어야 하지만 광고
는 미디어 매체를 통해 한순간에 시간과 공간을 돌파하며, 순식간에
생활 용품으로 전환되는 속도를 지니고 있다. 뿐만 아니라 대중매체를
통해 일상 속에 수없이 반복하여 자신의 기호를 전파하므로 글의 노
출 빈도와는 비교가 안될 정도로 일상적이다.

　그러나 광고의 기호가 문화가 되는 것은 기호의 양과 전파 속도에
전적으로 의존하지 않는다. 양과 속도는 유통구조일 뿐이고, 문화적
기능과 무관하다. 광고가 인간적인 가치를 생산하는 점이 문화와 관련
된다. 이 인간적인 가치가 소비사회의 메커니즘과 관련을 맺으면서 문
화가 된다.

　　사람들은 결코 사물 자체를(그 사용 가치에서) 소비하지 않는다. ──
　이상적인 준거로 받아들여진 자기집단의 소속을 나타내기 위해서든, 아
　니면 보다 높은 지위의 집단을 준거로 삼아 자신의 집단과는 구분하기
　위해서든 간에 사람들은 자신을 타인과 구별짓는 기호로서(가장 넓은
　의미에서의) 사물을 항상 조작한다.[2]

　현대사회에서 상품은 사물의 사용 가치에 국한되는 것이 아니라 차
이의 표시인 기호로서 성격이 더 중요하게 작용한다. 대량생산 체제의
사회에서 소비는 평등하게 주어져 있다고 하지만 그 상품을 구매할
수 있는 능력의 차이가 존재하는 한 상품은 차이를 창출하는 메커니

---

2) 장 보드리야르, 이상률 옮김, 『소비의 사회: 그 신화와 구조』, 서울: 문예
　출판사, 1991, p.72.

즘이다. 오늘날 인간은 무엇을 만들었는가 중요한 것이 아니라 무엇을 소비하느냐에 따라 규정된다. 값비싼 상품을 많이 가지고 있거나 많은 상품을 살 수 있는 능력을 가진 사람이 일상 생활에서 대우를 받는다. 물건을 사용할 때 얻을 수 있는 사용 가치뿐만 아니라 아름답고 고상한 품위나 매력 등과 같은 인간적인 가치를 획득하는 것이다. 고급 옷의 상표가 그 사람의 사회적 지위와 부(富)를 표시하는 기호로 쓰이는 경우가 그 한 예이다. 한 상표의 상품을 구매하는 것은 사회적 신분을 구매하는 셈이다.

옆의 광고는 주디스 윌리암슨의 『광고의 기호학: 광고 읽기, 그 의미와 이데올로기』(박정순 옮김, 나남출판, 1998)에 실린 광고이다. 이 광고는 "John Player Special. A reflection of quality."라는 문자 그대로 부유한 사람들의 품격을 나타낸다. 이 물품을 사면 당신도 부유층의 품격을 소유하게 된다는 의미를 만들고 있다. 담배를 사는 사람은 이 담배가 자신들의 생활 방식에 적합한 물품이라는 사실을 생각하지 않을 것이다.

부유한 사람의 품격을 창조하기 위해서 이 담배를 살 것이기 때문이다. "존 플레이어 스페셜"이 사람의 품격을 규정하는 것이다. 이처럼 광고는 타인과 나를 구별짓는 기호로서 사회적 신분을 확보하기 위한 욕망과 밀접하다.

반면에 전통적인 글쓰기는 통합과 밀접한 관련을 맺고 있다. 글이 현실을 언어의 체계로 구성한 것이라는 믿음은 글 자체를 현실로 인정하게 만든다. 글이 현실로 믿어지기 때문에 사람들은 글의 상징 체계에 따라 자신을 맞추어 나간다. 본래 문자는 현실을 추상화한 상징 기호이므로 배제된 현실이 있게 마련인데 글쓰기는 이러한 문자로 체계를 구성해 나가므로 배제된 현실은 더욱 은폐된다. 글쓰기는 사람들을 문자의 체계로 끌어들이는 것이다.

3. 광고의 '사이버 세계'와 글쓰기

오늘날 광고는 일상적인 문화로 자리잡았다. 광고의 기호는 점점 사회적 이슈나 화제까지 다룬다. 광고의 기호가 삶의 모든 것과 결합하여 자신의 영역을 넓혀 가고 있다. 광고의 기호적 속성은 대중문화에 하나의 제도로 자리잡아 가고 있는 듯하다. 서태지와 아이들이 춤과 음악에 마약, 교육, 통일 문제까지 결합하여 젊은 세대를 장악하더니 최근에 또 HOT가 유치원 아이들이 떼죽음을 당한 화재 사건을 춤과 음악에 결합시켜 단숨에 30만장 이상의 판매고를 올리고 있다. 이렇듯 상품 판매를 위해서 하나의 기호에 무엇이든 결합하는 상업적 전략은 광고의 전략과 동일하다.

광고의 기호가 지닌 상업성은 상품 판매를 위해 사람들을 광고의 세계로 부른다. 이를 위해 광고는 개인의 가치를 존중하면서 개인을 광고의 세계로 부른다. 광고는 개인의 가치를 존중하기 위해 광고의 기호 속에서 개인을 주체로 형성시키고, 광고의 세계로 부르기 위해 가상의 세계를 만든다. 라캉 식으로 말하자면 광고의 이미지는 개인이 광고의 세계에서 자신의 모습을 볼 수 있도록 설계된다. 다음 쪽에 제시한 광고3)에서 '금발의 서양 미녀'가 그런 역할을 한다. '서양 미녀의 다정한 눈길'을 통해서 자신을 보게 만든다. 당신이 소르젠떼를 입으

이태리를 느낀다
이태리를 입는다

여자리 비지니스 정장
SORGENTE
소르젠떼

면 금발의 서양 미녀가 당신에게 반한다는 메시지로 개인을 주체로 불러 세워, 스스로 미녀와 자신이 짝이 된다는 가상의 세계를 만들도록 한다. 개인이 주체로 형성되는 그 순간에 인간은 현재 자신의 모습을 인식하는 계기가 된다. '서양 미녀의 다정한 미소'가 새로운 자아를 형성하게 하는 것이다. 그러나 이 광고는 서양 여인과 자신이 현실적으로 마주보고 있지 않고 있다는 사실을 강조하여 현재의 자신과 광고 속의 자신과 차이를 인식하게 하는 기능도 함께 갖고 있다. 현재 자신의 결핍을 충족하고 싶은 욕망을 생산해 내는 것이다.

물론 인간이 불완전한 유기체이므로 욕망을 갖는 것은 당연하다. 인간의 신체 기관은 생리적 욕구를 가지고 있다. 어린아이의 입은 어머니의 젖을 원한다. 필요할 때마다 자동화된 기계처럼 젖이 공급되지 않기 때문에 어머니의 젖을 갈망한다. 이러한 욕망은 생리적인 것으로 현실적인 것이다. 그러나 광고의 기호는 필수적이고 현실적인 욕망에 국한되지 않는다. 현실적인 욕망에 국한된다면 새로운 상품을 판매하

---

3) 우실하, 『오리엔탈리즘의 해체와 우리 문화 바로 읽기』, 소나무, 1997, pp. 87~95의 해석을 참조한 논의라는 것을 밝혀 둔다.

기 어렵기 때문에 새로운 상품을 구매하도록 새로운 욕망을 만들어
낸다. 인간이 광고의 기호를 해석하면서 그 기호가 만든 가상의 세계
를 현실적인 것으로 믿도록 주술을 거는 것이다. 본래 주술은 진실과
거짓 혹은 현실과 가상의 차이를 소멸시켜 자신의 시뮬레이션을 작동
한다. 광고의 가상 세계도 주술처럼 자신의 독립적인 시뮬레이션을 작
동한다.

　　디즈니랜드는 얼키고설킨 시뮬레이션의 세계에 대한 아주 좋은 모델
　이 된다. 우선 그것은 해적이나. 개척지나, 미래 세계등의 幻影과 幻覺의
　놀이터이다. 환상의 세계가 이 상업을 성공하게 하는 것이라고 한다. 그
　러나 군중을 끄는 것은 그 사회적 소세계로서의 성격이다. 진짜 아메리
　카에 대한, 그 기쁨과 단점에 대한, 소규모의 종교적 축제로서의 성격이
　다. 방문객은 밖에서 차를 세운다. 안에서 줄을 선다. 그리고는 출구에서
　완전히 버림을 받는다. (……) 그보다도 안에 들어가고 보면, 온갖 기계
　들이 군중을 매료하여 일정한 흐름이 되게 하고, 밖에서 고독은 유일한
　기계, 즉 자동차를 향하게 한다.4)

　　디즈니랜드의 시뮬레이션은 과거, 현재, 미래의 차이를 소멸시키고,
그 사이버 세계를 즐거운 세계로 재현한다. 인간이 광고의 상징 세계
에 매료되는 것도 이와 같은 이치다. 시뮬레이션 자체가 현실적인 모
습으로 재현되기 때문에 즐겁다. 시뮬레이션의 세계는 인간이 잃어버
렸다고 여기는 세계에서부터 아직 탄생하지 않은 미래의 세계를 현실
적인 체험으로 제공하기 때문에 사람들은 그 축제에 열광한다. 현실의
일상에서 일탈을 꿈꾸는 인간의 욕망이 가상의 현실에서 실제로 실현
되기 때문에 억압받고 있던 욕망이 해방되는 쾌감을 느끼는 것이다.
이때 문명의 禁制를 탈주한 욕망은 현실 사회의 코드와 달리 욕망의

---

4) 장 보드리야르, 김우창 옮김, "모양과 모양 만들기", 현대문학 비평론, 한신
　　문화사, 1994, p.547.

코드에 따라 이것과 저것의 결합이 자유롭다. 광고의 이미지 기호는 현실적인 시간·공간으로부터 벗어나면서 지시 대상과 분리된 기호로, 욕망의 흐름에 따라 자유로운 세계를 창조한다. 이러한 사이버 세계는 내면에 억압되어 있던 실제의 세계를 현실화하는 것이므로 현실을 보충하고 대리하는 초과현실(Hyperrél)이다. 현실적으로 디즈니랜드의 밖에 고독하게 서 있는 자동차가 사람들의 현주소이지만 사람들은 그 환상과 환각의 논리가 주는 즐거움을 포기하지 않는다. 문명의 제도가 주는 억압만을 현실적인 체험으로 받아들일 수밖에 없었던 시대는 어쩔 수 없이 현실만을 승인했지만 이제는 현실로부터 탈주할 공간이 존재하므로 고통스럽고 불만스러운 문명의 세계로부터 탈주하며, 이 탈주의 세계를 현실화하려 든다.

이러한 탈주의 시대에 전통적인 글쓰기는 고통스럽고 불만족스러운 현실의 세계에 거주한다. 전통적인 글쓰기는 이러한 현실을 총체적으로 파악하려는 프로그램이다. 그러나 현실을 총체적으로 파악하려는 목적은 언어 자체의 결함으로 늘 현실을 模寫하는 상징을 넘어설 수가 없다. 데카르트가 모든 것을 표시할 수 있다고 선언했던 이성적 사고도 현실을 도식적인 체계로 구성하려는 형이상학에 지나지 않았다. 글쓰기는 본래 현실에서 선택된 일부를 강조하고 나머지를 배제하는 과정에서 문자를 형성한다. 일단 상징화 된 문자는 처음 만들어질 때 선택과 배제의 흔적을 문자 속에 묻어버린다. 이후 문자는 사람들의 의식을 잠식하여 모든 의미를 생산하는 중요한 역할을 하게 된다. 문자는 하나의 기호로서 모든 것과 결합하여 그 상징 영역을 넓혀 가면서 현실을 복잡하고 다양한 기호로 구성해 나간다.

그런데 구성된 세계가 현실적인 것으로 인정받기 위해서는 문자가 현실과 일치한다는 가설을 유지해야 한다. 처음에 배제된 현실을 찾아서 구성된 체계를 공격하면 위태로워지기 때문에 처음 배제된 흔적을 지우거나 드러나지 않도록 억압하지 않을 수 없다. 이 때부터 문자의 흔적을 읽어내는 새로운 글쓰기는 억압된다. 문자 속에 은닉되고 억압된 흔적이 읽힌다면 상징체계의 비밀이 밝혀지고, 문자가 빚어낸 상징 체계(글)의 신비적 권위를 상실하기 때문이다. 하지만 광고와 같은 사이버 세계는 거대한 상징 체계에 은폐된 흔적인 인간의 욕망을 새로운 상징 체계로 창조한다. 오늘날 사이버 세계가 전통적인 글쓰기의 권위를 순식간에 흔들어 놓기 시작한 것이다.

글쓰기의 위기에 대응한 방식 가운데 하나가 최초의 원문자를 찾아가는 작업이다. 상징의 원본이 탄생한 비밀을 밝혀 그 권위를 해체하여 배제된 흔적을 되살리려는 기획이다. 그것은 상징 체계 속에 은폐되고 억압된 흔적을 찾아 그 흔적을 글쓰기 대상으로 삼는다.

성본능에 관한 일반적인 견해 가운데 하나는, 유아기에는 성본능이 존재하지 않고 사춘기에 가서야 일깨워진다는 주장이다. 그러나 이것은 단순한 실수에 그치는 것이 아니라 중대한 결과를 초래하는 오류이다. 왜냐하면 우리가 지금 성생활의 근본적인 조건들을 알지 못하는 것이 주로 이러한 주장에 기인하기 때문이다. 유아기의 성적 징후를 철저히 연구한다면 성본능의 본질적인 특성들이 드러날 것이며, 우리에게 그 발달 과정과 다양한 근원들로부터 교직(交織)되는 방식을 보여 줄 것이다.[5]

다양한 발전 단계를 거쳐 왔던 선사 시대 인류의 삶은, 그들이 남긴 광물성 기념물이나 도구를 통하여, 혹은 직접적으로 우리에게 전해지는 예술 · 종교 · 인생관에 대한 정보를 통하여, 혹은 전설 · 신화 · 동화의 형태로 전해지는 다양한 전승을 통하여, 혹은 우리의 풍습과 습관에 잔존하는 그들 사고 방식의 잔재에 대한 연구를 통하여 우리 앞에 드러난다.[6]

---

5) 프로이트, 김정일 옮김, 『성욕에 관한 세 편의 에세이』, 열린책들, 1996, p.285.

프로이트는 인간과 사회에 관한 기존의 글쓰기에서 배제된 '흔적'으로 '유아기의 성(性)'과 '원시 사회의 토템과 타부'를 탐색하고 있다. 두 개의 프로그램은 기존 글쓰기에서 은폐되고 억압된 흔적을 통해 최초의 근원을 탐구하겠다는 프로그램이다. 이러한 프로이트의 프로그램은 현실의 새로운 면모를 읽을 수 있는 시선을 제공해준 것은 사실이다. 억압된 인간의 성욕을 전경(前景)으로 만들어, 기존의 글쓰기에 은폐되고 억압되었던 무의식의 세계를 글쓰기의 영역으로 끌어들였다. 그러나 프로이트는 은폐되고 억압된 흔적인 무의식을 의식의 영역인 기존의 글쓰기 영역으로 이끌어 오는 과정에서 기존의 상징체계와 동일한 구성방식을 취한다. 무의식의 영역의 독자성을 인정하면서도 무의식의 모습을 언어를 통해서 의식의 질서로 체계화한다. 언어에서 무의식의 흔적을 찾아내지만 알 수 없을 뿐만 아니라 끝없이 유동하는 무의식을 고정된 질서로 체계화하는 결과를 초래한다.

> 신경증은, 한편으로는 예술, 종교, 철학이라고 하는 위대한 사회적 소산과 두드러지는 심오한 일치를 보여 준다. 그러나 다른 한편으로 보면 신경증은 이런 사회적 소산의 왜곡된 결과로 보이기도 한다. 히스테리는 예술 창조의 캐리커처, 강박 신경증은 종교의 캐리커처, 편집증은 철학 체계의 캐리커처라고도 할 수 있을 것이다. 이러한 편차는 결국, 신경증이 비사회적 산물이라는 것에서 유래한다.[7]

위 글은 무의식의 소산인 신경증을 사회 제도와 연결하고 있다. 무의식과 의식을 일대일 대응 관계로 설정한 체계다. 신경증을 비사회적인 산물이라고 독자성을 인정한 것은 무의식을 사회적 상징 체계를 형성하는 최초의 원본으로 보는 사고이지 무의식을 사이버 세계처럼

---

6) 프로이트, 이윤기 옮김, "토템과 타부", 종교의 기원, 열린책들, 1997, p.2 08.
7) 프로이트, 위의 논문, p.312.

독자적인 세계로 완전하게 승인하고 있는 것은 아니다. 프로이트의 무의식은 기존의 글쓰기와 마찬가지로 현실과 언어를 일치시키는 결과로 환원되고 만 것이다. 프로이트의 무의식이 오늘날 글쓰기의 중요한 상징으로서 권위를 행사하는 것도 이런 까닭이다. 욕망의 코드에 따라 자유롭게 형성되는 꿈의 모습조차 의식의 세계로 번역해 내는 프로이트의 글쓰기는 꿈의 세계에서 펼쳐지는 이미지들을 현실적인 지시 대상과 일치시키고 있다. 사이버 세계가 현실적인 지시 대상과 분리되어 독자적인 초과현실을 만드는 것처럼 꿈의 세계는 현실적인 지시 대상과 분리되어 독자적인 초과현실을 만들 수 있다는 사실을 인정하지 않고 있는 것이다. 결국 프로이트의 원본 찾기의 기획은 언어와 현실을 일치시키려는 이상으로 환원되고 만다.

그렇다고 이러한 글쓰기가 이제는 더 이상 의미가 없다고 단언하기는 곤란하지만 사이버 세계의 영토 확장을 묵인할 수만은 없는 일이다. 먼저 사이버 세계가 어떻게 현실에 침투하여 현실을 사이버 세계로 만드는가를 살펴야 한다. 현실적 지시대상이 없는 사이버 세계는 초과현실이므로 인간은 현실 속에 거주하는 자동차와 같은 고독으로부터 완전히 자유롭지는 못하다. 그러므로 인간은 한편으로는 사이버의 세계에 빠져들면서 사이버 세계 이외의 것은 모두 현실이라는 사실을 받아들이면서 또 한편으로는 고통스러운 현실로부터 탈주할 수 있는 회로가 있기 때문에 현실을 심각하게 받아들이지 않는다. 오늘날 신세대가 과거의 세대와 다르게 현실을 진지하게 고민하지 않는 것도 이러한 징후 가운데 하나로 보여진다. 하지만 그들도 현실을 완전히 지우지는 못한다. 오히려 현실과 사이버 세계의 차이를 너무 분명하게 규정하는 것이 문제다. 현실은 그러한 규정으로부터 미끄러져 나가기 때문이다.

오늘날 현실은 사이버 세계로 변하고 있다. 최근에 고급 옷 로비 사건은 현실적인 부정부패의 문제처럼 보이지만 사실은 하나의 시나리오라 할 수 있다. 옷 로비 사건은 실체를 은폐함으로써 곤란한 지경에 이른 현실의 정치를 다시 살려낸 수단이다. 옷 로비의 추문은 권력의 도덕성을 강조하는 작전으로 권력의 힘을 주지시키는 역할을 한다. 본래 권력은 자신의 모습을 감춤으로써 그 힘을 얻는다. 부도덕한 권력은 늘 도덕이라는 이데올로기에 숨어서 기능하며, 이 도덕은 매스미디어가 뒷받침한다. 권력은 실체를 감추고 하나의 상징으로 자리잡으면서 사이버 세계가 된다. 사이버 권력은 권력에 도전하는 모든 힘을 자신의 상징을 강화하기 위한 수단으로 바꾸어 놓는다. 옷 로비의 추문은 사실 권력이 실제로 행하는 가차없는 폭력을 은폐하여 권력의 도덕성을 강화한 게임인 것이다.

　이렇듯 오늘날의 현실은 매스미디어의 순간적인 전파 속도를 매개로 현실을 이미지로 바꾸어 그 이미지로 게임을 한다. 이미지의 게임은 초과현실로 억압된 욕망의 탈주로(脫走路)를 제공하므로 게임에 참가한 글쓰기는 모두 사이버의 회로로 흘러 들어가 놀이의 기호가 되고 만다. 고급 옷 로비의 추문도 지시 대상인 폭력과 분리된 일종의 기호로 사람들을 자신의 세계로 불러들인 것이다. 이렇듯 전통적인 글쓰기는 문자 속에 은폐되고 억압된 흔적을 찾아서 문자의 권위를 비판하거나 그 흔적을 체계로 만들지만 결국 문자의 권위가 설치한 회로에 따라 권위를 인정하는 놀이로 전락한다. 프로이트가 종교가 환상이라는 사실을 체계적으로 비판했지만 종교의 권위가 얼마나 힘이 있는 가를 증명하는 언어에 불과하였던 것도 이런 까닭이다. 오늘날 종교는 그 힘을 그대로 보존하고 있다. 어느 한구석 훼손된 곳이 없다. 종교는 오히려 프로이트가 원본을 찾아내려는 프로그램을 권위 강화의 방식으로 활용하고 있다. 성경으로 돌아가자는 종교의 자아비판도 시나리오에 불과하다. 애초부터 성경의 원본은 찾을 수 없기 때문에 원본 찾기 게임은 영원히 계속될 것이기 때문이다. 이렇듯 원본이 없는 것조차 감추는 권력은 원본이 있다는 환상을 창조하고 있다. 원본은 처음부터 없는 초과현실인데 원본에 대한 환상을 부추기는 것은 사이버 세계인 현실을 사이버가 아닌 것으로 위장하는 작전인 셈이다. 이와 같은 예를 훈고학적 글쓰기에서도 볼 수 있다.

> 훈고학이란 문자 속에 은닉, 억압되어 있는 흔적 중에서 권력에 유리한 것을 찾아 이를 형이상학적 의미로 전경화한 다음 모든 흔적들을 여기에 환원시키는 작업에 다름 아니기 때문이다.[8]

훈고학은 문자 속에서 흔적을 찾아 원본의 의미를 되살리고자 하는 글쓰기다. 만일 문자의 원본을 찾아낸다면 그 문자는 생명을 다하게 된다. 원본이 밝혀졌기 때문에 이제는 더 이상 그 문자를 통한 글쓰기가 중단될 것이다. 그러므로 근원 찾기의 글쓰기는 늘 문자의 흔적 가운데 그 문자의 권위에 유리한 것만을 찾아 모든 흔적을 그 권위에 환원시키는 결과를 초래한다. 문자가 정해준 세계 속에서 기호를 생산하는 놀이가 되는 것이다. 데리다의 장기판 비유를 바둑판 비유로 바꾸어 설명하면, 글쓰기는 바둑알을 하나 놓을 때마다 전체 판도가 바뀌듯이 그 기호가 바뀔 때마다 전체의 기호 체계가 바뀌는 불확정 된 놀이인 셈이다. 광고의 기호가 지시 대상과 분리되어 자유로운 놀이공간을 형성하듯 훈고학적 글쓰기도 이미 지시 대상과 분리된 문자를 가지고 노는 게임의 세계에 수렴된다.

따라서 새로운 글쓰기는 전통적인 글쓰기가 어떤 놀이 규칙을 따라왔는가를 인정하고 그 놀이 규칙을 이해함으로써 상징 기호의 놀이를 적극적으로 수행하던가 원본을 찾는 작업에서 벗어나는 일이 일차적

---

8) 김근, "중국, 그 읽기와 쓰기", 정재서 외, 앞의 책. p.70.

과제다. 아마도 새로운 글쓰기는 상징 체계의 원본이 없다는 것을 확인하는 작업이 될 공산이 크다. 문자에 억압되고 은폐된 흔적을 찾아서 그 상징 체계의 권위를 해체함으로써 원본이 없다는 사실을 밝히는 것이 새로운 글쓰기 한 방향이 될 것이다. 권위의 해체만이 상징 체계에 갇힌 억압적인 공간으로부터 자유로워지는 길이기 때문이다. 그러나 어떻게 거대한 문자의 숲에 은폐된 원본의 실체를 파악할 것인가. 문자 속에 은폐되고 억압된 흔적은 지워지거나 희미하게 드러나지 않도록 은폐되어 있어 거의 투명할 지경이다. 이 투명한 흔적을 찾아 읽어 내려면 새로운 시선이 필요하다. 기존의 상징 체계에 길들여진 확실한 '나'가 아니라 상징 체계 밖에 거주하므로 확실하게 알 수 없는 '내 안의 타자'의 시선이 필요하다. 근대적 글쓰기의 아버지라 할 수 있는 데카르트가 『성찰』에서 "나는 모든 것을 알 수 있지만 그래도 알 수 없는 신비한 영역이 있다."고 고백한 것은 '내 안의 타자'를 시인하고 있는 것이다. '내 안의 타자'는 알 수 없는 영역이지만 내가 느끼는 것이라는 점에서 실재한다. 무엇이라고 명명되기 힘든 '느낌'인 셈이다. 그러므로 그 동안 분명히 느끼면서도 한쪽으로 밀치어 놓았던 '느낌'은, 상징 체계의 틈에 거주한다고 할 수 있다. 아직 기존 상징 체계의 식민지가 아닌 신천지인 셈이다. 바꾸어 말하면 지금 현전하는 느낌으로 글쓰기를 하자는 말이다. 이런 저런 눈치를 보지 말고 현재의 느낌에 따라 글쓰기를 하자는 것이다.

개인이 느끼는 구체적 느낌은 과거, 현재, 미래의 차이와 무관하며, 현실과 환상의 차이에 무관한 영역이다. 오직 느낌의 흐름에 따라 새로운 체계가 생성되는 텅 빈 공간이다. 쉽게 말하면 모든 억압으로부터 자유로운 글쓰기이므로 글쓰기 자체가 즐거울 수 있다는 것이다. 이러한 글쓰기는 고역스러운 노동이 아니라 자신의 느낌을 자유롭게 펼치는 '향유의 글쓰기'다. 그러나 그것은 신비적인 것이 아니며, 먼

나라에 있는 것이 아니며, 미래에 있는 것이 아니다. 지금 자신이 딛고 있는 현실과 부딪치는 느낌을 존중하고 그 느낌을 최대한 향유하는 데서 온다. 물론 자신의 느낌을 향유하는 일은 물론 사회의 억압을 받을 것이다. 기존의 놀이 규칙을 어기는 일이기 때문에 기존의 글쓰기에 고착된 사람들은 '향유의 글쓰기'를 배척하고 억압할 것이다. 그렇기 때문에 '향유의 글쓰기'는 기존의 권력이 현실을 사이버 세계로 만들어 영토를 확장해 나가는 것에 대한 투쟁이라 할 수 있다. 지배 체계의 틈에서 다양하게 자라는 '향유의 글쓰기'는 독자적인 영토를 만들기 때문에 사이버 현실을 해체하는 길이다. 또한, 향유의 글쓰기는 광고가 만든 초과현실을 사람들이 향유하는 것과 같은 힘을 지닐 것이다. 광고가 인간이 답답한 현실로부터 탈주였듯이 향유의 글쓰기도 답답한 현실로부터 탈주하는 글쓰기이기 때문이다.

4. 해체와 연대의 글쓰기

이제 최근의 우리의 글쓰기에 대한 여러 논의를 토대로 실천적 지침을 미약하나마 제시해 볼 때가 되었다. 최근 글쓰기에 대한 논의는 인문적 글쓰기의 위기, 동양 담론, 지식 산업화 등으로 대별할 수 있다. 먼저 인문적 글쓰기의 위기는 전 세계적인 현상이라는 진단은 광고의 사이버 문화가 영토를 확장하는 것에 대한 위기 의식이다. 이러한 위기 의식은 그 동안 우리 글쓰기에 대한 반성과 대안 모색이라는 과제를 안겨 주고 있다. 구체적으로는 한편으로는 탈식민적 글쓰기[9]와 동양 담론의 재검토로 나타나고 있고 다른 한편으로는 BK21과 같은 정책을 통해 지식 산업화로 나타나고 있다.

최원식의 동아시아론은 일본의 근대화론을 모델로 하여 서양의 모

---

9) 김영민, 『탈식민성과 우리 인문학의 글쓰기』, 민음사, 1996.

방도 아니고 전통의 복귀도 아닌 전통 사상에 근거해서 서양 철학과 대결하면서 현대의 과제를 창조적으로 수행할 것을 주장한다.10) 이러한 주장은 전통에 대한 현재적 해석과 자본주의적 변화에 대한 대응을 과제로 한 글쓰기 방향을 제시하고 있다. 그러나 전통을 어떻게 현재적으로 재해석할 수 있는 가에 대한 논의가 미흡하다. 현재에 대한 정확한 진단과 과거에 대한 진단이 전제되지 않으면 공허한 논리에 그칠 공산이 크다. 이런 면에서 조혜정의 현재에 대한 진단은 주목된다. 조혜정은 우리 사회가 이론을 자생적으로 만들지 못하고 있는 점을 지적하면서 최근 우리의 글쓰기를 식민지적인 글쓰기라 부른다. 우리의 지식인이 탈근대에 대해서는 서구 지식인보다 많이 알면서 정작 삶의 자리는 반(半)봉건적이고 피난민의 생존 논리에 빠져 있다고 진단하고, 우리 자신을 낯설게 보는 타자의 시선이 필요하다고 주장한다.11) 두 견해는 다소간에 시각의 차이를 내포하고 있지는 그 차이보다는 현재 글쓰기의 반성과 문제 진단을 풍부하게 했다는 점이 더 중요해 보인다. 두 글보다는 구체적인 논리의 결실을 보여 주는 것이 동양담론이다. 이 논의는 주로 서구 중심의 동아시아 담론의 허구성과 중국 중심의 담론의 허구성을 벗겨내는 작업을 통해 우리의 글쓰기가 나아갈 방향을 모색하고 있어 이후 논의들이 주목된다.

그러나 이러한 논의들에 동의한다고 해도 새로운 글쓰기가 하루아침에 이루어질 수는 없는 일이다. 이러한 논의를 토대로 실천적인 글쓰기가 행해져야만 논의가 의미를 지닐 것이다. 이런 점에서 실천적 글쓰기의 프로그램인 지식산업화는 그 실체보다는 학부제와 BK21로 대표되는 지식산업화 정책이 대두된 배경을 살펴볼 필요가 있다. 지식

---

10) 최원식, "탈냉전 시대와 동아시아적 시각의 모색", 창작과 비평, 1993년 봄호.
11) 조혜정, 『글읽기와 삶읽기 1: 바로 이 교실에서』, 또 하나의 문화, 1992.

미디어 네트워크 시대의 글쓰기 183

산업화는 그 동안 우리의 인문적 글쓰기가 지식을 재생산하는 데 국한되어 현실적 과제를 해명하지 못하였으므로 이제는 당면한 과제를 해결하기 위해 프로젝트 중심의 글쓰기를 진행해야 한다는 것과 세부전공에 갇혀 변화하는 현실에 적절하게 대응하는 글쓰기가 불가능하므로 통합적인 글쓰기를 진행해야 한다는 주장이다. 이러한 주장은 글쓰기를 경제적 문제로 환원하는 것이라고 비판할 만하다. 분명 산업화 권력의 지배적인 패러다임을 강요하는 일이다. 반(半)봉건적인 권력이 자기 변신을 꾀하면서 새로운 패러다임을 따르라는 요구이기 때문이다. 그러나 우리는 권력의 변신을 소비사회의 패러다임을 강요하는 객관적인 사태로 받아들여야 할 것 같다.

지금, 권력의 눈에 가장 먼저 비춰진 모습이 논문 중심의 글쓰기가 아닐까 싶다. 오직 이론적 지식을 재생산하기 위한 글쓰기는 소수의 지적 유희로 전락하고 있는 것을 부정할 수가 없기 때문이다. 지적 유희란 중국의 상징과 서양의 상징이 자기 영역을 확장하는 회로를 따라 행하는 일종의 훈고학적 글쓰기를 지칭한 말이다. 그것은 두 상징 기호의 흔적을 찾아 읽기는커녕 두 상징체계를 이 땅에 건설하려고 애쓴 식민지적 글쓰다. 이런 점에서 우리를 낯설게 보자는 주장이나 두 상징의 허구성을 살피는 동양담론은 모두가 '해체적 글쓰기'를 주장하는 것이라고 보아도 무방할 것 같다. 중국과 서양의 문자에 억압되고 은폐된 흔적들을 읽어내 그 흔적들을 그때그때 글쓰기로 실천하는 것이 상징을 해체하는 글쓰기이기 때문이다. 그러나 이러한 원론으로는 실천적 글쓰기를 이룰 수가 없다. 그 동안 두 상징을 추종했던 훈고학적 글쓰기에서 벗어나기 위해서는 우선 '내 안의 타자'인 느낌을 존중하여야 할 것이다. 자기의 안위와 영달을 위해 분명한 실체인데도 글쓰기 밖으로 밀어버렸던 느낌을 존중해, 그 느낌을 생성시킨 기호를 현실에서 찾아내고, 그 기호의 흐름을 코드로 만드는 자유로운 글쓰기를 행해야 한다. 그것은 억압된 것들을 찾아내고 그것을 해방시키는 글쓰기다. 쉽게 말해서 이 논문 저 논문에서 반복되는 논리를 또 다시 반복하는 불성실로부터 벗어나 논문마다 삶의 느낌을 담아내는 글쓰기가 필요하다. 그것은 자신의 삶과 논리의 틈을 메우는 일이자 스스로를 자유롭게 하는 일이 될 것이다. 이 자유로운 글쓰기는 고통스러운 노동이 아니라 즐거운 노동이 될 것이다.

그렇다고 소수만 이해하는 글쓰기를 하자는 말은 아니다. 구체적으로 "글쓰기가 자기 독백이 아니라는 사실을 확인해야 한다. 학문을 핑계로 개인의 안위를 버리고 다른 분야와 유기적으로 협동하는 체계가 필요하다."[12] 동일 전공끼리도 서로 소통되지 않는 경우가 허다한 요즈음의 글쓰기를 벗어나자는 말이다. 자기 분야를 폐쇄적 공간으로 만드는 것은 글쓰기의 위기를 가속화시킬 뿐이다. 자신의 느낌이 다름 사람과 서로 소통되지 않으면 전통적인 글쓰기가 상징 체계에 갇혀 스스로 자기 영토를 잃어 가는 것과 같은 사태가 벌어지기 때문이다. 자신의 느낌이 자유롭게 타인과 소통될 때만 글쓰기 영토가 보장된다는 것은 주지의 사실이다. 이러한 글쓰기를 '네트워크의 글쓰기' 혹은 '연대의 글쓰기'라고 불러도 무방할 듯 싶다. 네트워크는 단순한 매체가 아니라 쌍방이 서로 주고받는 소통을 생명으로 한다. 인터넷에서 권력이 특정 여론을 해체시키는 경우도 바로 이러한 소통 때문이다. '연대의 글쓰기'만이 권력의 식민 지배를 벗어나 자유로운 글쓰기의 영토를 건설할 수 있다. 이러한 연대는 여러 분야의 유기적인 협동까지 나가야 한다. 투명해진 흔적들을 읽어내는 '타자'의 시선은 다양한 '내 안의 타자'들이 소통될 때만 가능하다. 다양한 '타자'의 존중만이 '내 안의 타자'가 코드를 만들 수 있는 회로와 영토를 확보할 수 있기

---

12) 최종덕, 경상대학교 인문학 연구소 엮음, "양자역학, 신과학 그리고 인문학", 현대의 새로운 패러다임과 인문학, 백의, 1994, p.357.

때문이다.

참고 문헌

경상대학교 인문학 연구소 엮음. 현대의 새로운 패러다임과 인문학. 백의. 1994.

김근. 한자는 중국을 어떻게 지배했는가: 한대 경학의 해부. 민음사. 1999.

김영민. 탈식민성과 우리 인문학적 글쓰기. 민음사. 1996.

김우창 외 옮김. 현대문학 비평론. 한신문화사. 1994.

우실하. 오리엔탈리즘의 해체와 우리 문화 바로 읽기. 소나무. 1997.

정재서 외. 동아시아의 연구: 글쓰기에서 담론까지. 살림. 1999.

조혜정. 글읽기와 삶읽기 1: 바로 이 교실에서. 또 하나의 문화. 1992.

최원식. "탈냉전 시대와 동아시아적 시가의 모색". 창작과 비평. 1993년 봄호.

Baudrillard, Jean. 이상률 옮김. 소비의 사회. 문예출판사. 1991.

Baudrillard, Jean. 기호의 정치경제학 비판. 이규현 옮김. 문학과 지성사. 1992.

Baudrillard, Jean. 보드리야르의 문화읽기. 배영달 편저. 백의. 1998.

Freud, Sigmund. 성욕에 관한 세 편의 에세이. 김정일 옮김. 열린책들. 1996.

Freud, Sigmund. 종교의 기원. 이윤기 옮김. 열린책들. 1997.

J. Severin, Werner · W. Jr. Tankard, James. 커뮤니케이션 개론. 장형익 · 김홍규 역. 나남출판. 1991.

Jally, Sut. 소비의 정치경제학: 광고 문화. 윤선희 옮김. 한나래. 1996.

Péninuou. Gorgees. 광고기호 읽기. 김명숙 · 장인봉 옮김. 이화여자
　　대학교출판부. 1998.

Williams, Judith. 광고의 기호학. 박정순 옮김. 나남출판. 1998.

Derrida, Jacques. Of Grammatology. Trans. Spivak, Gayatri
　　Charkravorty. John Hopkins University Press. 1976.

Derrida, Jacques. Writing and Difference. Trans. Bass,
　　Alan. The University of Chicago Press. 1978.

전자시대 시문학의 오늘과 내일

■

김 정 훈

1. 켜기

詩는 言과 寺가 결합하여 이루어진 字이다. 言은 다시 '宀+口'로 寺
는 '土(之)+寸'으로 파자할 수 있으니, 이렇게 보면 詩라는 자에는 이
미 "시는 말씀의 法을 向한다."는 의미가 내재되어 있다고 하겠다. 이
때 '말씀의 법'을 어떻게 정의하느냐에 따라 시의 존재 가치는 그 시
대와 관계를 맺게 된다.[1] 우리 시대의 시가 지향하는 '말씀의 법'은 무
엇인가? 이에 대해서는 여러 가지 설이 있어왔으나, 근대시의 성립 이
후 지금까지의 시는 그 근본을 '창조력(creativity)이 인간 개체에 있다
는 믿음'과 '개성(personality)의 표출에 대한 신뢰'에 두고 있다는 데에
는 대략의 합의가 있는 듯하다. 하지만 1990년대에 들어 우리 사회가
본격적인 대중소비문화시대로 접어들면서 사이버 공간에서 이루어지

---

1) 윤재근, 『문예미학』(고려원, 4판, 1981.9.15), 25~27쪽.

고 있는 시 창작 행위는 이제까지 지면을 통해 이루어져 왔던 시들과
는 사뭇 類가 다른 새로운 변화를 보여 주목을 끈다.2) 이 변화는 正
傳과 작자의 권위에 대한 불신이라는 일면을 동반하고 있어 시에 대
한 기존의 생각을 뿌리째 흔들고 있다. 아직까지 이 변화가 완결된 것
은 아니며, 실제 어느 정도의 변화를 끌어내게 될는지는 여전히 미지
수이다. 하지만 이런 움직임이 기존과는 전혀 다른 환경과 의식에서
비롯된 것이라는 점은 분명해 보인다.

　이런 점에 주목하여 본고에서는 1990년대 이후에 본격화된 사이버
공간의 시들을 대상으로 하여, 일차적으로 이 시들이 왜 기존의 지면
에 발표되었던 시들과 차별성을 가지게 되었는지를 살펴보고, 이를
근거로 현재 어떤 양식상의 변화와 실험이 이루어지고 있는지를 주로
창작 및 발표 매체의 변화와 관련해 간단하게 점검해보고자 한다. 사
실 이런 변화의 중요한 근원으로 빼놓을 수 없는 것이 1980년대 후반
에 있었던 사회주의 체제의 급격한 몰락과 1990년대 들어 급속도로
진행된 국내의 정치적 민주화이다. 이런 국내외의 정세 변화로 인해
감수성이 달라지게 되면서 문학에도 1970~80년대와는 전혀 다른 인
식 체계가 필요해졌고, 당시 유입된 포스트모더니즘은 이에 필요한
이론적 근거를 어느 정도 제공해 주었다. 하지만 이런 일련의 과정을
면밀하게 살펴보기 위해서는 보다 사려깊은 검토가 필요하리라 생각
하며, 이를 위해서는 다른 자리가 마련되리라 기대한다. 또한 본고는
1990년대 시의 새로운 양식적 실험을 살펴보려고 하기 때문에 굳이
여기까지 논의할 필요는 없으리라 보고, 논의를 주로 창작 및 발표
매체의 변화에 한정하고자 한다.

---

2) 프레드릭 제임슨은 포스트모던한 대중소비문화의 특징으로 '피상성'을 꼽고
　있는데, 이런 제임슨의 지적은 감각적이고 찰라적인 사고 방식 등이 횡행
　하는 현재의 우리 사회에도 어느 정도 적용될 수 있을 듯하다.

2. 환경 설정

1990년대 중반 들어 사이버 공간을 중심으로 보다 분명하게 일어나고 있는 시 양식의 변화는 무엇보다도 컴퓨터의 확산3)으로 인한 글쓰기 수단의 변화와 가상 현실(virtual reality)을 상정하는 사이버 공간(cyber space)4)의 성립이라는 두 조건에서 비롯되었다. 1990년대 들어 하재봉이 <비디오/퍼스널 컴퓨터>라는 시를 통해 "나의 하루는 컴퓨터 스위치를 올리는 것 / 그리고 끊임없이 기록하고 기억을 저장시키는 것", "나는 컴퓨터 단말기를 통하여 지상의 모든 도시와 / 땅 밑의 태양 그리고 미래의 태아들까지 연결된다"고 이야기한 것은 컴퓨터와 사이버 공간이 새로운 창작 주체들에게 어떤 영향을 끼치고 있는지를 알아보는데 있어 시사하는 바가 크다.

우선 컴퓨터의 확산으로 인해 대개 종이 위에서 이루어져 온 전통적인 글쓰기 방법에 대체하여 아스키(ASCII: American Standard Cord for Information Interchange) 코드5)를 이용한 전자 글쓰기가 보편화되었는데, 이것은 단순히 창작 매체가 변화했다는 의미가 아니라

---

3) 컴퓨터의 등장은 다니엘 벨이 『후기 산업사회의 도래』에서 지적한 정보사회로의 변화와 앨빈 토플러가 『제3의 물결』에서 예견한 바 있는 '정보화 혁명'을 현실화시켰다.

4) 인터넷(Internet) 등의 새로운 문화 형태를 표현하는 말로, 1990년대 초반부터 일부 분야에서 사용되다가 최근에는 시사주간지의 타이틀에서도 자주 볼 수 있을 정도로 일반화되었다. 1984년 발행된 『신경 예언자(Neuromancer)』라는 소설에서 처음 쓰인 이 용어는 헬라어의 '다스린다(cyber)'는 의미와 '공간(space)'이 결합된 말이다. 따라서 사이버 스페이스란 '사람이 컴퓨터를 이용하여 통제하는 세계'란 뜻으로 보면 된다.

5) 컴퓨터 모니터를 통해 알파벳을 보려면 글꼴이 모두 틀리고 복잡하므로, 각 알파벳을 숫자 코드화하여 A에는 '몇 번'이라는 번호를 부여하여 어느 곳이든 이 숫자 집합만 있으면 공통으로 나타낼 수 있도록 만든 것이 바로 아스키 코드이다.

창작 방법 및 환경의 변화가 발생했음을 뜻하는 것이다. 컴퓨터를 사용해 글쓰기를 하는 것은 기존의 방법과 비교할 때 몇 가지 차별성을 가지게 된다. 첫째, 컴퓨터에서 글쓰기에 주로 사용하는 워드 프로세서 프로그램은 자체내에 영문과 한자 넣기 뿐만 아니라 각종 사전 기능, 수정 및 편집, 맞춤법 교정 기능까지 포함하고 있어 글을 쓰려는 사람들이 보다 쉽게, 그리고 자주 이용할 수 있도록 되어 있다. 이로 인해 일상으로서의 글쓰기가 가능해져 많은 이들이 보다 자유롭게 자신의 생각을 글로 표현할 수 있게 되었으며, 필연적으로 창작 계층이 폭발적으로 증가하게 되었다. 반면, 개개인의 컴퓨터가 네트워크로 연결되면서 채 걸러지지 않은 개인의 글쓰기가 사이버 공간을 통해 무차별적으로 공개됨으로써 기존 인쇄 매체를 통해 발표되어 온 것들에 비해 볼 때 상대적으로 저급한 형태의 창작물이 범람하는 현상도 나타나게 되었다. 둘째, 글쓰기에 컴퓨터를 이용하기 시작함으로써 전통적인 아날로그 텍스트(analogue text)가 디지털 텍스트(digital text)[6]로 변하게 되었다. 이로 인해 텍스트의 보관이 보다 편리하게 된 반면, 복사와 변형 역시 쉬워져 정전의 훼손과 작자의 권위 실추 현상이 나타나게 되었다. 셋째, 컴퓨터로 글쓰기는 쉼없이 깜빡이는 커서의 재촉과 보여진 화면에 기억마저 구금되어 버리는 특이한 현상으로 인해 전통적인 글쓰기에 비해 사고의 분절과 단편성을 초래하기 쉽다. 특히 이런 현상은 네트워크를 통해 사이버 공간과 연결되어 있을 때 심해져, 즉흥적이고 직접적이며 선정적인 표현이 확산되는데 일조를 한다.

이러한 컴퓨터 글쓰기가 사이버 공간과 결합되면서 글쓰기에 있어 보다 많은 변화가 일어나게 된다. 사이버 공간은 물리적인 힘을 가진

---

6) 전통적으로 문자언어로 이루어진 종이 텍스트와 구별하여 전자언어로 이루어진 비물질적인 텍스트가 바로 '디지털 텍스트'(digital text)이다. 디지털 텍스트와 전통적인 아날로그 텍스트의 가장 큰 변별성은 무엇보다도 '조작 가능성' 여부에 있다.

권력 구조도 억압적인 검열 기제도, 명확한 가치 판단이나 준거틀도 없는, 열려있는 소통 구조를 가진 가상 현실의 공간7)이며, 때문에 탈중심화(decentralizing)된 공간이며 익명화된 공간으로 이해된다. 이런 사이버 공간을 통해 디지털화된 텍스트가 오고가면서 전통적인 글쓰기-읽기와는 다른 양상이 전개된다. 이 새로운 양상은 공간의 개방성과 익명성으로 인한 창작 담당층의 확산, 실시간 쌍방향의 소통 구조로 인한 텍스트의 가변성 확대 및 전통적 작자-독자 관계의 해체, 검열 기제의 부재 내지 약화로 인한 일탈적인 상상력의 특화 등으로 나타난다.

3. 접속

사이버 공간에서 이루어지는 문학이 세간의 주목을 끌게 된 것은 1993년 7월부터 이우혁이 하이텔 내 '공포/SF' 게시판에 <퇴마록>을 연재하기 시작하면서부터이다. 이 소설은 엄청난 조회수를 보이면서 이후 2년 동안 인기리에 연재되고, 급기야 1994년에 활자로 출간(들녁출판사; 1998년 11월 현재 총 13권 간행)되면서 사이버 문학의 위력을 보여주었다. 그 후 이영도의 <드래곤 라자>(하이텔), 김성호의 <건축문학육면각체의 비밀>(천리안) 등이 계속 이어지면서 하나의 경향으로 자리잡게 되었다. 이런 창작 성과를 기반으로 하여 1994년 말부터 간헐적으로 사이버 공간에서 이루어지는 문학에 대한 논의가 나오다가, 1996년에 접어들어 이용욱의 『사이버문학의 도전』(토마토, 1996.9)이 출간되고 사이버문학 계간지 <버전업>이 창간(1996.10)되면서 본격적

---

7) 사이버 공간은 흔히 허구(fiction)의 세계가 아니라 가상 현실(virtual reality)의 세계로 인지된다. 허구는 어찌 되었건 현실 공간에서 이루어지는 맥락이지만, 가상 현실은 현실과는 전혀 다른 층위를 의미한다. 즉 가상 현실은 실재하는 것처럼 인지되는 이미지 자기 복제(simulacra)의 세계이다.

으로 공론화되기 시작한다. 그리고 지금은 사이버 공간에서 활동하는 작가들이 <한국통신작가협회>(하이텔, 1998.1)와 <천리안 컴퓨터문단 작가협회>(천리안, 1998.2) 등을 개설하여 활동하는 등 새로운 조류로 확실하게 자리매김하고 있다.

시를 중심으로 현재까지 사이버 공간에 발표된 작품들을 보면, 다음과 같은 몇 가지 공통적 특질을 찾아낼 수 있다.

첫째, 다양한 방식으로 자본주의적 질서의 일환으로 인지되었던 작가의 신성성과 권위에 대한 도전 의지가 표현되고 있다. 이것은 일차적으로 컴퓨터로 글쓰기의 확산과 탈중심화된 공간인 사이버 공간을 발표 매체로 활용함에 따른 필연적인 결과로 해석된다. 사이버 공간은 실시간 쌍방향의 소통 구조를 기본적으로 가지고 있으며, '조회수'라는 장치를 통해 텍스트에 대한 독자의 반응을 즉각적으로 확인할 수 있어 독자들의 입지는 강화되는 반면, '특별한 개인'으로 오랜 동안 권위를 인정받아 왔던 작가의 위상은 상대적으로 하락하여 작가-독자의 전통적인 역할 분담 체제가 붕괴하는(empowering) 모습을 보인다.[8] 때문에 사이버 공간에서 창작되고 발표되는 작품은 끊임없이 독자들의 요구를 반영하여 재창작되는 가변성을 그 숙명으로 가지게 된다.

둘째, 작품 평가의 중요 기준으로 '조회수'라는 장치가 자리잡게 되면서 '손끝에서 이루어지는 문학', 즉 즉흥적이고 말초적인 문학이 풍미하고 있다. CF(commercial film)에서처럼 "30초마다 터지지 않으면

---

8) 기존의 문학에서 작가-독자-비평가는 각각의 책임과 역할이 어느 정도 분명하게 구분되어 있으며, '텍스트'는 그 자체로 미적인 완결성을 갖춰야만 하는 책무를 지니고 있었다. 그러나 사이버 공간에서 '작가'란 독자층과 마찬가지로 'ID'를 가지고 있는 한 사람에 불과하며, 더 이상 실시간으로 확인되는 독자들의 요구와 무관한 창작 행위를 지속할 수 없게 된다. 이로 인해 기존 문학에서 끊임없이 주창해 왔던 '문학의 진정성'에 대한 요구는 일정 정도 유보되고, 반면 실험 정신과 대중 지향성이 상대적으로 높은 호응을 얻는 모습이 나타나고 있다.

채널이 돌아가는" 상황에서 작품의 미적 완결성보다는 이미지와 흥미
위주로 네티즌(Netizen)의 시선을 끌려는 것은 어쩔 수 없는 측면도
있다. 또한 이것은 이제 전통적인 텍스트(text)의 범주를 넘어 파라텍
스트(paratext)9)의 영역까지를 시를 쓰는 사람이 고려해야 하는 상황
이 도래했음을 의미하는 것이기도 하다. 아직까지 이런 현상에 대해
문제점으로 지적하는 이들이 많지만, 그렇다고 현실적으로 네티즌
들10)의 요구를 외면하기도 어려운 실정이어서 이러한 대중 추종적인
경향은 앞으로도 상당 기간 지속될 것으로 보인다.

셋째, 아마추어리즘과 양식 실험의 확산 현상이 두드러지고 있다.
사이버 공간에 발표되는 시들은 전통적인 시 창작 방법론과 미의식을
통해 볼 때, 조금은 거칠고 심정적인 발언, 논리의 비약과 정리되지
않은 혼잡스러움이 무엇보다 눈에 띤다. 이런 점 때문에 기존 시에 익
숙한 이들의 눈에는 사이버 공간에 발표되는 시들이 일정 부분 폄하
될 수 밖에 없다. 하지만 반퍼슨의 말을 흉내내 본다면, 詩라는 단어
는 名詞가 아니라 動詞이다. 즉, 자연 현상이 시간과 공간과는 관계없
이 획일적인 보편을 보여주고 있는 반면에 문학은 언제나 가변적이다.
그렇기 때문에 현재 사이버 공간에 발표되는 시들을 아마추어의 미숙
한 작품이라거나 기껏해야 주변부 장르의 돌출 정도로 치부해 버리고,
전통적인 문학의 범주 안으로 들어오라는 요구를 하는 것만으로는 충
분치 않다. 사이버 공간의 시인들은 기존과는 다른 발상에 근거해 끊

---

9) 텍스트가 책의 내용이라면, 파라텍스트는 그 내용의 포장이다. 시 자체가
   텍스트라면, 텍스트로서의 시를 모아 출판하기 위해 제목·표지·장정·지
   면 배정(layout)·광고·홍보 전략을 만드는 일련의 작업이 바로 파라텍스
   트인 것이다. 이것은 출판사의 판매 전략인 동시에 독자와 텍스트로서의
   시를 좀더 쉽게 접근하게 해주는 출판사의 배려이기도 하다.
10) 현재 네티즌의 연령층은 10대 후반에서 30대 초반까지가 절대 다수를 차
    지하고 있는데, 이 연령에 속하는 이들은 사이버문학의 주요 호응자임과
    동시에 '인쇄된 문학'의 주 독자층이거나 잠재 독자층이기도 하다.

임없이 새로운 양식상 실험을 계속하고 있으며, 이제 조금씩 그 성과물을 내놓고 있다. 따라서 우리가 중요하게 생각해야 할 것은 완성된 텍스트의 미적 완결성이 아니라 그 텍스트가 만들어지는 과정의 색다름이며 실험의 진지성이다. 누구든 전통적 장르 개념에 구애받지 않고 자유롭게 자신의 글을 올릴 수 있는 상황에서, 그것도 아직은 충분히 새로운 실험들이 완결된 미적 형식을 갖추지 못한 상태에서, 기존의 관념으로 새로운 변화를 재단한다는 것은 지나친 듯하다. 오히려 극복해야 할 점은 탈중심화된 열린 공간에서 개별 주체들이 어떻게 한 명의 시인으로서 자신의 정체성을 확립해 나가며, 텍스트로 사이에 두고 작가-독자가 어떻게 새롭게 위상을 정립해 나가고 있는가 하는 것이다. 이런 점에서 볼 때 사이버 공간에서 이루어지는 새로운 창작 행위는 기존과는 상이한 기반 위에 서 있다는 것을 인정해야 할 것이다.

마지막으로, 사이버 공간에 발표되는 시들 중 일부는 더 이상 순수한 텍스트 상태만으로 발표되지 않으며, 더 이상 그런 상태를 지향하지도 않는다는 점에 주목할 필요가 있다. 이 경우 시는 텍스트와 음악, 동영상, 그래픽 등 각종 멀티미디어 기술력의 공동 작업으로 만들어지고 발표되며, 텍스트로서의 시는 이 전체 구성물의 일부로서만 그 존재 의미를 부여받는다. 이런 경우 시는 더 이상 개인의 독창적 작업의 산물이랄 수 없으며, 따라서 텍스트로서의 시만을 분석과 평가 대상으로 삼는다는 것은 무의미하게 된다. 여기서 중요한 것은 전통적인 의미의 작가와 작품이 아니라 텍스트와 조판(display), 음악, 동영상, 혹은 다른 텍스트와의 연결 등 구성 전반을 총체적으로 파악하는 연출가(director)적 특성을 구유한 새로운 의미의 작가와 그에 의해 창작된 작품이 될 수 밖에 없다.

4. 검색

이제 이제까지 논의해 온 바를 토대로 하여, 실제 사이버 공간에서 이루어지고 있는 시 양식의 구체적 실험 양상을 살펴보자. 실제 사이버 공간에서는 수 많은 실험 모습이 보이는데, 본고에서는 그것들을 기존의 작품 창작 행위를 염두에 두고, 기존의 것을 발표 매체만 달리하여 보여주는 것과 새로운 시도를 보여주는 두 범주로 나누어 살펴보고자 한다.

4.1. 매체의 변화

기본적으로 텍스트 자체로 봤을 때는 활자로 표현되었던 기존의 시와 크게 다른 것이 없으나 컴퓨터와 사이버 공간이라는 새로운 매체를 이용하여 일정한 변형을 일으키고 있거나 일어날 가능성이 큰 것들을 한 범주로 묶어서 생각해 볼 수 있다. 이 범주에 속하는 것은 전자책, 조형시, 몽타쥬시, 타이포그라피 시, 문법 파괴 시 등을 들 수 있다.11)

4.1.1. 전자책(eBook＝Electronic Book)

전자책이란 디지털 텍스트와 음악, 음성, 그래픽이 결합된 형태의 책을 말한다. 기존의 시나 시집은 텍스트를 주로 하고 간혹 약간의 일러스트나 사진을 보조적으로 사용하곤 하는데 비하여, 전자책은 여기에 배경 음악과 음성 낭독 등을 더하여 비트화12)한다. 전자책의 가장

---

11) 여기에 사용한 이름들은 모두, 그 특성들을 전면에 드러낼 수 있게 하기 위해 필자가 편의상 명명한 것이다.
12) 세계를 아톰(atoms)의 세계와 비트(bits)의 세계로 나누는 것은 네그로폰테(Nicholas Negroponte)가 자신의 저서 『Being Digital』(Alfred A.Knopf, Inc., January 1995)에서 처음 시도한 후 이제는 디지털 문

큰 특징은 저렴한 가격에 자기가 원하는 글을 어느 곳에서나 볼 수 있다는 점이다. 전자책을 PC에 연결하여 전자책 출판업자나 서점의 전자도서 목록에서 고른 책의 내용을 내려받고 나면, 이후 언제든 원하는 장소에서 독서를 할 수 있다.[13)

그런데, 이런 전자책 출판은 소설에서는 활성화되고 있지만, 시집은 그리 활발하게 간행되는 편이 아니다.[14) 그나마 현재 간행되는 전자시집은 대다수가 기존에 인쇄매체로 간행된 시집을 디지털화하여 그대로 올려놓는 수준에 머물고 있으며, 전자책 버전만으로 발표된 시집

화를 설명하는 용어로 일반화된 듯하다. 그는 "컴퓨터는 더 이상 컴퓨터가 아니다. 삶 그 자체이다."(Computing is not about computers any more. It is about living.)라고 하면서 외부적으로 보이는 물체를 '아톰'으로, 색깔도 무게도 없지만 정보의 DNA를 구성하는 가장 적은 원자적 요소(It is the smallest atomic element in the DNA of information.)를 '비트'로 명명하여 구분하고 있다. 즉 네그로폰테에게 있어 아톰은 실제의 세계이고, 비트는 (실재하는 것처럼 인지되는) 비물질적인 이미지(simulacra)의 세계를 뜻한다. 이 글을 비롯하여 네그로폰테의 글은 〈Wired〉와 그의 홈페이지인 "http://nicholas.www.media.mit.edu/people/nicholas"에 다수 실려 있다.

13) 현재 미국 누보미디어사에서 내놓은 〈로켓 전자책(Rocket eBook)〉은 소설책 10권 분량인 약 4천쪽의 내용물과 그래픽을 담을 수 있다. 〈로켓 전자책〉을 통해 볼 수 있는 책값은 내려받는 시간에 따라 달라지지만, 인쇄비·창고 보관료·수송비 등이 들지 않기 때문에 기존 책에 비해 싼 편이다. 고선명 스크린을 부착한 〈로켓 전자책〉은 625g의 가벼운 무게로, 전지로 20시간 정도 작동된다. 현재 대당 499달러(약 65만원)이며, 보통 책 1권을 내려받는데 드는 시간은 2~5분 정도, 가격은 18~25달러이다. 絶版되는 일이 없으며, 책 무게나 부피를 걱정할 필요도 없다. 누보미디어사 외에도 소프트북 프레스, 에브리북 등에서도 이와 비슷한 규격의 전자책을 개발해 판매하고 있다.

14) 이것은 아직까지 조회수로 확인되는 네티즌의 호응이 시보다는 소설에, 소설 중에서도 공포/추리 또는 무협/환타지/SF쪽에 쏠려있는데서 기인하는 바가 크다. 즉, 현실 공간에서는 쉽게 접해볼 수 없는 주변부 장르에 대한 독서 갈증을 통신 공간에서 해소하고자 하는 네티즌들의 욕망이 이런 조회수의 차이로 나타나는 것으로 보인다.

은 아직까지는 없다. 다만, 현재 이런 식으로 디지털화하여 사이버 공
간에 올라와 네티즌의 인기를 얻고 있는 시집들이 주로 1990년대 들
어 발표된 신진호의 『친구가 화장실에 갔을 때』나 원태연의 『손끝으
로 원을 그려봐, 네가 그릴 수 있는 한 크게, 그걸 뺀 만큼 널 사랑
해』, 최영미의 『서른, 잔치는 끝났다』와 『꿈의 페달을 밟고』, 이정하
의 『너는 눈부시지만 나는 눈물겹다』, 류시화의 『그대가 곁에 있어도
나는 그대가 그립다』와 『외눈박이 물고기의 사랑』, 신현림의 『세기말
블루스』, 함민복의 『우울씨의 일일』과 『자본주의 약속』, 채호기의 『슬
픈 게이』 등, 세칭 신세대 시인들의 시집들이 주가 되고 있다는 점에
서 전자시집이 앞으로는 매우 활성화될 것으로 기대한다.

현재 비트화되어 있는 시집으로 가장 잘 알려져 있는 것은 고려대
학교 민족문화연구소에서 만든 전자시집 <한국의 현대시>(대한교과서
주식회사, 1996)이다. <한국의 현대시>는 총 316명 10,886편의 기존
발표 시를 수록한 CD 형태의 전자책으로, 수록 시인 및 시에 대한 검
색과 하이퍼텍스트(hypertext) 기능을 이용한 연결, 주요 시인들의 자
작시 육성 낭송, 시어 풀이 및 해설, 시사 연표 및 문학 관련 용어 설
명 등의 부가 기능을 가지고 있다.

4.1.2. 조형시(Typo-Illustrate Poem)

조형시란 아스키 코드(ASCII code)를 이용하여 그림의 형태로 시를
보여주는 것을 의미한다. 즉, 내용을 표현하는 하나의 수단으로 글자
를 그림 그리듯이 배열하고 표현하는 것이다. 이런 시도는 기존의 인
쇄매체로 발표된 시에서도 주로 아폴리네르(Guillaume Apollinaire)의
실험과 입체파(Cubism)의 정신에 촉발되어 형태주의(formalism)를 의
식적으로 채택했던 시들이나 잡체시 계열의 한시 등에서 자주 이용되
었던 것으로 새삼스러울 것은 없어 보인다.[15]

이 경우 글자 자체를 그림으로 꾸밀 수도 있으며, 글자의 배열로 그 의미를 그려낼 수도 있다. 또는 글자와 그림을 같이 사용해 표현하기도 한다. 조형시는 때때로 지나친 묘사나 과다한 표현으로 인해 의사 전달을 방해할 수도 있으나, 대개는 사람들의 흥미를 유발시켜 시선을 끄는 좋은 방법이 될 수 있다.

컴퓨터를 이용한 글쓰기에서도 우리가 많이 쓰는 IBM 호환기종의 경우 이와 유사한 의식을 가지고 도스(DOS) 시절부터 안시(ANSI: American National Standards Institute)를 이용한 다양한 시도가 있었다. 때문에 이런 조형화 기법은 사이버 공간 에서 가장 활발한 형태로 나타난다.

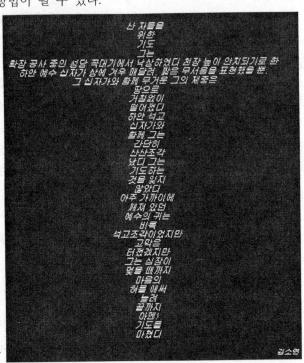

---

15) '심장 거꾸로 된 불꽃같은 나의 심장'이라는 말을 심장을 연상케하는 형태로 배열함으로써 활자 혹은 낱말들로 심장을 그려낸 아뽈리네르의 시 〈심장〉이나 시형을 山 형태로 배열하여 독특한 효과를 내고 있는 황지우의 시 〈無等〉 등에서 우리는 그 구체적인 실례를 찾을 수 있다.

앞 쪽에 제시한 시는 <버전업 1.1>(http://cybercity.shinbiro.com/@t
omato/home.htm0)에 발표된 김소연의 시 <산 자들을 위한 기도>이
다. 이런 류의 시는 현재 사이버 공간에서 간단히 찾아 볼 수 있으나,
아직까지 기존 인쇄매체에 발표되었던 시들과의 큰 변별성은 보이지
못하고 있다. 다만 이전까지 문학의 영역에 직접적으로는 포함되지 않
았던 색채와 음향 등이 그래픽 이미지와 함께 시의 중요한 한 요소로
내재되기 시작했으며, 그것도 시의 의미를 보조하는 정도가 아니라
그 자체가 새로운 의미를 창출해 나가는 중요한 표현 방법이라는 점
에서 이 시도는 주목을 끌고 있다. 그런 점에서 이런 식의 조형적 구
도가 앞으로 빈번하게 이루어지리라는 것은 쉽게 예측해 볼 수 있다.

4.1.3. 몽타쥬시(Montage Poem)

몽타주시란 기존 시에서 일정 부분을 따와 한 편의 새로운 시를 만
들어내는 것을 의미한다. 이런 기법에는 전통적으로 엘리옷(T.S.Eliot)
식의 방법과 다다식의 방법이 양립해 왔다. 엘리옷식 몽타쥬 시란 엘
리옷이 자신의 시 <황무지(The Waste Land)>에서 시도한 방법을 편
의상 지칭한 것으로, 이미 발표된 다른 사람의 시에 일일이 주석을
달아 부분적으로 인용하면서 한 편의 새로운 시를 만들어내는 방법을
말한다. 엘리옷은 익히 알려진 다른 사람의 시의 한 구절을 인용하여
일정한 의도하에 재배치함으로써 인용시의 문맥과 자신의 의도가 일
으키는 긴장을 통해 새로운 의미를 창출해내려 했던 것이다. 반면, 스
위스 다다 운동을 주도했던 트리스탄 짜라가 주창한 다다식 몽타쥬
시는 시인의 의식이 개입하지 않은 상태에서 전연 무관한 여러 행을
병렬 또는 병치함으로서 생기는 이미지의 충돌 효과를 노리고 있다.
즉, 엘리옷식의 몽타쥬 시가 시인의 철저한 계산과 의도에 의해 제3
의 효과를 얻기 위해 만들어지는 시라면, 다다식의 몽타쥬 시는 시인

의 의식이 개입하지 않은 자연발생적 상태에서 생기는 '의외성'과 '낯섦'의 효과에 기대고 있는 것이다.

현재 우리나라 사이버 공간에서 '몽타쥬 시'를 표방하고 나온 시에는 이 두 가지 방법이 병존하고 있는 것으로 판단되는데, 양적으로는 다다식의 방법이 아무래도 우세하다. 그 중 일정한 시적 성취를 이룬 것으로 보이는 작품으로 다음 시를 들 수 있다.

고운 수의와 함께 그가 탈색당하다. 1
봉분 위로
무게없는 금을 긋고 지나가는 새 2
남은 자들은
지워진 문장의 틈 속으로 들어가
그를 열람하지만
읽는다는 것, 그것이 그를
다시 매장한다는 것을 아무도 알지 못한다.3

느닷없이 다 풀려버린 실타래를 4
망연자실하던 사람들도
손목 위에서 말라붙는 시간을 털며 5
일어선다, 오늘도 어제완 다르지 않다 6

비상구는 없다 7
사람들이 떠난 곳에서
이 죽음과 전혀 무관한 단 한 사람, 그는 보고 있다 8
추억의 파편들을 무겁게 매어단 채 길을 가야 하는, 9
남아있는 지루함을 견뎌내야 하는, 10
가건물의 세입자들
그들의 주위에 산재한 어둠을 11

그러나 멀리, 다시 물소리가 들린다 12
한 짐을 풀고 또 한 짐을 메는 봉분

그 수의가 다시 나부끼다 13

삶이란 얼마나 수많은 토막들인가? 14
   - NINANANA, 〈죽음에 관하여〉

이 시에서 각 시행의 끝에 표시된 숫자는 인용된 시의 번호를 가리키는 것이다. NINANANA는 '죽음'이라는 제목을 가진 10여 편의 시에서 각기 1행씩을 뽑아 나름대로 편집한 후 〈죽음에 관하여〉라는 새로운 시 한 편을 만들어내었다. 그의 시도는 상당 부분 의외성과 돌발성에 기댄 측면이 많지만, 다다이스트들이 시도했던 몽타쥬시와 근본적인 차이점을 찾기는 어렵다.

한편, 사이버 공간의 특성상 조금 불순한 의도를 엿볼 수 있는 시들도 많이 발표되고 있다. 즉, 실제 사이버 공간에 발표되는 시들 중 상당수는 남이 쓴 시 전체를 그대로 복사해 약간의 변용을 한 후 자기 이름으로 발표하거나, 여러 사람의 시에서 일부분을 무단으로 따와 자기 마음대로 편집한 후 자신의 독창적인 상상력에 의해 만들어진 시인 양 발표하는 시가 아닌가 하는 의심을 받고 있다. 이런 현상은 컴퓨터 글쓰기의 자유로움과 사이버 공간 특유의 익명성이 결합되어 만들어진 것으로, 아직 초창기에 머물고 있어 자신의 정체성을 충분히 확보하지 못한 사이버 시대의 현 실태를 그대로 반영하고 있다. 문제는 이러한 유형의 시들이 앞으로는 다수 창작될 여지가 있다는 것이다. 시인의 창작 심도를 높여줄 긍정적인 의미의 자기 검열 장치가 소홀한 상태에서 어찌 보면 가장 손쉬운 방식의 시 창작이 될 수 있기 때문이다.

4.1.4. 타이포그라피 시(Typography Poem)

미래파(Futurism)가 내놓은 시 창작 기법 중 인쇄 효과를 이용한 시 창작 방법론이 있었다. 그들이 시 창작 기법으로 인쇄 효과를 염두에 둔 것은 활자 크기가 달라짐으로써 한 문장 속에서 각 낱말들이 상이한 무게를 소유하게 되고, 독특한 배열에 의해 전체와 부분의 관계들이 새롭게 인식되기 때문이었다. 미래파가 제시한 이 방법론은 이후 많은 이들에게 수용되었는데, 이로 인해 그 시대의 자유로운 타이포그라피(typography)16)와 자유로운 언어들이 인쇄 지면에 나타나기 시작했으며, 여러 활자체와 동적인 구성이 지면에 활력을 불어넣어 주었다. 이러한 구성으로 그들은 움직임, 에너지, 영화와 같은 연속성 등을 표현했다. 우리나라에서는 1920년대의 임화와 박팔양 · 김화산, 1930년대의 이상, 1980년대의 박남철과 황지우 등이 이 방법론에 입각하여 시를 창작하였고, 광고 카피 등에서 중요하게 사용되고 있기 때문에 이런 방법을 원용한 시들이 현재의 사이버 공간에 발표된다고 해서 새삼스러울 것은 그다지 없어 보인다. 다만 컴퓨터로 글쓰기가 일반화되어 있는 사이버 공간의 특성상 기존에 써왔던 방법과는 다소 차별성을 가지는 표현 방법이 다각도로 고려되고 있다는 점에서 타이포그라피 시는 새롭게 주목받고 있다.

이 점과 관련하여 오른쪽에 있는 예시는 타이포그라피의 새로운 사용 방법이 어떤 식으로

---

16) 타이포그라피란 '본문에 사용되는 서체들을 여러 형태로 변화시키고 제어할 수 있는 기능'이라고 정의할 수 있다.

구상되고 있는지를 보여주는 좋은 실례라 할 수 있다. 이 예시는 돈 킹(Don King)이 1985년 아들의 출생을 알리기 위해 디자인한 축하카드에 쓰인 것으로, 자신과 아내 낸시(Nancy), 그리고 아들 데이비드(David)를 각기 다른 글씨체로 설정하여 은유적으로 표현하고 있다.

타이포그라피 시는 그 특성상 그래픽적 안목과 시각적 상상력을 필수적으로 요구하는데, 이 때문에 자기들의 생각을 지리한 텍스트적 기술 방법이 아니라 시각적으로 강렬하게 표현하고자 하는 감각적이고 자기 표현에 능한 젊은 세대에게 많은 호응을 얻을 수 있을 것으로 보인다.

4.1.5. 문법 파괴 시

이외에도, 역시 형태주의의 일환으로 보이지만, 글쓰기의 환경이 종이에서 컴퓨터로 옮겨지면서 통신 언어 특유의 모습들을 사이버 공간에 발표되는 시에서도 흔히 찾아볼 수 있게 되었다. 즉, 사투리 어미의 차용(워뗘? 알았어여, 했꾸먼유 등), 언어의 경제성에서 비롯되는 모음 축약(어서와→어쏴, 다음→담, 이야기→야기→야그 등) 및 종결어미 생략(반갑습니다→반갑! 또는 방갑!, 축하합니다→축하 또는 추카 등), 피터팬 신드롬으로 해석되는 유아어 사용(~했습니다→해여! 또는 ~였어여 등), 키보드의 경제성에 의해 생성된 연철(~였습니다→~여슴다, 싫어→시러 또는 시로, 좋아→조아 등), 자신의 감정을 생생하게 전달하기 위한 말줄임표의 빈번한 사용(그런데... 말이지... 어제는... 등) 등이 그것이다.

또한 유닉스에서 시작된 각종 표정언어(Smilei)도 자주 사용되고 있다. 즉, ^^;(당황한 얼굴), O.o(의심하는 얼굴), O.O(놀란 얼굴), T_T(우는 얼굴), *.*(황홀한 표정), >_<(찡그린 얼굴), ^_^(미소), ^o^(웃는 얼굴) 등이 시어로 편입되는 현상이 나타나고 있다.

다음 시는 물음표와 말줄임표를 의도적으로 사용하여 창작된 것으로, 그다지 과도하지 않은 상태에서 문법 파괴 시의 경향이 어떤 것인지를 살펴보는 한 예가 될 수 있다.

　　　　글쎄요???

　　　글쎄요?
　　　당신을사랑하는것일까요?
　　　잠들땐꼭당신얼굴생각나는게...
　　　좋은옷을보면당신생각나는게...
　　　공중전화박스에서당신호출번호생각나는게...
　　　글쎄요?
　　　당신도저를사랑하는것일까요?
　　　잠들땐꼭전화해많은예기나누는게...
　　　저의눈과마주치면어쩔줄몰라하는게...
　　　저의예길들으면늘편하다고하는게...
　　　글쎄요?글쎄요?글쎄요?　(이은홍)

이런 표현들은 딱딱한 정식 문법어에 비해 평소의 자기 언어 감각에 가깝기 때문에 편하고, 상대방에게 친근감을 줄 수 있다는 점에서 사이버 문학에서 자주 사용된다. 그리고 이처럼 표정언어나 각종 통신 언어 특유의 모습들을 보여주는 사이버 문학은 산문의 경우 이미 나름대로의 가치를 어느 정도 인정받고 있다. 시에서는 아직 그 미적 완결성의 현격한 미달로 인해 조야한 느낌을 탈피하지 못하는 한계를 드러내어 크게 주목받지 못하고 있지만, 이런 류의 언어 사용이 현재 사이버 공간에서는 지극히 자연스러운 언어 감각이라는 점에서 역시 그 진행 과정을 주목해 볼 가치가 있다.

4.2. 새로운 시도

앞에서 살펴본 양상들은 지극히 정적이며—여전히 텍스트 중심적이라는 점에서—, 다소 일반적—기존에 유사한 방식이 충분히 있었다는 점에서—인 측면을 가지고 있다. 그런데 사이버 공간에는 이와는 달리 동적이며 가변적이고 파격적인 형태의 새로운 시 양식도 한편에서 제시되고 있다. 멀티미디어 시, 하이퍼 시, 가변시, 실시간 공동 작업시 등이 그것이다.

4.2.1. 멀티미디어 시(Multimedia Poem)

멀티미디어 시란 기존의 텍스트 위주의 시에서 탈피하여 그림이나 사진, 그래픽, 사운드 등과 텍스트를 결합한 형태의 시를 의미한다. 위에서 살펴본 전자책과 비슷한 발상이나, 전자책이 여전히 텍스트를 위주로 하고 있는 반면에 멀티미디어 시는 그래픽이 주가 되어 텍스트가 전체 구성의 일부분을 차지할 뿐이라는 점에서 차별성을

가진다.

시에서 그래픽의 사용은 전통적으로 특수 효과를 위해 부분적으로 사용하는 정도에 머물렀으나 요즈음에는 아예 컴퓨터 그래픽스가 아니었으면 불가능했을 전혀 새로운 표현이나 플롯의 작품도 속속 등장하고 있다. 이전까지 시는 기본적으로 텍스트를 기반으로 한 것이어서 그래픽은 보조적인 존재에 머물렀다. 그러나 근래 발표되는 사이버 시에서는 글 자체도 하나의 이미지로 처리되어, 전체적으로 볼 때 글과 그림, 여백이 서로 어우러지는 이미지로 배치(layout)되고 있다. 이런 것은 앞 쪽에 제시한 멀티미디어 시에서 확인할 수 있다.

이러한 멀티미디어 시가 시도되는 것은 네티즌들의 상상력이 많은 부분 대중 영화, 만화, 애니메이션 등에 기반하고 있다는 반증이 되기도 한다. 현재까지는 주로 정태적 텍스트에 활력을 불어넣을 목적으로 그래픽이나 음악 등이 쓰이고 있으나, 좀더 작업이 진행된다면 시간과 공간의 제약성을 탈피하는 형태의 시도 시도될 만하다. 그런 점에서 이 부분은 앞으로 많은 변화와 새로운 시도가 덧붙여질 것으로 기대된다.

4.2.2. 하이퍼 시(hyper Poem)

사이버 공간의 특성을 가장 잘 이용하고 있는 것 중의 하나가 바로 하이퍼텍스트(hypertext)를 이용한 멀티 텍스트(multi-text), 즉 하이퍼 시라고 할 수 있다. 익히 알려진 바지만, 매킨토시 특유의 프로그램인 <하이퍼카드(HyperCard)>에서 사용하여 유명해진 하이퍼텍스트 기능이란 하나의 문서에서 다른 문서로의 연결을 가능케 하는 문서 작성 방법의 일종으로, 문서의 특정한 위치에 표식을 만들어 두었다가 그 위치로 이동할 필요가 있을 경우 한 번의 키 조작이나 마우스 버튼의 조작으로 이동하는 것을 말한다. 하이퍼텍스트로 연결된 곳은 흔히 초록색 또는 파란색 글자로 표시되거나 연결된 단어나 구절 밑에 밑줄을 그어두는 것으로 제시되며, 이곳을 누르면 미리 연결해 둔 다른 문서로 즉시 이동할 수 있게 된다.

바로 이런 하이퍼텍스트의 기능을 이용하여 현재 사이버 공간에서는 새로운 유형의 시가 만들어지고 있다. 다음에 제시한 시는 하이퍼텍스트의 기능이 어떻게 실제 시 창작과 결합되고 있는지를 보여주고 있는 좋은 예이다.

강가의 풀섶에 우리가 누워

사랑하였던 당신,   강가의 풀섶에 우리가 누워 별들을 바라 볼 때에 귀를 통하며 불어 넣었던것은 무엇이었던가요. 숨이 막히 면서 귀를 멍멍하게 하며 아무 소리도 듣지 못하게 하였던 것은 무엇을 위한 마음이었나요.

어머니, 어머니, 나의 어머 니. 굽은 골목 우리 집, 그 집의 채송화 물은 지금은 누가 주고 있나 요. 동생인가요. 오빠인가요. 이 남자인가요.

그 때 누구의 무슨 시간을 보여 주었나요. 저의 것인가요. 당신의 것인가요. 아니면 당신의 옛 여자의 구겨진 것이었나요.

無人自動販賣機 !

강물이 일렁일 때 강물 속의 물고기가 흔들리고 있었지요. 손은 그 때에 저의 몸 어디에 있었나요. 그 곳에서 무슨 물고기를 보았나요. 혹시 찌가 움직이는 것을 보았나요. 뚤채나 준비하고 있었나요. 살아 있으면서 죽은 것 은 무엇이었고 죽은 것 중에서 되살아난 것은 무엇이었나요.

꽃병에는 꽃이 없어요. 꽃을 담아둘 물은 있나요.

흩어 주었다면, 흩어주었다면, 흩어진 것들을 다시 모아 주었다면, 아 직도 화학 냄새나는 싸움터에서 뼈를 추려 주는 손길같이 모아 주었 다면, 나를 위하여, 어릴 때 만났던 그 바람이 다시 불어 오면서 쉰 목

: 와르

이 시는 <버전업 1.1>에 발표한 김연신의 시 <강가의 풀섶에 우리
가 누워> 중 일부분이다. 시 곳곳에 하이퍼텍스트 기능이 활용되고 있
음을 알리는 밑줄 그은 초록색 글짜가 보이는데, 이곳을 누르면 새로
운 시행이 나오게 된다. 예를 들어, 첫 번째 하이퍼텍스트 연결점인
'그날'이라는 글자를 누르면, "그날, 늦은 추위가 다시 오고 일찍 핀
봄꽃들이 땅에 떨어진 날. 세상에 향기만 남아 있고 / 형체는 없어진
날. 향기를 따라서 형체를 찾으러 울고 가는 모양 하나."라는 새로운
시행이 나타나게 된다.

이 시를 읽는 독자의 경우 서로 교차되어 있는 연결점 중 하나를
선택해 마우스 버튼을 누름으로써 언제나 원하는 화면을 고를 수 있
으며, 만약 선택을 다시 하고 싶다면 언제든지 원 화면으로 돌아가
다른 연결점 중 하나를 선택하면 된다. 따라서 이 경우 시의 의미 맥
락은 독자의 자의적인 선택에 따라 끊임없이 유동적인 상태가 되며,
독자는 시에서 시인이 규정하는 일관된 의미 맥락을 찾아야 할 필요
성이나 의무감을 느끼지 못한다. 따라서 이런 유형의 텍스트는 항상
가변성을 지닌 잠재태로만 존재할 수 밖에 없게 된다. 창작자의 입장
에서 볼 때는 시의 논리적 의미 파악을 거부하는 새로운 형태의 시도
이며, 독자측에서 볼 때도 고정된 의미의 강요에서 벗어나 자유롭게
자신만의 의미를 찾기를 원하는 네티즌들의 한 속성을 시형으로 대변
한 것이 바로 하이퍼 시인 것이다. 이런 점에서 하이퍼 시는 멀티미디
어 시와 함께 사이버 공간에서 새로운 시 양식을 주도하는 중요한 한
유형이라 할 수 있다.

4.2.3. 可變詩(Recall or Version Poem)

가변시란 1차 텍스트를 내놓은 후 독자와의 대화나 품평회를 통해
나온 문제점을 지속적으로 수정하여 최종 텍스트를 완성하는 방식의

시를 말한다. 즉, 자신이 쓴 시를 사이버 공간에 제출한 후 이 작품에 대한 독자의 비판과 지적을 수용해 최초의 시를 모태로 한 새로운 버전의 시를 만들어내는 것이며, 이 새로운 버전의 시가 새로운 원본이 된다. 이 경우 최종 텍스트가 나오기 전까지[17] 모든 텍스트는 작자와 독자가 협력하여 만들어내는 유기적인 의미 구조를 가지게 됨으로 끊임없는 다시 읽기의 대상이 되며, 전통적인 작자-독자의 구분은 상당 부분 희석되어 버린다. 현재 미국 문단에서는 이런 형태의 작품이 자주 시도되고 있다고 하며, 우리도 사이버 공간에서 활동하는 일부 시인과 독자들에 의해 시행되고는 있으나, 아직까지는 일반화되지 못해 생소한 감을 주는 시 작업이라 아니할 수 없다. 그러나 독자의 반응이 실시간으로 확인되는 사이버 공간의 특성을 고려한다면, 이런 유형의 작업은 앞으로 많이 시도될 수 밖에 없을 것으로 보인다.

4.2.4. 실시간 공동 작업시

현재 사이버 공간에서 이루어지고 있는 시 창작 작업 중 또 하나 놓칠 수 없는 것은 실시간 공동 작업에 의해 시를 만들려는 시도가 이루어지고 있다는 점이다. 이런 방식의 공동 작업은 1980년대에 일각에서 시도했던 '집체작'과 비교할 만하다. 그런데 양자는 작업의 과정에 있어 중대한 차별성을 가지고 있다. 즉, 1980년대의 집체작은 비록 공동 작업 형태를 취해 진행되기는 하였으나 일관된 흐름을 중시하여, 사전에 그 구체적인 방향과 흐름을 결정한 후 주로 한 사람이 대표 집필을 하고 다른 사람들은 이에 대해 일정한 의견을 제시하거나 부분적으로 덧붙여나가는 방법으로 이루어졌다. 하지만 요즈음에 시도되

---

17) 독자의 관심이 지속되고 문제점이 지적되는 한 모든 시는 항상 잠재태에 불과할 뿐이어서, 사실상의 최종 텍스트란 존재하지 않는다고 보는 것이 옳을 것이다.

는 공동 작업에 의한 시는 일정한 흐름을 규정짓지 않고 처음부터 전원이 작업에 함께 참석하여 실시간으로 민주적인 집단 토의를 거쳐 이루어지고 있다는 점에서 당시의 집체작과는 일정한 변별성을 가진다.

현재 사이버 공간에서 이루어지고 있는 실시간 공동 작업의 실례를 들어보자.

> bluebook 첫행을? 밥을 먹는다(어때요?)
> ORPHEE 그게 맨 첫 행?
> bluebook 예.
> rulrara 함 해보자
> bluebook 밥을 먹는다.
> ORPHEE 파랗게 날뛰는 밥을 삼킨다
> bluebook (멋진 발전이다)
> ORPHEE (혹은 '먹는다'로 똑같이)
> bluebook '먹는다'가 낫겠어요
> rulrara 저도
> ORPHEE 파랗게 날뛰는 밥을 먹는다
> ORPHEE 밥은 그릇에서 쫓겨나 공간으로 변한다
> rulrara 꿈에서 쫓겨난 밥을 먹는다
> ORPHEE 피곤한 꿈은 입을 다물고 있었으므로
> bluebook 꿈이 그 어마어마한 식탁으로
> rulrara 잠들기 위해서도 한 끼 밥의 힘이 필요하다
> bluebook 그 행은 톤의 힘이 빠진 듯 해요..

> 밥을 먹는다
> 파랗게 날뛰는 밥을 먹는다
> 꿈에서 쫓겨난 밥을 먹는다
> 피곤한 꿈은 입을 다물고 있었으므로
> 꿈이 그 어마어마한 식탁으로

내 위장을 점령하고 있다

이것은 실시간 공동 작업을 하기 위해 하이텔의 대화방에 모인 세 명의 시인이 주고받은 대화의 일부분이며, 아래에 적은 것은 이런 작업을 통해 완성된 <남의 밥>이라는 시의 앞 부분이다. 사이버 공간에서 많은 사용자들이 즐기는 머드(MUD: Multi User Dungeon) 게임을 하는 듯한 이런 작업은 자신이 직접 참여하여 보고 듣고 말하고 부딪치면서 만들어가고, 따라서 즉흥성과 순발력이 무엇보다 중요하다는 점에서 기존의 인쇄매체를 통해 발표된 시들의 창작 과정과 근본적인 차별성을 가진다. 반면, 바로 이런 점 때문에 상대적으로 면밀한 퇴고나 진지한 성찰 과정이 생략되거나 누락되는 문제점 역시 나타나고 있어, 그 미적 완결성에 대해서는 논란의 여지를 남기고 있다. 하지만, 자신이 바로 창작 주체가 되어 다른 사람과 온라인상으로 연결된 상태로 실시간으로 대화하며 작업할 수 있고, 그 과정에서 창작의 즐거움을 동시에 즉각적으로 누릴 수 있다는 점과 창작 환경 변화에 발맞춘 새로운 가능성의 타진이라는 점에서 실시간 공동 작업 시 형태의 의의는 크가 하겠다.

5. 끄기

이상에서 살펴 본 것처럼, 기존 인쇄 매체를 통해 발표되어온 시들과 비교해 볼 때 아직까지 사이버 공간에 발표되는 시들은 본 궤도에 올랐다고 보기에는 미흡한 점이 많다. 양식상의 실험이 아직 충분히 이루어진 것으로 보기 어려울 뿐더러, 본고에서는 자세히 다루지 못했지만, 새로운 의미 획득도 아직은 불충분한 것으로 보인다. 또한 현재까지 발표된 작품에 나타난 양식상의 실험 역시 상당 부분 입체파

나 다다이즘에서 시도되었던 것과 크게 다른 면모를 보이지는 못하고
있다. 그러나 그런 중에도 작가의 권위나 독자에게 일방적 전달이라는
기존 인쇄 매체의 작가-독자의 관계가 상당 부분 와해되고 있으며, 기
존에는 시도되지 않았던 새로운 유형의 실험들이 현재 사이버 공간에
서 활발하게 진행되고 있음을 확인할 수 있다. 또한 이런 종류의 다양
한 실험들이 점차 네티즌들의 지지를 획득해 나가는 것으로 확인되는
바, 이런 점에서 그 변화 과정과 귀추에 주목해 볼 가치가 있다고 생
각한다.

(이 글은 1998년 10월 31일에 발표한 「전자시대와 시문학의 대응 양상」
의 내용을 조금 보완하여 1999년 5월에 완성한 것이다. ―글쓴이)

이미지와 가상 현실
-1990년대 한국 소설의 영상화

조 정 래

1. 1990년대 작가들의 빠른 변신

자본주의 산업 사회 이후 소설 장르는 문학의 중심 장르로 부각하여 가장 비중 있는 읽을거리의 위치를 차지해 왔다. 그만큼 개인과 사회의 관계를 해명하고 나아가 개인과 사회의 관계를 건강하게 유지할 수 있도록 하는 데에 소설이 큰 기여를 해 왔다고 볼 수도 있다. 그런데 소설이 이처럼 강력한 문화 수단으로 부상한 데에는, 근대 사회 이후 개개인이 자기의 삶을 이해하기 위하여 이야기를 필요로 한다는 사실이 중요한 요인으로 작용하였다.

어느 시대에나 그 시대에 맞는 이야기를 필요로 하였지만, 근대 사회가 특히 양적으로 이야기를 생산해낸 것은 삶이 개별화되면서 동시에 다양화되었기 때문이다. 이야기는 그 다양하고 개체화된 삶들에게 구체적인 자기 확인의 길을 제시해 주기 때문이다. 생활이 복잡해지고 개인의 욕망과 사회적 틀의 충돌이 문제가 될수록 이야기는 복잡해지고 구체화되어야 했다. 소설 장르가 중요한 읽을거리로 부상한 데에는 이처럼 이야기의 기능이 강조되었음을 주요인으로 들어야 한다. 개인의 주체적 삶을 중요시하는 과정에서 개인의 삶에 대한 여러 상황과 조건, 혹은 관계를 보여 줄 수 있는 이야기를 가장 구체적이고 사실적으로 담아낼 수 있는 양식이 바로 소설이었던 것이다.

그러나 최근에 와서 소설의 이러한 지배적 위치는 크게 흔들리고 있다. 소설의 기능이 크게 위축될 것이라는 예측은 이미 여러 각도에서 나오고 있고, 실제로 소설을 읽는 독자의 층이 늘어나지 않고 있다. 1990년대에 들어서서는 이렇다할 밀리언 셀러가 나오지도 않았다. 특히 영화나 만화 양식이 번창하면서 이야기를 전달하는 서사문화의 주도권 싸움이 눈에 보이지 않게 진행되어 왔다. 이러한 현상이 왜 일어나는가, 혹은 이 현상이 일시적인 것인가 하는 문제들은 더 논의를 진행해야 할 과제이다. 당장은 이러한 현상이 소설의 변화, 또는 변혁이나 변이를 어느 정도 유도할 것은 틀림없다는 예측에서 더 나아가기는 어려울 것으로 보인다.

소설 장르는 어떤 형태로 달라질 것인가? 새로운 세기의 사회 성격이 어떻게 변화할지 모르기 때문에 소설 장르가 어떻게 변할 것인가에 대한 전망이나 예측은 무척 어려운 일이다. 미래를 내다보려면 현재를 정확하게 진단해야 한다. 현재가 원인이 되고 그 원인들이 축적되어 미래의 어떤 결과를 낳는 법이다. 그렇다면 소설의 미래를 예측하기 위한 가장 쉬운 방법은 앞으로 중심 세력을 형성하여 소설 문단을 이끌어 갈 젊은 작가들의 경향을 분석해 보는 것이다. 이른바 신세대 작가라고 하는 이들이 바로 그 대상이 될 수 있다. 신세대 작가들이 앞으로 새로운 세기가 펼쳐지면서 중심적인 역할을 할 작가들이라면, 그들이 어떠한 경향을 지니고 있고 그 경향이 어떤 방향으로 나아갈 것인가를 탐구해 봄으로써 우리 소설문학의 단기적인 변화는 어느 정도 점칠 수 있을 것이다.

우리 문학사에서 신세대 작가라는 용어를 어떤 시대적 징후로 삼아 논의한 적이 세 번 있다. '신세대'라는 용어를 말 그대로 새로운 세대라는 보편적 개념으로 받아들이면, 문학사적 의미를 지니기 어렵다. 늘 세대를 바꾸면서 역사는 나아가기 마련이므로, 신세대는 어느 시대에나 있게 마련이다. 그러나 이 용어가 하나의 사회적 관심 담론으로 떠오를 경우에는, 신세대라는 개념이 당연한 역사 진행에 따른 보편적 현상을 뜻하는 데에 머물지 않고 어떤 시대적 특성을 문제삼게 된다. 즉 사회의 변화가 극심하거나 큰 변혁이 있거나 혹은 사회적 위기감이 농후하게 감지되거나 하는 그런 경우이다. 신세대 작가라는 말도 마찬가지로 일정한 의미를 가지는 시대적 징후 속에서 쓰일 때에 비로소 문학사적 의미를 갖는 법이다.

우리 문학사에서 신세대 작가라는 용어가 처음 제기된 것은 1930년대 중반기이고, 두 번째는 1950년대 전쟁 직후이다. 두 경우를 간략하게 비교해 보면 어떤 공통점을 발견할 수 있다.

첫째로, 두 번 다 시기적으로 사회적 위기감이나 좌절감을 크게 겪을 때 발생했다. 30년대에는 파시즘이 강화되면서 전쟁 체제가 굳어지는 시점이었고, 50년대에는 말 그대로 전후의 허무감이 암운처럼 사회를 뒤덮었다. 신세대라는 개념이 대두된 것은 사회적 안정성이 흔들릴 시점이었음을 알 수 있다. 전쟁 전후에 사회적 위기가 팽창하는 시점에서는 보수적이고 전통적 가치가 위력을 발휘할 수 없다. 따라서 사회적으로나 문화적으로 기존의 가치 체계는 의심받을 수밖에 없다. 바로 이러한 시점이 신세대라는 도전 세력의 존재적 기반을 제공한 것이다.

그 다음, 두 번 다 신세대라는 이름으로 등장한 작가들은 삶의 현상과 실재론적 문제에 관심을 두었다. 30년대의 신세대 작가였던 김동리, 황순원 등이 삶이라는 그 현상 자체에서 서사의 핵을 찾았다면, 이범선, 김성한, 장용학, 선우휘 등 50년대 신세대 작가들은 실존적 뿌리에 초점을 두었다. 즉 현상학 혹은 실존주의적 가치관에 기반을 두었다고 할 수 있다.

셋째로, 그런 만큼, 신세대라는 이름으로 새로운 문학 체계를 선도하면서 두 경우 다 신세대 작가들은 극우파적 경향을 지녔다. 그리고 그 성향 때문에 이후 문단의 형성에서 주도적 구실을 할 수 있었다. 말하자면 신세대라는 이름으로 이데올로기에 편승하면서 문단의 새 조류를 만들어낸 그들은, 이후 일단의 문단적 권력을 형성하게 되었던 것이다.

1990년대에 진입하면서 우리 문학사는 또 다시 신세대 작가에 관한 논의에 마주쳤다. 물론 이들 신세대 작가와 이전의 신세대 작가들을 같은 성격으로 묶을 수는 없을 것이다. 그럴 만한 구체적 근거를 아직 찾을 수 없다. 그럼에도 이전의 문학사적 현상들에서 보았던 변화를 90년대의 신세대 작가들에게서 다시 마주치게 될지도 모른다는 조짐마저 부정할 필요는 없을 것이다.

첫째, 앞의 두 시기가 그랬듯이 지금 우리는 사회적 위기감과 좌절감을 심각하게 느끼고 있다. 물론 그 성격이 30년대나 50년대와는 다르다. 지금의 위기감은 세기말적 현상이라는 철학사적 성격을 갖기도 하면서 과학 기술의 무분별한 치솟음에 의한 문명사적 의미를 지니기도 한다. 동시에 경제 체제의 급진적 변화와 정보통신사회의 단절감이 파생하는 사회사적 현상이기도 하다. 그러나 그 위기감의 원인이 눈에 보이지 않고 그만큼 전망을 확보할 수 없다는 점에서 지금의 위기감과 절망감은 이전 시대보다 더 근원적이고 암담하며 깊다.

따라서 30년대, 50년대와 마찬가지로 신세대 작가들은 존재의 현상에 관심을 갖는데, 그것은 늪과 같은 절망감에 대한 반응의 하나이다.

가장 대표적인 작가로 윤대녕과 신경숙을 들 수 있다. 이들은 다 존재의 내부를 들여다보되 현상적으로 본다. 따라서 존재의 내면, 특히 객관적이고 철학적인 혹은 보편적인 내면이 아니라 주체의 자각적 현상으로서 내면을 들여다보고 표현한다. 비록 그 방향은 작가마다 다르지만, 공통되게 다루고 있는 것은 존재 현상이다. 그런데 이들 이후에 나타난, 최근 기준에서 신세대 작가라고 할 수 있는 이들의 후배 작가들은 더욱 더 현상에 집착하고 실존적 문제에 관심을 갖는다.

둘째로, 이들 신세대 작가들은 비록 진보적 입장을 표방하고 있지만, 그들의 진보성은 우파적 성향에 뿌리를 두고 있다. 그들은 풍성한 경제적 토대에 기반을 두고 삶을 바라보며, 그만큼 산업사회가 배출해 놓은 억압과 소외 현상을 창작의 대상으로 삼을 때 현실 비판과 진보적 방향 추구가 가능하다.

셋째, 이전의 신세대 작가 논의 결과를 통해 유추해 볼 때, 이전의 신세대 작가들이 그러했듯이 90년대 신세대 작가들도 다음 세대의 문단에서 주류를 이루게 될 가능성이 크다. 세대 논의 자체가 그러한 가능성을 담지하고 있다. 지금 신세대 작가들의 공통된 또 하나의 특징은 이들이 빠르게 문단에 흡수되고 자기 자리를 만들고, 자신들의 세계를 펼치는 데에 거침이 없다는 사실이다. 최근에 등단한 작가들이 어느 정도의 문장 수업을 받았는지는 알 수 없으나 문장력에 있어서 그 수준이 고르지 못하다. 그러나 자기 이름을 문단에 알리고 작품을 여기저기 잡지에 올리는 데에 시간이 그다지 걸리지 않았다는 점에서는 공통적이다. 그래서 그런지 자기 세계를 구축하는 작업도 빠르고 쉽게 해내는 듯하다.

자기 세계를 문단에서 빠르게 구축함은 그만큼 자기 개체에 대한 집착이 강함을 의미한다. 그러나 자기의 세계에 대한 자아 집착이 강한 반면 그에 대한 깊은 성찰과 책임의식은 따르지 못한다. 성찰의 깊이가 책임감의 강도는 속도감에 반비례하는 것인데, 어쨌거나 이들의 창작 속도나 발표 지면의 확보는 참으로 빨라서 쉽게 세대적 공유 공간을 형성하였다.

따라서 이른바 신세대 작가들의 작품 경향을 세밀하게 분석하고, 그들의 공통된, 그러면서도 분명하게 인지할 수 있는 특성을 찾아낸다면, 앞으로 소설이 어떻게 변신할 것인지 하는 방향을 감지할 수 있으리라 본다. 물론 변화의 모습은 다양한 요소에서 번져 갈 수 있다. 기법에서, 혹은 작가의 내면 풍경에서 혹은 언어에서, 변화가 시작하고 그에 따라 소설의 성격이 달라질 수 있다.

그러나 여기서는 그런 요소들을 일일이 챙겨볼 다양한 시각을 필자가 채 갖지 못하였으므로, 그 중 한 요소인 소설의 영상문학화 혹은 이미지화를 중심으로 신세대 작가의 특징을 분석함으로써 우리 소설의 변화 방향에 대한 예측의 실마리를 찾아 보고자 한다.

2. 이미지, 수단에서 목적으로

신세대 작가라는 용어를 보편적으로 사용하지만, 워낙 작가들의 경향이 빠르게 나타나고, 그 방법적 기반도 다양하므로 신세대 작가라는 용어 하나로 1990년대 초기와 후기의 작가를 한 울타리에 묶기는 어렵다. 최근의 신세대 작가들은 90년대 초의 신세대 작가들과 조금씩 다른 성향을 보이기 시작한다. 윤대녕, 신경숙, 박상우, 구효서 등 90년대 초기에 주로 두각을 나타낸 이른바 선배 신세대 작가들은, 기존의 작법에 대한 반감을 갖고 더 세밀하게 존재의 내면에 침투해 가는 문장을 다듬어 내었다. 기본적으로 그들의 미적 감각은 언어에 기반을 둔 것이고 언어를 활용한 서사를 버리지 아니하였다. 물론 이전의 작가에 비하면 인과율을 바탕으로 한 서사성의 전통 자체를 신뢰하지 않았으므로, 서사성의 골격을 많이 와해시키기는 하였지만 서사성 자체를 무시하지는 않았다.

이들에게서 배운 후배 신세대 작가들은 이제 그 서사성에 대한 의심을 노골적으로 드러내면서 서사성 자체의 고유한 골격을 부수려 하고 있다. 그들은 이야기가 본질인 소설을 쓰면서도 서사에 의존하기보다는, 표면적으로는 서사적 언어에 기대면서도 실상은 시각적 이미지를 추구하는 데에 더 치중하고 있다.

이미지란 생각과 느낌을 구체화하기 위한 가상적 영상을 의미한다. 슬프다, 기쁘다, 그립다, 귀엽다 등의 느낌이나 감각 혹은 마음의 작용 등은 눈으로 볼 수 없다. 그러므로 실제적으로는 있지만 그 있음을 이야기하기는 어렵다. 우리가 이야기를 필요로 하는 이유는 한편으로 나를 발견하면서 나와 세계를 소통하기 위함에 있다. 서로 통하기 위해서는 보이지 않는 세계, 혹은 우리가 알지만 표현의 공유 수단을 갖지 못하여 소통할 수 없는 세계마저도 이야기할 수 있어야 한다. 물리적 어려움을 극복하여 보이지 않는 것을 이야기로 만들고 소통할 때 우리는 진실을 나눌 수 있다.

그것이 어렵기 때문에 가상적인 영상을 만들어, 보지 못하는 것을 볼 수 있게 꾸미고, 그 영상을 매개로 하여 서로의 소통을 일궈내기 위하여 개발한 것이 이미지 기법이다. 즉 이미지란 우리의 행동과 생각, 감정, 욕망에 대하여 시간을 초월한 소통적 대화를 위한 매개 수단이다. 물론 이미지란 언어로서만 만들 수 있는 것이 아니다. 가장 원시적인 이미지 생산의 수단은 그림이었다. 오늘날 예술의 발달사는 어쩌면 이미지의 구체화를 위한 역사였다고 보아도 무방할 것이다. 그것은 이미지야말로 추상과 구상을 결합하는 수단이면서 세상을 이해하는 방법이기 때문이다.

그 수단을 가장 치밀하게 기법화하여 언어로서 영상을 만들어 낸

이들은 시인들이다. 물론 화가들은 훨씬 실상적으로 이미지를 직접 이용한다. 이미지로서 소통을 하는 수단은 매우 빠르다는 강점이 있다. 그러나 이 수단은 현상적이어서 고도의 형이상학이나 성찰을 담아내기에는 그 자체로는 역부족일 뿐만 아니라 성찰의 철학적 전개를 방해할 수도 있다는 약점을 가지고 있다. 음악이나 미술이 빠르게 감각을 움직이게 하여 느낌을 주는 데 반해 철학적 기능이 약한 것은 이러한 까닭이다.

상대적으로 문학은 직접 감각을 이용하는 미술이나 음악과 달리 언어를 매체로 이용하기 때문에 가장 깊은 상상력과 철학적 탐구를 통하여 소통을 구체화할 수 있는 장르이다. 그런데 너무 이미지에 집착하면 그런 언어 매체의 장점을 상실하게 된다. 현대에 와서 갈수록 사회가 복잡해지고 관계도 다중적이 되며 사물을 이해하는 각도도 넓어지게 되었다. 반면에 사물을 주체가 수용함에는 속도감을 요구하게 되었다. '더 쉽게, 더 빨리'라는 요구에 부합하는 것이 이미지의 활용이다.

특히 통신매체가 발달하고 정보사회화가 빠르게 진행되면서 모든 사물을 이미지로 환원하여 통신의 대상으로 삼고, 이미지 자체를 통신의 수단으로 삼게 되었다. 어느 한 기업의 로고는 그 기업을 상징하는 데에 그치지 않고 특정한 상품에 대한 신뢰도의 이미지로 작용한다. 마찬가지로 사랑, 행복, 가슴 떨림, 죽음, 고독 등의 사물들도 이미지를 통해 전달하고 이미지로서 의미를 확보하게 된다. 이러한 이미지 수단의 범람에 큰 몫을 하는 것이 CF들이다. 영화관이나 텔레비전에서 보는 CF는 이미지를 미화하고 모든 전언을 이미지로 바꾸는 데에 탁월한 기법과 흡인력을 개발해 내었다. 이런 영상들은 너무나 우리에게 익숙하고 심지어는 하루하루가 이런 영상 이미지로 채워진다고 여길 정도이다.

이미지 수단에 의한 상품화, 통신화, 정보화 사회는 자연스럽게 시각적 문화를 모든 문화의 중심으로 끌어오게 된다. 그러나 그 시각적 문화가 지나치게 추상적이거나 형이상학적이어서는 상품화에 도움이 되지 않는다. 왜냐하면 이 시각문화의 흐름은 그 자체가 정보통신사회의 산물이고 그런 만큼 소통되는 것이 일차적으로 중요하며, 또 시각문화로의 추이는 소비적 욕망에서 출발한 시장문화이기 때문에 어렵고 까다로워서는 안 되는 것이다. 다시 말하면 최근의 이미지화로 이루어지는 시각 중심 문화들은 다분히 통속적이고 풍속적이며 생활적이다.

한편 정보통신화에 따른 개인의 소외감과 격리감은 끊임없이 이야기를 필요로 한다. 그러나 그 이야기는 개인의 사정을 위로해 줄 수 있으면서 개인과 사회를 연결짓는 것이어야 한다. 서사를 담고 있되 서사 본래의 골치 아픈 관념성을 떨쳐 버리고 쉽고 편안하며 빨리 내 것으로 소화할 수 있는 이야기를 원한다. 그리고 그 이야기는 언어적 상상력을 매개로 하여 수용할 대상이 아니라 시각적 방법으로 쉽게 수용할 그런 대상이어야 한다. 이런 욕구에 가장 합당한 장르가 영화이다.

영화는 종합예술이지만 근본적으로 이미지를 결합하여 이야기를 전달하는 시각적 문화체이다. 따라서 소설이 주류를 이루던 문화 권역에서 급격하게 영화가 지배력을 넓혀 가고 있다. 물론 그 지배력은 대중문화에서 출발한 것이지만, 예술적 영역에서도 영화가 급격하게 부상하고 있다. 이러한 현상은 바로 이미지를 중심 매체로 삼는 변화 과정을 반영하는 것이다. 이러한 과정에서 점점 이미지는 수단에서 목적으로 탈바꿈하고 있다. 어떤 메시지와 생각이나 정서를 전달하고 표현하기 위한 수단으로서 사용되었던 이미지가 이제는 표현의 목적 자체로 대두하는 것이다. 이제 독자 혹은 관객들은 무슨 이미지가 있는가를 보려고 소설에 접근한다.

영화, 혹은 영상매체가 서사양식의 지배력을 높여감에 대하여 특별히 가치 부여를 할 필요는 없다. 영상문화가 비중을 확대하여 간다고 해서, 그 사실 자체 때문에 우려해야 할 어떤 이유도 없는 것이다. 그럴만한 이유가 있기 때문에 그러한 현상이 보편화되는 것이다. 그러나 이러한 현상이 자본의 횡포라든가, 자본의 이데올로기가 만들어내는 허상에 의한 것이라면 우리는 경계를 늦출 수가 없다. 이는 문화 현상이 우리의 삶을 억압하고 이용하며 왜곡시키는 결과를 초래할 것이기 때문이다. 따라서 현실의 이미지화가 급격하게 유행하는 지금 우리가 걱정해야 할 것은 영상화의 진행 자체가 아니라, 영상화의 성격이다.

현실에 대한 비판력을 상실하고, 이미지에 사로잡혀 주체를 상실해 버리는 현상은 매우 두렵기도 하다. 이미지가 수단에 머물지 않고 목적으로 부상해 버리면 영상적 기능의 특성상 우리의 문화적 기능은 크게 상업의 논리에 종속되고 말 것이다. 그런데 그나마 성찰과 비판의 기능을 맡아야 할 언어예술인 문학마저 이미지를 목적으로 삼아버리면 그 위험성은 더욱 커지게 마련이다.

3. 상상력과 가상 현실

우리는 소설을 왜 읽는가? 영화는 왜 보는가? 소설과 영화에는 현실과 다른 또 하나의 세계가 있다. 소설과 영화를 보면서 우리는 내가 속하지 않은 또 하나의 세계를 엿본다. 남의 삶을 엿보는 것 자체가 하나의 흥분이며 쾌락이다. 엿보고 엿듣는 일에서 느끼는 즐거움은 거의 본능적인 것인데, 현실에서 그런 일은 비윤리적이며 반교양적인 행위이며 심지어 범죄이기도 하다. 그러나 소설이나 영화는 실제 세계가 아니라 만들어낸 세계를 우리 앞에 던져 주고 엿보는 쾌감을 즐기라고 한다. 이 엿봄은 그 대상이 실제 현실이 아니라, 관습적 장치에 의해 만들어진 세계이므로 떳떳한 문화 행위가 된다. 그러나 엿보고 엿들음에서 오는 얄궂은 쾌감을 내포하고 있는 것은 여전하다.

우리는 왜 엿보기를 즐겨할까? 그것은 타자의 영역에 침범하는 데에서 오는 약탈 본능의 산물은 아닐까? 혹은 은밀한 타자의 생활을 나의 생활과 비교하면서 나의 살아 있음을 확인하는 즐거움은 아닐까? 또는 타자의 비밀스러움을 들여다봄으로써 느끼는 도둑놈 심보에서 오는 즐거움은 아닐까? 어느 것이 정답인지 잘 모르겠지만 확실한 것은 내가 엿보는 세계에 나는 속해 있지 않다는 사실이다. 그것은 나의 세계와 저 쪽 세계를 단절시켜 보는 것이며, 그런 분리 작업을 통하여 나의 비밀스러움을 유지한다는 착각에 빠지기도 한다.

내가 속하지 않은 타자의 세계를 엿볼 때, 그 세계는 원천적으로 나와 분리됨으로써 하나의 비현실이 된다. 나로서는 나를 남의 세계에 투영시켜 보는 가상 현실을 눈앞에 두게 되는 셈이다. 소설이든 영화든 잘 만들어진 작품에서는 그 가상 세계가 어떤 통로를 통해서든 실제 현실, 즉 나의 삶과 연결된다. 독자 혹은 관객에게 자신의 현실을 되돌아보게 하는 힘을 그 작품이 가지고 있다는 뜻이다. 다만 소설은 그 과정이 직접적 시각을 통해서가 아니라 상상력을 통해서 이루어지는 반면 영화는 영상이라는 매체를 활용하여 직접적 시각을 통해서 접하도록 한다. 이 점에서 소설이 영화보다 감각적 전달력이 약하다고 할 수 있는데, 그러므로 오히려 더 다양하고 깊이 있는 삶의 탐구가 가능하기도 하다. 직접성과 감각성이 철학적 사고의 깊이를 차단할 가능성이 많기 때문이다.

최근에 몰래카메라가 전세계적으로 유행한다고 한다. 소형 렌즈 개발 등의 기술적 발전이 가져온 결과이기도 하지만, 엿보기를 더 노골적으로, 병적으로 즐기는 현대인의 자기 망각 증세에 기인한 현상으로도 볼 수 있다. 자기 세계는 더 이상 찾아볼 것이 없고 남의 은밀함을 보면서 자기 위안과 약탈적 도둑 행위의 즐거움을 동시에 즐기려고 하는 것이다. 이러한 몰래카메라 폭주 현상은 가상 현실과 실제 현실을 뒤섞고 현실과 허구를 구분하지 못하는 탓에서 오는 것으로 문화적 인식능력의 부족이 사회적으로 심각함을 의미한다.

또 한편 이런 현상의 이면에는 더 심각한 문제가 놓여 있는데, 개인의 감수성과 현실인지 능력을 마비시키는 거대 자본의 장난이 그것이다. 거대 자본은 이제 상품 생산과 유통으로만 이윤 창출의 기제를 장악할 수 없다고 보고 문화산업이나 미디어산업에 일찍이 눈을 돌려왔다. 소프트웨어 시장, 특히 컴퓨터의 게임 시장은 가상 현실을 더 실감나게 만들어내고, 인터넷에서는 몰래카메라로 잡은, 남의 비밀스러운 현장을 보여 주기에 급급하며, 공중파 텔레비전방송에서도 몰래카메라를 이용한 장난치기로 개인의 삶을 뭉개고 있다. 어쩌면 이제 우리는 급격하게 가상 현실과 실제 현실의 괴리감에 대한 감각이 둔해지고, 가상 현실을 실제 현실로 대체하려는 지각적 마비 현상에 사로잡힐지도 모른다. 실제로 최근의 소설과 영화들은 그러한 우려를 강하게 갖게 하면서 소설예술, 영화예술이 가져야 할 사고력을 제거하고 있다.

영화 한 편을 예로 들어보자. 최근에 상영한 "트루만 쇼"는 바로 훔쳐보기라는 현대인의 병적 현상을 풍자하는 작품이다. 그러면서 이 영화 자체가 동시에 그러한 자본의 문화 상품이기도 하다. "트루만 쇼"는 바로 엿보기를 즐기는 현대인의 기호에 착안을 한 거대자본 미디어가 개인의 삶을 현실에서 어떻게 삭제해 가는가를 보여 준다. 이 영화의 착안점은 바로 우리가 즐기는 텔레비전 드라마가 결국은 엿보기에서 오는 것임에 두고, 몰래카메라를 거대하게 동원해 한 개인의 삶을 드라마처럼 엿보게 한다는 스토리를 만들어 내었다.

이 영화 작품의 내용은 대략 다음과 같다. 거대 자본은 하나의 섬에 인공 도시를 만든다. 도심지와 빌딩과 자동차와 건설 중인 다리, 수많은 사람들, 심지어 바다와 해변까지 실제 도시와 자연이 그대로 세트화되어 만들어져 있다. 모든 것이 만들어진 것이고 모든 사람은 배우들이다. 그 인공 도시는 인공위성을 통한 카메라 장치로 둘러싸여 있다. 어디나 몰래카메라는 장착되어 있는 것이다. 이 섬에서 만들어지지 않은, 배우가 아닌, 실제 삶을 사는 사람은 주인공 트루만(배우 짐 캐리가 이 역을 맡았다)뿐이다. '트루만(Truman)'이라는 이름 자체가 그런 상징성을 지닌다. 모든 사건, 모든 관계, 심지어 부부관계마저 각본에 의해 만들어졌다. 이것을 모르는 사람은 트루만 자신뿐이다. 하늘의 태양마저도 감독의 큐 사인에 의해 하늘에 떠오른다. "Cue the Sun"이라고 감독이 외칠 때 깜깜한 밤이 갑자기 환한 대낮이 된다. 이 짧은 대사는 미국 영화계에서 상당한 유행어가 된 듯하다.

"트루만 쇼"는 전세계에 방송된다. 이 거대 자본이 투자된 드라마는 트루만이 태어날 때부터 영화의 현재 시간까지 하루 24시간 끊임없이 보여졌으며, 트루만은 자신도 모르게 세계적인 스타가 되어 있다. 각본은 교묘하게 짜여지고 트루만이 태어나서 자라고 일하는 이 인공 도시에서 벗어나지 못하게 하기 위한 심리 전술마저 활용되어, 아버지가 바다에 빠져 죽는 장면을 어린 트루만이 목격하도록 각색함으로써, 실제로 트루만으로 하여금 물에 대한 공포심으로 배를 타지 못하게 만들기도 한다. 배를 탄다는 것은 이 인공도시 세트를 빠져나감을 의미하고 그러면 이 거대한 드라마는 파국을 맞고 만다. 이처럼 철저히 만들어진 삶, 통제된 생활, 짜여진 인간 관계를 전세계의 텔레비전 시청자가 엿보는 것이다. 거대 자본은 이렇게 어마어마한 투자를 하지만, 트루만이 먹는 코코아에서부터 그가 사용하는 모든 용품들이 광고 대상 상품이고 계약에 의해 이 상품들을 전세계에 광고함으로써 충분히 이윤을 얻을 수 있다.

이러한 발상 자체는 실제 우리의 현대생활이 개인화되어 비밀스러우면서도, 몰래카메라에 노출되어 있고, 자본 중심의 사회 구조에 의해 자기도 모르게 통제되며, 가식과 허위로 가득 채워져 있음을 환기시킨다. 그런 점에서 그 발상이 예사롭지 않은 영화 작품이다. 오히려 만들어진 이 인공도시의 세계가 더 자연스러우며 진실되고, 밖의 세계가 질병과 허위에 가득 차 있다는 영화 내 '트루만 쇼'의 제작·감독자 크리스토프의 생각은 바로 우리 현대사회의 병적 구조에 대한 비판이기도 하다.

그러나 이 영화의 발상이 흥미롭다 하더라도 실제 지금 이러한 일이 일어날 가능성은 거의 없고(자본의 다국적화가 완성되면 가능할지도 모르지만), 인간 사회의 양심이 이토록 자본의 노예가 될 일도 없을 것이므로, 영화 자체는 가상 현실을 만들어낸 것일 뿐이다. 그런데 영화 자체도 가상 현실이다. 따라서 이 영화 작품은 그 자체가 가상 현실을 다룬 가상 현실이다. 이러한 발상의 흥미로움에 비하여 내부 스토리는 빈약한 편이어서 관객으로 하여금 긴장감을 느끼게 할 집중력을 보여 주지 못한다. 한 여인에 대한 트루만의 집착도 개연성이 부족하고, 자신이 조정되고 있다는 깨달음이나 그 현실에서 탈피하려는 트루만의 내면적 고투도 보이지 않는다. 그 결과 이 영화가 설정한 현대사회에 대한 비판력도 의도하는 바대로 살아나지 못하고 말았다.

가상 현실의 허구성을 통하여 영화가 보여 주어야 할 문제들, 통제당하는 개인의 비밀스러움이 지니는 보편적 의미나, 엿보는 사람들의 반응의 다양하고 심각한 양상들, 인공 사회가 지니는 환경적 문제나 현실에 대한 환기력 등을 이 영화는 보여 주지 못하고 말았다. 이 점은 이 영화의 주제 의식이 빈약함을 의미하는데, 이따금 나오는 감독 역을 맡은 인물의 현실 비판적 대사가 너무 상투적이고, 영화의 결말 또한 단순함도 이를 입증한다.

　작품 안에 설정된 트루만의 가상 현실에는 탈출구가 있었다. 트루만은 너무 쉽게 그 탈출구로 빠져 나온다. 우리의 통제 사회, 우리가 느끼지 못하는 사이에 우리를 얽어매고 있는 이 사회에서는 탈출구를 쉽게 찾을 수 없다는 점이 가장 큰 비극 아니겠는가? 결국 자기 존재의 근원과 주체성을 확인하고 찾을 때 그 탈출구의 발견도 가능할 것이라면, 트루만은 더 깊게 자기 고뇌와 갈등을 겪어야 했다. 그런 점에서 아쉬움이 큰 작품이다.

　이 작품 "트루만 쇼"가 노출한 위와 같은 한계는 이 영화의 시나리오가 지닌 결점에도 요인이 있을 수 있고, 배우들의 연기나, 촬영에 관계되는 여러 기술적인 문제들, 혹은 감독의 연출력 등에서도 요인이 있을 수 있다. 그러나 근본적으로 영화 장르 자체가 지닌 한계를 주목할 필요가 있다. 영화의 모든 메시지는 이미지에 실려 전달되는데, 순간적인 장면 변화 속에서 직접적으로 관객에게 투사하는 이미지에 개인과 사회의 복잡한 갈등 양상을 싣기는 어려울 수밖에 없다. 결국 카메라가 아무리 뛰어난 영상미를 담아내고, 감독이나 시나리오 작가가 깊은 통찰력을 지닌다 하더라도 이미지의 한계 자체를 극복할 수는 없는 것이다.

　트루만이 가상 현실로부터 쉽게 탈출구를 찾을 수 있어야 하는 설정은, 영상적 방법상 트루만의 현실 윤곽을 보여 주지 않으면 관객이 전반적 상황을 이해할 수 없기 때문에 어쩔 수 없이 들어가야 한다. 소설에서는 언어의 추상적 속성으로 말미암아 트루만의 현실적 고뇌를 더 다각적으로 그려내는 상상력을 담을 수 있는 반면에, 직접적으로 전달하는 이미지 매체는 그것이 불가능한 것이다. 기본적으로 가상 현실 매체인 영화에서는 주체의 자기 탐구가 진정한 근원에 이를 수 없음을 확인할 수 있다.

반면에 가상 현실이라는 상황을 효과적으로 제시하는 데에는 영화 장르가 훨씬 용이함을 "트루만 쇼"는 잘 입증한다. 현실과 허구를 분리하여 보려는 관점에 빠져 있는 신세대들과 그들을 옹호하는 신세대 작가들은 그런 이유로 소설의 고유한 틀을 해체시키면서까지도 이미지와 가상 현실을 표현의 목적으로 삼으려 함으로써 소설문학을 위기에 몰고 있다.

4. 가상 현실과 허구적 서사

가상 현실이라고 하는 또 하나의 세계에 대한 발견은 소설 장르의 입지들을 점점 어렵게 만들지 모른다. 가상 현실은 컴퓨터가 발전하면서 인류가 만들어낸 말 그대로 '가상적 시간·공간'인데, 원래는 어떤 논리 전개의 필요상 가설적으로 상정한 단계를 가리킨다. 따라서 가상 현실은 논리적 산물이다. 그리고 당연히 인식의 과정에서만 필요한 것일 뿐, 어떤 필요성이 충족되면 바로 사라지는 그러한 세계이다. 그런데 시각적 문화와 가상 현실이 결합하면서 가상 현실을 하나의 상상 세계로 격상시키는 현상이 벌어지고 있다. 이 자체를 문화적 작업으로 간주하려는 것이다.

최근 젊은이들이 가상 현실에 심취하는 모습을 우리는 쉽게 주위에서 볼 수 있다. 가장 흔한 것이 컴퓨터 게임과 애니메이션이다. 그런데 이런 가상 현실을 즐기고 가상 현실을 현실의 모델이라고 생각하는 젊은이들 중에는 지나치게 그 세계에 심취하여 가상 현실을 현실 반영의 하나로 착각하는 경우도 있다. 그래서 소설의 허구와 가상 현실을 혼동하는 현상마저 생겨나게 되었다. 이 또한 이미지를 목적으로 삼는 착각 현상과 하나로 통한다.

가상 현실과 소설의 허구는 당연히 다르다. 그 가장 중요한 차이점은 가상 현실은 논리적으로 혹은 공상적으로 만들어낸 세계이므로, 거기에는 현실의 다양하고 총체적인 구조적 관계가 들어갈 수 없다. 반면 소설의 허구는 논리로 만든 것이 아니라 삶의 의미를 담기 위한 미적 성찰로 구조화한 것이다. 즉 가상 현실에는 어떤 진실도 들어 있지 않은 반면에 소설의 허구에는 진실을 규명하고 소통하려는 의도와 그 형성 과정이 담겨 있다. 영화의 경우, 이 문제가 좀 복잡해서 단순하게 구분하기는 어렵다. 가상 현실을 영화의 세계로 내세우는 경우도 있고 삶의 과정을 재현하는 허구적 현실을 담을 수도 있다. 그러나 소설보다는 직접적으로 보여 주기 때문에 가상 현실에 접근하고자 하는 문화 감각에 더 의존하는 장르임에는 틀림없다.

그런데 최근의 신세대 작가들은 급격하게 이미지 추구, 가상 현실적 방법, 이야기의 영화화에 쏠리고 있다. 이제 이 문제를 소설의 장르 성격 변화와 관련하여 좀 구체적으로 살펴보기 위하여, 현대문학사에서 발간한 1998년도『올해의 좋은 소설』에 실린 작품들을 중심으로 분석해 보고자 한다. 특별히 이 책에 실린 작품들을 선택한 이유는 없지만, 여러 현장 비평가들이 올해의 좋은 소설로 추천한 작품들이니만큼 객관성에 비추어 최근 경향을 대표할 자격이 있는 작품들로 간주할 수 있기 때문에 이 작품들을 대상으로 삼는다.

윤대녕은 신세대 작가의 좌장격인데, 이 작품집에는 "3월의 전설"이란 작품을 수록하고 있다. 이 작품은 하동, 구례 지역을 원거리 배경으로 삼고 서울의 거리를 근거리 배경으로 삼으면서 두 배경을 병합시키고 있다. 여기에는 현실과 현실의 뿌리라 할 시원(始原)의 세계를 중첩시키려는 의도가 숨어 있다. 물론 이렇게 시원의 세계를 찾는 여정은 윤대녕 소설 세계의 현저한 특징이고, 그 여정의 형상화를 위하여 이 작품에서도 여지없이 은어, 벚꽃, 매화 등의 자연물을 소재로 활용한다. 뿐만 아니라 아프리카 목각, 레코드판 등의 사물들도 인연

에 의해 만나고 헤어지는 존재 원리를 해명하려는 이야기의 소재로
쓰인다. 여기에 네 명의 여인을 등장시켜, 그 네 명이 하나이기도 하
고 여럿이기도 한 모호한 설정으로 우리 내면의 모호함을 끌어들인다.
그를 통하여 근원의 아릿한 무엇인가를 떠올리게 한다.

그러나 독자의 입장에서는 아무 것도 찾을 수 없고 현실 또한 모호
하기만 해진다. 윤대녕의 이 작품은 결국 현실을 커튼으로 가린 채,
추상적 이미지로만 기능 하는 인물들을 내세워 연기 속에 아른거리는
저 멀리에 무엇인가 있다고만 알려 준다. 작품의 세계가 아른거리기만
하기 때문에, 우리는 그것을 보기 위하여 현실의 어디에서 출발하여
야 하는지 혹은 어디로 돌아가야 하는지도 듣지 못한다. 실제로 우리
삶이란 놈 자체가 아른거리기만 하는 게 아니냐고 반문하는 이도 있
을 것이다. 그러니 작가는 진실을 말하고 있지 않느냐는 반론도 있을
법하다. 이런 항변을 신세대 작가들에게서 우리는 자주 들을 수 있다.

아른거리는 것을 아른거린다고 말하기는 쉽다. 누구나 그럴 수 있
다. 더 멋지게 할 수 있음을 자랑하는 것도 필요하지만, 궁극적으로
핵심을 볼 수 있는 눈이 없으면, 적어도 보려고 하는 의지라도 없으
면 시원을 언급할 자격이 없다. 결국 이 작품이 보여 주는 것은 우리
삶의 한 풍속도를 집약하고 축조한 이미지 한 쪽이다.

다른 작가의 작품들은 윤대녕보다 더 이미지적이고 가상 현실적이
며 훨씬 영화적이다.

김영하의 "흡혈귀"는 뱀파이어, 호러, 공포물 영화를 닮았다. 두말
할 것 없이 이 작품은 드라큐라식 영화 문법에 기대고 있다. 한 개인
의 소외 현상과 반사회적 아웃사이더로 변해 가는 현상을 통하여 우
리 삶의 억눌림을 이야기하려는 것이 이 작품의 주된 목소리로 보인
다. 그러나 인물의 엽기적 기행이 작품 안에서 해명될 가능성은 없다.
현상만이 문제가 될 뿐이다. 이 작품은 드라큐라식 영화를 현실 해부

에 이용하려고 시도했는지 모르나 결국은 드라큐라식 인식을 보여 주기 위해 현실을 빌려온 꼴이 되었다.

원재길의 "먼지의 집"은 이 작품과는 그 성격이 다르지만 기법 면에서는 컬트무비적이어서 흡사함을 보여 준다. 침대에 누워 있던 여인이 사라지고 모든 것이 먼지로 화해 가는 모습은 영화의 한 장면을 연상하게 한다.

하성란의 "양파"는 우연을 계기로 하여 전개하는 우리 삶의 굴곡을 담아낸 소설이다. 이 소설에서는 서술자의 기능이 거의 제거되고 있다. 모든 것은 현재 진행되고 있는 것을 카메라로 보여 주듯이 보여진다. 물론 거기에는 순서가 있기 때문에 서술자의 기능이 완전히 제거될 수 없고 다만 숨기고 있을 따름이다. 이런 표현 양상 역시 영화적이다. 이 소설에서는 회칼, 유모차, 찌그러진 자동차 등의 이미지가 소설 전면에서 이야기를 감싸고 있다. 삶을 이야기하려는 소통의 의지는 찾아볼 수 없고 독자는 작가의 눈이 무엇을 보는가를 볼뿐이다. 하성란을 비롯하여 많은 여성작가들의 이미지 추구는 마치 홍콩의 왕가위 영화를 보는 듯하다. 이런 이미지 추구 작업이 미적 감수성을 촉진시키는 것은 사실이지만, 현실을 모두 이미지로 치환함으로써 현실을 몽롱하게 문질러 버릴 가능성이 농후하다는 점에서 우려감을 갖게 한다.

백민석도 신세대 작가 중 특이한 기풍으로 자기의 세계를 나름대로 축조하고 있는 작가이다. 그런데 그는 기본적으로 폭력의 미학(?)을 지향하고 있다. 이는 폭력 자체를 미화하는 과정을 담고 있음을 뜻한다. 물론 어느 작가가 폭력을 지향하겠는가? 그가 폭력적 세계를 지향한다는 말은 폭력 자체를 즐기게 하거나 자신이 즐긴다는 것을 뜻하지 않는다. 작품의 세계를 폭력으로 설정하고 그 속에서 인간 관계를 폭력에 기반 하여 보려한다는 뜻이다.

그런데 백민석이 그 세계를 다루는 방식은 느와르 영화 식이다. "목화밭"은 한 대학강사와 그 부인을 중심에 두고 그 부부가 폭력으로 삶의 의미를 형성함을 이야기한다. 여기에는 어떤 근원적 이유가 설정되어 있지 않다. 그런 이야기로 현실을 어느 정도 비판적으로 부각시킬 수가 있겠지만, 인간이 근본적으로 폭력을 사랑한다는 케케묵은 발견 외에 무엇을 보여 줄 수 있을지 의문이다.

이처럼 최근의 소설들은 영화적 논리, 영화적 기법, 영화적 문맥에 빠져 있다. 그로써 얻는 것은 현실 감각의 미적 탐구, 이미지의 새로운 개발, 우리 개인의 내면적 다양화와 그 황폐한 그림자 보기 등이겠지만, 잃는 것은 소설 자체의 힘이다. 이 작가들이 설정하는 주인공의 환경이란 거의 다 가상 현실이다. "먼지의 집"의 먼지투성이 집, 형과 말없는 여인 등도 가상 현실적이고, 김영하의 "흡혈귀"가 설정한 부부의 삶도 가상 현실일 뿐이다. 마찬가지로 "목화밭"에서 그려지는 삼촌과 그의 사무실, 삼촌과 주인공과의 관계, 부부 폭력 등도 가상 현실적이다. 배수아, 하성란, 전경린 등이 그려내는 비일상적 일상화도 역시 현실의 문맥에서는 찾아볼 수 없다. 이를 비유나 상징으로 해석할 수도 있을 것이다. 그러나 그러려면 현실 자체를 바라보는 시각이 기본적으로 깔려 있어야 한다. 둘 사이를 연결하는 어떤 논리가 있어야 한다는 것이다. 그러나 앞에서 언급한 소설들은 현실을 왜곡되게 조작한 이미지들일 뿐이다. 거기에는 구체적 삶의 과정과 연결할 어떤 고리도 없기 때문이다.

5. 새로운 소설의 자기 세계 찾기

지금까지 신세대 작가들의 작품을 중심으로 영화화되어 가는 소설 작품 경향을 꼽아서 소설 장르의 변화라는 취지에서 살펴보았다. 어느 비평가는 약간의 언어 유희를 빌려서 오늘의 '신세대'는 '辛세대'이며, 'scine 세대'이고 'seen 세대'라 하였다. 보는 세대이며 동시에 보이는 세대라는 것이다. 현실을 영화의 장면으로 대체하거나 영상적으로 조각내고 편집하여 보여 주려는 것이 그들의 방법이다.

문제는 장면화하고 이미지화하면서 가상 현실로 현실 대면을 뒤덮는 그 자체가 아니라, 이런 방법을 최선으로 여기거나 첨단적 기법으로 보는 착각들이다. 물론 이러한 소설들이 일정한 진보적 열정을 담고 있고 치열한 실험 정신을 겸비하고 있으며, 새로운 사회를 열고자 하는 열망을 지니고 있음은 사실이다. 지금은 그 문이 보이지 않으므로 여기저기를 쳐대며 그 통로를 찾으려고 하는 노력에서 이런 경향을 추구함도 인정해야 한다. 그리고 이러한 경향은 복잡하기 짝이 없는 듯하면서도 개인의 입장에서는 너무 단순해 보이는 현실 자체의 성격에서 나온 것임도 사실이다. 즉 정보통신 사회가 필연적으로 봉착하는 개인적 삶의 무의미화, 관계의 단절 심화 등에 대한 저항적 반응이다.

그러나 사회가 더 복잡해지고 다양해질수록 우리는 총체적 본질을 찾으려는 시각을 유지해야 한다. 물론 그 방법은 다양해지는 것이 좋고 그 다양한 방법들에 대한 이해와 탐구가 계속되어야 한다. 근본적으로 삶의 중심은 현상이 아니라 인간이며 인간을 바로 보는 것이 모든 방법의 근원에 놓여져야 한다. 그러기 위해서는 인식을 새롭게 할수 있는 현실 속의 틀을 찾아야 하고, 여러 관계 즉 개인과 개인의 관계, 인간과 자연, 사물의 관계, 개인과 사회의 관계 등을 총체적으로 이해하려는 눈을 가져야 한다.

그것을 획득할 수 있는 가장 좋은 방법은 서사성을 회복하는 길이다. 서사성을 회복해야 관계가 살아나고, 관계가 살아나야 주체의 다양한 삶의 방법과 태도도 의미를 획득할 수 있다. 새로운 세기의 소설은 머지 않아 인간의 총체적 복원을 추구하려고 할 것이다. 인간이 지혜로워진다면 잘 사는 것을 새롭게 추구할 것이고, 새로운 삶의 방법과 정신을 계몽하기 위한 서사가 필요할 것이다. 그때 우리는 서사성이 되살아나는 것을 볼 수 있을 터이다.

그러나 그 서사성은 이전의 이야기 방식과는 달라져야 한다. 지금 이미지화와 영화화 기법은 그 자체만으로는 의미를 지닐 수 없으나, 근본적인 서사성을 갖춘 마당에서는 중요한 수단으로 작용할 수 있다. 이를 잘 가꾸면서 서사의 근본적 힘을 상실하지 않도록 지키는 노력이 지금 우리에게 필요하다.

디지털 미디어의 등장과 문학의 미래

최 혜 실

1. 서론

디지털이란 구체적인 물질(atoms)이 아니라 비트(bits)의 방식으로 전송되는 새로운 미디어이다. 이 때문에 정보의 양은 엄청나게 많고 다양해졌으며 이제 경제의 핵심은 눈에 보이지 않는 지식이 되고 있다.

이 새로운 미디어는 문화생활, 예술, 정치, 경제의 각 방면에 변화를 일으키고 있다. 먼저 사람과 사람 사이의 인터페이스가 주로 컴퓨터 속에서 이루어지며 인공지능의 발달로 컴퓨터도 인간이 생각하고 판단하듯이 할 수 있어 인간이란 존재에 대해 좀더 근원적인 질문에 직면하게 된다. 한편, 대량 생산에서 다품종 소량 생산 방식으로 바뀌며 가상 현실을 통해 경제의 국경이 허물어진다. 나아가 정보의 많고 다양함과 네트워크의 구축으로 여러 문화가 만나서 다양하게 교류하면서 자연스럽게 국경을 허물 것이다. 또 쌍방향적인 디지털 미디어 때문에 사람들은 시간과 공간에 구애받지 않고 교류하여 시민들의 참여 민주주의를 더욱 가능하게 한다. 그러나 정보와 기술을 장악한 새로운 제국주의의 출현, 인간을 고려하지 않는 기술의 발달이 미래의 인류를 위협할 수도 있다.[1]

디지털 미디어는 그 속성상 대량 생산과 수요라는 요소를 함축하고 있다. 여기서 우리가 생각하고 있었던 예술의 속성은 모두 부인된다. 보드리야르의 말대로, 복제에는 원본과 모사품이라는 개념이 숨어 있으나, 디지털 시대에 이르면 원본과 모사품이라는 개념이 사라지고 모사품이 오히려 원본이 되고, 인공의 상황이 오히려 현실이 되는, 시뮬라크르의 개념이 떠오르게 된다. (이런 현상에 대한 다양한 설명은 각 논문들에서 이루어질 것이다.) 또 창조 주체로서 인간의 능력이 의심되고 부인되며 기계에 의해 계획되고 예견될 수 있다는 확신이 전제된다. 컴퓨터가 음악을 만들 수 있고 심지어 소설도 쓸 수 있다. 인간의 감성이 계량될 수 있다. 심하게 말하면 예술가들은 이 새로운 미디어를 실험하면서 자신의 죽음을 향하여 한발 한발 나아가는 셈이 되는 것이고, 적어도 창조자로서의 예술가라는 종래의 패러다임은 이 시대에 이르러 바뀔 수밖에 없는 것이다. '예술가의 죽음'이라는 표현이 단순한 엄살로 들리지 않는 것이 디지털 시대의 현실이다.

여기에다 영상매체의 직접성, 단순성이 신세대의 감수성과 맞아떨어져 영상문화에 문학이 독자를 빼앗기고 문화의 주변부에 놓일 수 있다는 우려가 나오기도 하고, 한편으로 아직 컴퓨터가 워드프로세서의 기능밖에 수행하지 않는다고 자위하기도 한다. 그러나 이런 우려의 저변에는 인쇄매체를 통한 문학만이 문학이라는 개념이 강하게 자리잡고 있다.

---

1) 최혜실 엮음, 디지털 시대의 문화 예술, 문학과 지성사, 편저자 서문 8면.

또 영상매체가 직접 감각에 호소하기 때문에 신세대의 가볍고 경박스런 속성과 만나 저급한 대중문화를 만들어낸다는 비판도 만만치 않다. 수천년 동안 활자매체를 통하여 이어져 내려 온 인류의 유산이 잊혀지고 활자매체 특유의, 깊이 하는 사유의 방식이 사라져 인문학의 위기가 온다는 것이다.2) 반면 기술이 사회를 변혁하고 발전시킨다는 낙관론적 기술결정론도 만만치 않게 등장하고 있다. 그러나 기술결정론은 조금만 극단적으로 밀고 나가면, 전화가 발명되어서 사람들이 각자의 차이점을 소통할 수 있어서 전쟁이 많이 없어졌다거나 전화가 가족 구조를 파괴시켰다거나 도시를 발생시켰다는 등, 종잡을 수 없는 해석이 판을 치게 될 것이다. 그러나 전화가 사회의 조직 형태를 새롭게 바꾸는 자극제가 된 것도 사실이다. 인간은 상황에 따라 주체적으로 현실을 바꾸어 왔고, 마찬가지로 예술가들은 다양한 매체를 통하여 자신을 표현해 왔다. 새로운 미디어는 창조적인 예술가에게 도전적이고도 획기적인 자기 표현의 도구일 수 있는 것이다.

지금까지 '문학의 종말'이란 비관론은 근대 시민 계급의 등장과 함께 시작된 문학 혹은 소설에 대한 미련과 향수에 지나지 않는다. 이야기는 지금까지 인류의 문명과 기원을 같이해 왔다. 인류에게[말이 주어진 후 자신을 표현하려는 욕구가 합쳐져서 구비서사를 이루었고, 이 이야기가 인쇄매체에 담겨 소설이란 이름을 갖게 된 것은 수백 년에 지나지 않는다. 이 이야기가 아날로그 미디어의 하나인 전파에 담아지면 영화나 텔레비전 드라마가 되는 것이요, 디지털 미디어에 담아지면 사이버 문학이 되는 것이다.

이 글에서는 지금까지 다양하게 논의되어 온 사이버 문학의 견해들을 종합·수용하면서 몇 가지 문제점을 제기하며, 그 해결책 중 하나

---

2) 최혜실, "영상·디지털·서사", 이미지는 어떻게 살고 있는가, 생각의 나무, 1999, 서론, 연구사 참조.

를 제기하고자 한다. 지금까지 사이버 문학에 대해서 너무 소문과 일반론이 무성해 왔다는 점, 현재의 사이버 문학만을 대상으로 부정적인 측면이 주로 부각되어 왔다는 점이 그것이다. 컴퓨터통신 문학에서 예술적으로 우수한 작품을 찾아보기는 흔치 않고, 따라서 비판적 시선이 나타나는 것은 당연하다. 그러나 통신문학은 디지털의 네트워크 기능만을 이용한 문학이며 하이퍼텍스트성은 거의 고려되지 않아 엄밀한 의미에서 본격적인 사이버 문학이라고 말할 수 없다. 컴퓨터 게임은 속성상 상업성이 극대화된 ergodic literature이다. 당연히 흥미 위주의 오락이 될 수밖에 없다. 문제는 사이버 문학이 태동 단계이고 따라서 이 새로운 매체는 예술의 무한한 가능성으로 우리 앞에 놓여 있는 셈이 된다. 이 점을 고려하면서 이 글에서는 최근에 제작된 사이버 문학을 구체적으로 분석하면서 풍문만 요란한 사이버 문학의 실체를 살펴보고, 그 가능성을 제시하고자 한다.

2. 디지털 서사, 혹은 사이버 문학의 특성

디지털이라는 이 새로운 미디어는 엄청난 양의 정보를 운용할 수 있다는 것 외에 문학의 미적 구조를 변화시킬 만한 세 가지의 특성을 가지고 있다.

첫째, 양방향성(interactivity). 지금까지의 미디어는 모두 완결된 형태로 메시지를 전달해 왔다. 독자는 완결된 형태의 책을 읽으며 시청자는 촬영되어 편집된 영화를 보고 즐긴다. 독자나 시청자는 여기서 단순히 메시지를 수용하고 해석하는 정도의 수동적 존재이다. 완결된 메시지에 대해 불만이나 이견이 있더라도 이미 만들어진 작품을 변경시키지 못한다. 독자나 시청자의 목소리는 뒤늦게 간접적으로 전달되어 작품의 평가를 이루는 데에 조금 영향을 미칠 뿐이다. 반면 네트워크 상에서 메시지는 현재진행형으로 존재한다. 컴퓨터 화면에 나타나는 글자는 책에서와 달리 임의접근 기억 장치인 램에 포함된 아스키 코드의 재현물에 지나지 않으므로 빛의 속도에 따라 마음대로 변경할 수 있다. 따라서 컴퓨터에서는 수정, 삭제, 보완이 쉽게 이루어진다. 그것은 공간적으로 가변적이고 시간적으로 동시적인 '말하기'와 비슷한 속성을 띠게 된다. 이에 따라 텍스트의 권위와 신비는 사라지고 네트를 통해 송신자와 수신자가 텍스트를 수정하고 보완하는 집단적 저자의 탄생이 이루어진다.

둘째, 비선조성(nonlinarity). 책이나 종래 고퍼시스템이 계층적으로 정보에 접근할 수 있게 되어 있는 반면, 하이퍼텍스트(hypertext)는 키워드에 의해 원하는 페이지로 자유자재로 이동할 수 있게 되어 있다. 이 특성 때문에 문학의 서술 방식에 큰 변화가 생기게 되었다. 이제 이 하이퍼텍스트를 이용하면 독자는 아이콘이나 경로 지도를 통해 자신의 마음이나 상상력이 내키는 대로 어느 곳이나 항해할 수 있다. 이런 문학에는 정해진 페이지가 없으며 반드시 어느 면에서 어느 면으로 이동할 필요가 없다. 모든 텍스트 공간은 어디나 연결이 가능하다. 독자는 텍스트 속에서 창조적 책읽기를 함으로써 새로운 미학적 경험을 한다.

셋째, 통합성. 비트는 무게 없이 빛의 속도로 달리면서 다른 것과 손쉽게 뒤섞일 수 있다. 우리가 멀티미디어라 부르는 것은 오디오와 비디오를 포함한 데이터의 혼합이다. 물론 표면적으로 텔레비전도 이렇게 보이지만, 실제로 이것은 종래의 미디어를 분야별로 결합한 절충형이나 복합형으로 디지털 미디어에서는 이것이 더 본격적이고 본질적이 된다. 최근 예술계에서 서사성이 쇠퇴하고 영상성이 강조되는 것처럼 보이는 상황도 이 디지털 미디어의 통합성 때문이다. 이에 따라 말, 음향, 문자, 영상이 자유자재로 사용되는 텍스트가 자연스럽게 개발되고 있다.

3. 'MASS TRANSIT'[3] 분석

이 작품의 첫 장면은 미국 뉴욕 맨하탄 지구의 지도로 시작된다. 지도를 클릭하면 서문이 나온다. 일종의 사용 설명서라고도 할 수 있다. 때는 1996년 6월의 토요일 오후로, 7명의 인물이 여러 일 때문에 각자 재미있는 하루를 보낸다. 이들은 서로 목적지가 일치하기도 하고 마주치기도 하면서 대중교통 및 일상사에 얽힌 작은 사건들을 만들어낸다.

서문의 'navigate(항해하다)'라는 단어는 하이퍼텍스트(hypertext) 소설의 문제적 측면을 여실히 드러내는 것이다. '책읽기'의 과정이 텍스트의 소설처럼 책장을 넘기는 것 같은 단순하고 수동적인 것이 아니라, 독자가 스스로 수많은 가능성 중에 하나를 택하여 방향을 정하고 선택하여 스위치를 눌러야 한다는 점에서 항해에 비견할 만한 적극적인 행동이 된다.

사용 설명서에 의하면 맨하탄의 지도에는 6개의 지점이 표시되어 있다. 첫째, Delphine(주황색), 둘째, Rita(초록색), 셋째, Bruce(검은색), 넷째, Danny(적색), 다섯째, Charlie(여자 친구까지 합쳐서 둘이 같이 움직인다. 하늘색), 여섯째, Jason(보라색)으로 되어 있는데, 이들의 목적지는 다음과 같이 지도상에 표시된다.

---

3) Freedom Baird, 1996.

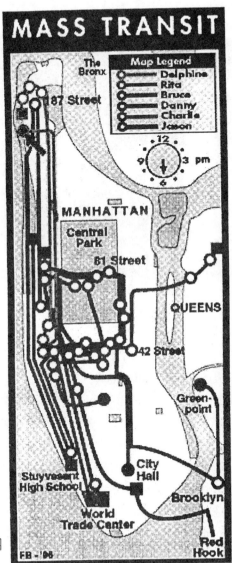

이 인물들의
약력은 이렇다.

첫째, 델피네(Delphine Jones)는 12세의 소녀로, Washington Heights 에서 왔다. 오늘은 사촌언니인 Rita와 점심식사 약속이 있는데, 그 식 당은 정장을 해야 하기 때문에 적합한 옷을 입어야 하는 상황이다. 설 사로 고생하고 있다. 둘째, Rita Roak은 광고회사의 카피라이터로 25 세이다. 육감적이며 매력적이나 최근의 남자 친구에게 싫증을 느끼고 있다. 사촌여동생인 델피네의 숭배를 받고 있으며, 델피네가 그 나이 의 그녀보다 더 스마트하다고 느끼고 있다. 셋째, Bruce Porter는 33 세의 배우로서, 생활을 위해 리무진을 몰고 있고 정치에 빠져 있다. 1 992년 캠페인 기간에 클린턴의 차를 몰았다. 술집에서 여자와 너무 많 은 시간을 보낸다. 넷째, Danny Aeillo는 잘 알려진 배우로 아카데미 상에 지명되기도 하였다. 그는 도중에 북 브루클라인(로버트 드니로의 영화사가 위치한)에 들를 것이다. 그는 카톨릭이며 자신이 공화당이라 고 생각하고 있다. 다섯째, 고등 학생인 Charlie Whalen은 그의 여자 친구 Hayley Schultz와 첫 공식 데이트를 가진다. 그들은 일년 반 동안 알고 지냈다. 그들은 찰리가 만든 암벽등반 클럽에 들어 있다. 여섯째, Jason Tremont은 47세의 버스 운전사이다.

지도의 시계를 클릭하면 인물들의 활동 스케줄 표가 다음과 같이 나타난다.

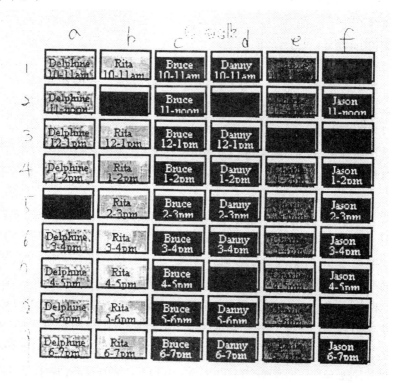

모두 57가지의 장면이 있는데, 이 장면들이 온갖 경우의 수로 얽히면서 이야기가 엮어진다. 가장 눈에 뜨이는 첫번째 특징은 이야기가 여섯 개의 시점들로 이루어진다는 점이다. 지금까지 다중 시점은 소설에서 부분적으로 혹은 시험적으로 이루어져 왔다. 같은 사건을 놓고 인물들이 저마다의 가치관이나 관점에서 서술해 나가는 방법은 근본적으로 텍스트가 갖는 선조성(linarity) 때문에 한계를 지녀 왔다. 책장을 넘겨 가며 책을 읽어야 하기 때문에 다중시점일지라도 대부분의 경우 한 사람의 시점으로 사건을 본 후에 다른 사람의 시점으로 넘어가게 된다. 그때그때 순간의 사건들을 여러 각도에서 볼 수 있는 다양성이 아무래도 떨어진다. 그런데 하이퍼텍스트의 비선조성(nonlinarity)은 이 고민을 원천적으로 해결해 주고 있다. 마치 텍스트의 속성을 그리도 배반하려 했던 문학가들의 노력을 비웃기라도 하듯 존재 자체가 다중적일 수밖에 없는 모양으로 우리 앞에 나타난 것이다. 이제 독자는 읽고 싶은 장면을 찾아 책장을 이리저리 넘길 필요가 없이 화면의 시간표 중 하나를 클릭하기만 하면 특정한 시간대에 특정한 인물의 사건을 보고 즐길 수 있다. 한 인물의 시점이나 겪은 일을 시간의 순서에 따라 즐길 수도 있고, 아니면 같은 시간대에 7명이 다른 공간에서 각각 무슨 일을 겪는가를 알아볼 수도 있다.

일찍이 Propp가 분석했던 설화의 morphology가 분석 이전에 명확히 드러나는 흥미있는 스케줄 표이다.

이 소설을 쉽게 이해하기 위해 먼저 각 인물들이 겪는 줄거리를 소개하도록 하겠다.

Delphine는 복통으로 괴로워하고 있다(a-1). 사촌언니 리타에 대해 생각한다(a-2). 엄마, 리타, 복통 등에 대해 계속 생각한다(a-3). 그녀는 187번가를 거닐면서 행인들을 보고 있다(a-4). A-train을 타고 입구에 서서 복통으로 괴로워한다(a-6). 아직 리타를 못 만나고 차에서 내린다(a-7). 리타를 만나 쾌적한 화장실에서 용무를 보고 건강을 회복한다(a-8). 집에서 텔레비전을 보며 일식, 교통사고, 체증을 회상한다(a-9).

Rita는 델피네와 점심식사를 같이 하기 위해 Queens 지역에서 센트럴 파크 쪽으로 이동한다(b-1). 조카 델피네, 영화배우 로버트 드니로의 영화와 대니에 대해 생각하면서 이동한다(b-4). 곧 사촌동생을 만날 생각을 하고 역에 서 있다(b-5). 일식 때문에 교통 혼잡이 일어나고 버스는 서행한다. 마음이 급해진 리타는 차에서 내리고(b-6), 기다리고 있을 델피네를 생각하며 걷는다(b-7). 마침내 델피네를 만난다(b-8). 만나서 정답게 이야기를 나눈다(b-9).

Bruce는 리무진을 모는 기사로 Danny를 태우려고 시청에서 출발한다(c-1). 배우인 자신의 승객에 대해 생각하면서 차를 몰고(c-2), 그를 만나서 인사하고(c-3), 그를 태우고 센트럴 파크를 경유하며 이야기를 나눈다(c-4). 그를 태우고 계속 브루클라인을 향하여 달리다가(c-5) 버스에 부딪칠 뻔한다. 차에 이상이 생겨 대니에게 양해를 구한다(c-6). 부르스는 버스기사를 원망하고 승객인 대니에게 미안해하며 행인들을 본다(c-7). 대니를 만났다는 사실에 기뻐하며(c-8) 술집으로 간다(c-9).

영화배우 Danny는 리무진을 기다리며 커피를 마시고 있다(d-1). 부르스를 만나(d-3) 그의 차를 타고(d-4) 대화를 나눈다(d-5). 그러나 차가 버스에 부딪칠 뻔하고 차를 점검해야 할 일이 생기자 기사를 위로하고 차에서 내린다(d-6). 다른 택시를 타고(d-8) 목적지에 내린 후 일식이 있었음을 안다(d-9).

Charlie와 Harley는 맨하탄의 부두에서 첫 데이트를 하기로 했고 그는 설레는 마음으로 그녀를 기다린다(e-1). 둘은 반갑게 서로 인사하고 고등학생들이 대부분 그렇듯이 토요일에 학교를 가라고 하는 부모에 대해 불평을 터트린다(e-2). 둘은 센트럴 파크에서 데이트를 즐긴다(e-4). 암벽 등산에 대해 이야기를 나눈다(e-5). 그들은 다시 학교로 돌아가려 역으로 간다(e-6). 그곳에서 델피네가 아파하는 모습을 보고 걱정한다(e-7). 5시 마침내 키스를 승낙 받고(e-8) 키스에 성공, 벅찬 감격을 느낀다(e-9).

Jason은 11시에서 12시 사이에 맨하탄 남쪽에 있는 고등학교에서

버스를 운전하고 있다(f-2). 매우 피곤해하고 있고 특히 수면 부족으로 고생하고 있다. 그는 차를 운전하면서 찰리와 그의 여자 친구의 모습을 목격한다. 여러 승객들을 태우면서 계속 눈의 피로를 호소하고(f-4, f-5), 급기야 눈이 어두워지는 현상을 경험한다. 그러나 부분일식 때문이라는 사실을 알고 안심한다.

이 인물들은 각자 서로 마주치며 연관되어 사건을 일으키는데, 이 사건들은 본문에 밑줄 친 부분을 클릭하면 관련된 장면들이 나타난다.

Ohh I just caught a wave of tired. I probably shouldn't even work this shift. Aw hell. I need the money. I'll sleep when I retire! I sure am lookin' forward to that. Just a few more years of 1)<u>shuttlin' the public</u> . Chambers street sure is nice down by the river on a Saturday. Doesn't even feel like it's the same street. So deserted and all. Look at those two kids. Goin' to 2)<u>school on a Saturday</u> . That's crazy. They should be out in the park gettin' some fresh air. 3)<u>Kids these days</u> doin' all that computer stuff all day long. Don't have no muscle tone no more. Man. My eyes sure feel tired right about now. Must be those allergies actin' up. Feel all itchy and scratchy and such. Doc says I shouldn't rub 'em though. Leave 'em alone so as not to aggravate the lenses. Wouldn't want to bring on cataracts or any such thing. Maybe so me lunch'll wake me up. Well, either it'll wake me up or put me out. Gotta be one or the other.

1)을 클릭하면 같은 시간대에 부르스가 리무진을 모는 장면이 나타난다(C-2). 관련된 것이 연상되어 떠오르는 의식의 흐름 기법과 닮아 있다. 2)를 클릭하면 찰리와 그의 여자 친구가 만나는 장면이 나온다(e-2). 제이슨이 보고 있는 소년 소녀들이 그들인 것이다. 3)을 클릭하면 복통으로 괴로워하는 델피에의 모습이 나온다(a-3).

독자는 관련 공간 속에서 제이슨, 부르스, 찰리와 그의 여자 친구, 델피에의 다양한 시점들을 비교하고 즐길 수 있다. 또 독자는 셋 중 어떤 것을 보지 않아도 이야기의 흐름에 지장을 받지 않고 스토리를 전개시킬 수 있다. 또 1)만 눌렀을 경우, 1)과 2)를 눌렀을 경우, 세 다 눌렀을 경우 등에 따라 수용하는 메시지가 달라진다. 독자가 이야기를 만들어나가는 데 적극적 역할을 하는 사이버 문학의 기법을 엿볼 수 있다.

하이퍼텍스트의 전자 연결(electronic linking)은 줄리아 크리스테바의 상호 텍스트성(inter textuality), 미하일 바흐친(Michel Bakhtin)의 다성성(multivocality), Gille Deleuze의 유목민적 사고(nomadic thought)를 연상시킨다.4) 데리다는 여기서 한술 더 떠 자신의 연구의 맥락으로서 전자통신을 공개적으로 손꼽고 있는 실정이다.5)

한 MIT 학생의 시험적인 이 작품에서도 7인의 인물의 각기 다른 목소리들이 만나고 흩어지면서 얽혀 흐르는 다양한 의미를 형성해 내는 다성성과 한 텍스트와 다른 텍스트 간의 연결 고리들의 단초를 엿볼 수 있는 것이다. 지금까지 텍스트 구조 속에서, 힘겨운 실험을 통하여 창출되어 온 다양한 기법들이 하이퍼텍스트 속에서는 본질적인 구조로 되어 있다. 문학가들이 텍스트의 한계를 느끼며 하이퍼텍스트를 꿈꾼 것이 아닌가 하는 혐의가 들 정도로 말이다.

---

4) George P. Landow, "What's Critic to do", *Hyper/Text/Theory*, The Johns Hopkins University Press, 1994, p.1.
5) 마크 포스터, 김성기 역, 뉴미디어의 철학, 민음사, 1994, 210면.

학회
소개

이 책을 기획하고 엮은 국제어문학회는 _____

언어와 문학, 예술과 문화를 연구하여 한국학의 위상 정립에 이바지함을 목적으로 1986년에 설립한 학회이다. 현재 회원은 221명이며, 지난해까지 20집의 논문집을 간행하였고, 모두 46 번의 학술대회를 개최하였다.

　*학회 활동 및 가입 문의

　　서범석= 0357-539-1576, 019-297-4677

　　김정훈= 016-743-5519, boriari@hanmail.net

이 책의 집필진 _____

김정훈 (한양대학교 강사)　　　　우창현 (서강대학교 강사)

노철 (고려대학교 강사)　　　　　이정복 (대구대학교 교수)

리의도 (춘천교육대학교 교수)　　정동환 (협성대학교 교수)

심우장 (서울대학교 강사)　　　　조정래 (서경대학교 강사)

엄태수 (서경대학교 강사)　　　　최혜실 (한국과학기술대 교수)

우리 말글과 문학의 새로운 지평

초판 제1쇄 인쇄 2000년 4월 25일
초판 제1쇄 발행 2000년 4월 30일

지은이 리 의 도 외 9인
엮은데 국 제 어 문 학 회

펴낸이 이 대 현
펴낸곳 도서출판 역락
　　　　서울시 중구 필동3가 28-19
　　　　진성빌딩 306호
전화　　2268-8656
전송　　2264-2774
전자우편　YOUKRACK@hitel.net
등록　1999년 4월 19일 제2-2803호
　　　ISBN 89-88906-24-1-93890

책값 8,000 원